国家古籍整理出版专项经费资助项目

明清小品丛书

A Series
of
Essays
in
Ming and Qing
Dynasties

李渔小品

〔清〕李渔——著
习斌——注评

中州古籍出版社
·郑州·

图书在版编目(CIP)数据

李渔小品 /(清)李渔著;习斌注评 .—郑州:中州古籍出版社,2023.12
(明清小品丛书)
ISBN 978-7-5738-1077-9

Ⅰ.①李… Ⅱ.①李…②习… Ⅲ.①小品文-作品集-中国-清代 Ⅳ.①I264.9

中国国家版本馆CIP数据核字(2023)第228449号

LI YU XIAOPIN
李渔小品

出 版 人	许绍山
选题策划	梁瑞霞 吕 玲
责任编辑	吕 玲
责任校对	周 靖
美术编辑	曾晶晶
封面设计	黄桂敏

出版社	中州古籍出版社(地址:郑州市郑东新区祥盛街27号6层 邮编:450016 电话:0371-65788693)
发行单位	河南省新华书店发行集团有限公司
承印单位	河南瑞之光印刷股份有限公司
开 本	787 mm×1092 mm 1/32
印 张	12.125
字 数	260千字
版 次	2023年12月第1版
印 次	2023年12月第1次印刷
定 价	63.00元

本书如有印装质量问题,请联系出版社调换。

前 言

在明末清初文坛上,李渔是一颗璀璨的明星。他在戏曲、小说、散文、诗词,乃至史学、园林、饮食、养生等方面,都取得了为世人瞩目的成就,堪称一代奇才、鬼才、怪才。

李渔生活的年代,正逢明清易鼎。动荡的社会,纷乱的时局,造就了他跌宕起伏的人生。观其一生,几乎都在操觚染翰、卖文糊口中度过。同时,李渔比较注重现实主义享乐,四处远游,结交权贵,以维持庞大的日常开销。李渔尚在世时,其人品才学即备受争议。褒之者有之,贬之者亦有之。直至今日,依然争论不休。

一

万历三十九年（1611）八月初七，李渔出生在江苏如皋。李渔尝自言："渔虽浙籍，生于雉皋。"（《与李雨商荆州太守》）雉皋即如皋。

李渔老家在浙江金华兰溪夏李村（也作下李村）。根据《龙门李氏宗谱》记载，唐朝时，李氏一族由福建长汀徙居浙江寿昌，宋理宗时徙居兰溪夏李。祖父李似源有二子，长名李如椿，次名李如松。李如松即李渔之父。李渔兄弟三人，兄名李茂，弟名李皓。

李渔初名仙侣，字谪凡，号天徒。后改名渔，字笠鸿，号笠翁。李渔在作品里使用过很多别号，有伊园主人、湖上笠翁、随庵主人、笠道人、觉道人、觉世稗官等。时人称其为"李十郎"。

李渔幼年一直生活在如皋，"乳发未燥"即随伯父登"大人之门"（《与陈学山少宰》）。李渔伯父李如椿在如皋行医，系"冠带医生"。李渔自言"襁褓识字，总角成篇，于诗书六艺之文，虽未精穷其义，然皆浅涉一过"（《闲情偶寄·词曲部·音律第三》）。他曾搜集少时诗作成《龆龄集》。

崇祯二年（1629），李渔十九岁，父亲李如松病逝。李如松在如皋做药材生意，家颇富饶。父亲去世后，兄李茂承父业，弟李皓未成年，笠翁又功名未就，家道遂逐渐中落。《闲情偶寄·颐养部·疗病第六》云，庚午（1630）疫疠盛行，李渔欲吃杨梅，妻孥未敢遽进。以此可知，李渔娶妻徐氏，当在崇祯二年（1629）或稍前。

崇祯八年（1635），李渔回原籍金华应童子试，深得主试官、浙江提学副使许豸赏识，以五经见拔。少年得志，意气风发，李渔对科考，对前途充满了希冀。在《活虎行》一诗里，李渔写道："纵使凤凰栖我庭，麒麟驺虞产我宅。彼自瑞兮何与吾，丈夫成名当自立！"他希望能够凭借自身努力，一飞冲天，一鸣惊人，建功立业。

崇祯十二年（1639），踌躇满志的李渔赴杭州应乡试，结果名落孙山。此次下第，对李渔打击很大。在《榜后柬同时下第者》一诗里，李渔写道："酒少更宜赊痛饮，愤多姑缓读《离骚》。姓名千古刘蕡在，比拟登科似觉高。"以唐文宗时刘蕡遭馋落第事自况，对科举之不公表示出愤愤之情。在《凤凰台上忆吹箫·元日》一词里，李渔写道："封侯事，且休提起，共醉斜曛。"意志消沉,颇有归隐之意。

李渔的母亲,大约病逝于崇祯十五年(1642)初。此年李渔再赴乡试,中途闻警而返。此时的中原大地,千疮百孔,战乱频仍,局势极度动荡不安。转眼到了崇祯十七年(1644),李自成破京师,崇祯帝上吊煤山。吴三桂引清兵入关。次年,清兵南下,建都南京的南明弘光小朝廷宣告结束。面对天崩地裂的时局,李渔携家人至山中避乱。其间曾受金华府同知许檄彩之邀,任其幕客。

顺治三年(1646),局势稍定后,李渔返回兰溪故里。顺治五年(1648),李渔建成伊山别业,有退隐不仕之志。在诗中,李渔写道:"自知不是济川材,早弃儒冠辟草莱。"(《六秩自寿四首》其二)他在家乡兴办公益,造福乡邻,并被族人推举为祠堂总理。

闲居三年之后,李渔于顺治七年(1650)走出兰溪,移居杭州,走上了操觚染翰、以文谋生的道路。李渔的文学创作由此登上了全新的高峰。《怜香伴》《风筝误》《意中缘》《玉搔头》等传奇,以及《无声戏》《十二楼》等小说,都完成于这一时期。一时间,李渔的作品风靡大江南北,"天下妇人孺子,无不知有湖上笠翁"(包璿《李先生〈一家言全集〉叙》)。随之而来的是作品屡屡被盗版,令李渔头疼不已。

康熙元年(1662),李渔移家南京,时年五十二岁。南京系江南出版重镇。李渔移家至此,一方面,是为了打击盗版;另一方面,希望能够谋求更大的发展。在南京,李渔营建了举世闻名的芥子园。后来刻书,李渔亦以芥子园为书坊名号。芥子园刊刻的《芥子园画传》,影响极其深远。

家中人口渐增,仅靠卖文的菲薄收入,根本不足以养家糊口。为了衣食之计,李渔多次远游,结交达官贵人。康熙五年(1666),李渔初次入京,同时有秦晋之游。在平阳,纳乔姬。在兰州,纳王姬。康熙七年(1668),李渔南游两粤。康熙九年(1670),又有闽地之游。

康熙十一年(1672),李渔游楚。乔姬不幸卒于楚地。次年,李渔再作京师之游,没想到王姬又客死异乡。对视艺术为生命的李渔来说,乔、王二姬既堪称爱侣,又堪称韵友。得二姬后,李渔组建了家庭戏班。乔、王二姬具有很高的艺术天赋,登台演出,技惊四座。笠翁家班,一时间声名远播。尤侗《〈闲情偶寄〉序》云,李渔"集名优数辈,度其梨园法曲,红弦翠袖,烛影参差,望者疑为神仙中人"。数年间,李渔多次携家班远游,乔、王二姬均相伴左右。短短一年,二姬先后猝然离世,对年过花甲的李渔打击很大。

在移家南京的十多年时间里,李渔并没有停止文学创作。传奇《凰求凤》《慎鸾交》《巧团圆》以及《闲情偶寄》等作品,均成书于这一时期。这是李渔文学创作的另一段黄金时期。

康熙十六年(1677)正月,李渔移家杭州,并终老于斯。在杭州,李渔营建了最后一座别业——层园。此时的李渔一直处于贫病交困的境地。在书札《与孙宇台毛稚黄二好友》里,李渔写道:"弟自春孟移家至杭,即染沉疴,三愈三反,死而复活者数四。再不料看菊持螯之日,尚有一笠翁在人间世也。"

康熙十九年(1680)正月十三,李渔病逝,年七十岁。一代巨星,就此陨落。其墓地位于邻近西湖的方家峪九曜山阳。钱塘县令梁允植题写墓碑"湖上笠翁之墓"。

就在病逝前一个月,李渔还在为醉耕堂刊本《四大奇书第一种》作序。可见到了生命的最后时刻,李渔依然没有放下钟情毕生的生花妙笔。

二

在中国文学史上，如李渔这般博学多才者，甚是少见。李渔一生著述极多，诗文及杂著有《笠翁一家言全集》，戏曲有《笠翁传奇十种》，小说有《无声戏》《十二楼》，以及生活艺术随笔《闲情偶寄》。此外，李渔还编撰了《笠翁诗韵》《笠翁词韵》《笠翁对韵》《古今史略》《千古奇闻》等启蒙通俗读物，编选过《资治新书》《资治新书（二集）》《芥子园图章会纂》《四六初征》《尺牍初征》《尺牍二征》《名词选胜》等书。

李渔小品文所取得的成就，主要体现在《笠翁一家言全集》和《闲情偶寄》这两部书里。

《笠翁一家言全集》版本流变情况较为复杂。康熙九年（1670）前后，李渔编成诗文集《一家言》之"初集"，其中古文、杂著四卷，诗七卷，诗余一卷。刊行之后，大噪海内。康熙十二年（1673）续编成"二集"，其中古文、杂著七卷，诗五卷。康熙十七年（1678）由翼圣堂梓行的《笠翁一家言全集》，除了"初集""二集"，还收入曾以《笠翁论古》为名单行问世的论史专著，以及《耐歌词》和《笠翁词韵》。《笠翁一家言全集》刊行于世,在李渔逝世前两年,"全集"由李渔亲自编定。

雍正八年(1730),芥子园主人重新编次《笠翁一家言全集》,将"一集""二集"里的文章按文体编订,辑为"笠翁文集""笠翁诗集""笠翁余集""笠翁别集",并新增"笠翁偶集"。"笠翁余集"即《耐歌词》,"笠翁别集"即《笠翁论古》,"笠翁偶集"即《闲情偶寄》。芥子园刊本较之翼圣堂刊本,在编排上更加合理。

"笠翁文集"收录的文章,门类繁杂,有赋、序跋、寿序、祭文、记、传、赞、辩、露布、说、疏、券、誓词、铭、引、纪略、解、书札、联语等二十余种。其中以《秦淮健儿传》《义士李伦表传》《乔复生王再来二姬合传》等几篇纪传散文艺术成就最高。

《笠翁论古》撰成于康熙三年(1664),曾刊刻过单行本。由翼圣堂收入《笠翁一家言全集》时,李渔在《弁言》中说:"兹择其可充米屑者,约略数卷,载入集中。"可见较之单行本,有所删减。后出的芥子园刊本题为"笠翁别集",篇目较翼圣堂刊本为多,应该依据单行本进行了增补。

《闲情偶寄》是李渔最享盛名的著作。康熙十年（1671）由翼圣堂刊行，题为"笠翁秘书第一种"，凡十六卷。芥子园后来刊刻《笠翁一家言全集》，此书被改题为"笠翁偶集"，并为六卷。《闲情偶寄》共分词曲部、演习部、声容部、居室部、器玩部、饮馔部、种植部、颐养部这八个部分，内容极其丰富，是李渔毕生艺术、生活经验的结晶。

在明末清初文坛上，李渔小品文可谓自成一格。周作人在《中国新文学的源流》里把现代散文渊源于明末之公安、竟陵派，而将张岱、金圣叹、李笠翁、郑燮、金农、袁枚诸人归入这一派系，认为系现代散文之祖宗。周作人同时认为李笠翁所著《笠翁一家言全集》，"其中对于文学的见解和人生的见解，也都很好"。林语堂在《再谈小品文之遗绪》里说："笠翁善用个人笔调，叙述日常琐碎，寄发感叹，尤长于体会人情，观察毫细，正是现代散文之特征。如果文言散文有所谓现代的，笠翁定可当之无愧了。"

李渔小品文，主要在以下三方面体现出鲜明的特点：

其一，力戒陈言，富有新意。在《闲情偶寄》

卷首《凡例》里，李渔郑重声明："不佞半世操觚，不攘他人一字。空疏自愧者有之，诞妄贻讥者有之，至于剿窃袭白，嚼前人唾余，而谓舌花新发者，则不特自信其无，而海内名贤，亦尽知其不屑有也。"此言不虚。李渔为文不蹈袭前人观点，不使用陈言滥调，文章故能独具新意，出人意表。在《论晋文公赏从亡者而不及介子推》里，李渔认为介子推跟随晋文公流亡途中割股救馁，乃为图日后之报。晋文公之所以禄不及介子推，乃是故意试探。殊不料介子推以恩变仇，焚山不出，抱树而死。可谓发前人所未发之论。在《水仙》里，李渔写道："予有四命，各司一时：春以水仙、兰花为命，夏以莲为命，秋以秋海棠为命，冬以蜡梅为命。无此四花，是无命也；一季缺予一花，是夺予一季之命也。"用语之奇谲恣肆，真真出人意表，令人拍案称奇。李渔为文集取名"一家言"，除了取义"一家之言"外，可能也暗含"独此一家"之意吧。

其二，意到笔随，观点犀利。丁澎《〈笠翁诗集〉序》云，李渔"匠心独造，无常师，善持论"。所言甚是。俗话说"文无定法"，李渔的文字不囿陈规，颇似一幅大写意画。在《金钱》里，李渔几乎没有以丝毫笔墨用于描写金钱，而是将四时所开之花，比喻为造物主逞才作文，以成全稿之过程。看似文题不符，却又妙不可言。在为叶修卜撰写的《〈今又园诗集〉序》里，李渔完全撇开诗集，通过叶修卜孝亲之事，抒发内心对母亲的思念，读来格外情真意切。李渔的文章善于立论，观点鲜明。在《回煞辩》里，他力排众议，破除愚俗。在《獬豸讨中山狼露布》里，他对浇薄的世风，给予了无情的鞭挞。《不登高赋》《瘗犬文》《放鹿文》等，立论亦甚高远。诚如尤侗《獬豸讨中山狼露布》眉批所评："义正词严，笔尖锋利。孙惠让工，陈琳逊古。"

其三，灵动跳脱，意蕴悠长。包璿在《李先生〈一家言全集〉叙》中说："笠翁游历遍天下，其所著书数十种，大多寓道德于诙谑，藏经术于滑稽，极人情之变，亦极文情之变。"李渔的文字隽秀雅典，浅显通俗，亦庄亦谐，绝无佶屈聱牙之感，读来回味无穷。他将李称为"吾家果"，李花称为"吾家花"，认为李"与桃齐名，同作花中领袖，然而桃色可变，李色不可变也"（《闲情偶寄·种植部·木本第一》）。以花喻人，入木三分。他听说熬沸油制鹅掌之法，不禁感叹道："以生物多时之痛楚，易我片刻之甘甜，忍人不为，况稍具婆心者乎?"(《闲情偶寄·饮馔部·肉食第三》)在《活虎行》诗前小序里,他毫不掩饰春风得意之情,鲲鹏万里之志。在《名诸子说》里,他借解释为诸子取名之缘由,道出"水满则溢"的人生哲理。时人胡日新如此评价李渔的文章:"其赋长卿也,其史司马也,其怨三闾也,其旷漆园也,其高太白也,其谐曼卿也。"(胡日新《寄李笠翁》)并非过誉。

三

李渔是个颇具争议的人物。对于他的评价,历来褒贬不一。

褒之者多叹服于他的才学。友人包璿赠联云:"般般制作皆奇,岂止文章惊海内;处处逢迎不绝,非徒车马驻江干。"江左名士吴伟业赠诗云:"前身合是玄真子,一笠沧浪自放歌。"(吴伟业《赠武林李笠翁》)清人刘廷玑谓其《传奇十种》《闲情偶寄》诸书"造意纫词,皆极尖新",又谓《一家言》"别具手眼"。(刘廷玑《在园杂志》)赵坦请人重修倾圮之李渔墓,云:"笠翁豪放士,非坦所敢慕。特以其才有过人者,一抔克保,庶可无憾。"(赵坦《保甓斋文录》)此类文字,不胜枚举。

与李渔同时代的袁于令、董含,对其极尽诋毁。王灏《娜如山房说尤》引袁于令之语,云:"李生渔者,自号笠翁,居西子湖上。性龌龊,善逢迎,游缙绅间,喜作词曲及小说,极淫亵。常挟小妓三四人,遇贵游子弟,便令隔帘度曲,或使之捧觞行酒,并纵谈房中,诱赚重价,其行甚秽,真士林所不齿者。予曾一遇,后遂避之。"又云:"今观《笠翁一家言》,大约皆坏人伦、伤风化之语,当堕拔舌地狱无疑也。"董含《三冈识略》亦有此语。

贬之者,可谓不遗余力。徐珂《清稗类钞》谓李渔"薄负文采,游京师,名动公卿,其为盗,人不尽知也"。竟捕风捉影,诬其为盗。董康《曲海总目提要》云李渔"游荡江湖,人以俳优目之"。斥之为优伶。梁绍壬《两般秋雨庵随笔》谓其"科诨谑浪,纯乎市井,风雅之气,扫地已尽",满纸皆是不屑之意。

贬之者,多攻讦其作品和人品。从作品来说,李渔靠卖文糊口,其作品很自然地具有较强的商品属性。特别是传奇、小说,情节曲折,语言生动,通俗易懂,多反映世态人情,缺乏宏阔的叙事和深刻的主题。加之受时风影响,作品里时见香艳之词,这自然为正统文人所不齿。此外,李渔的文章不泥古,发新论,所持之论常常颠覆前人观点,很多正统文人无法接受。

攻讦李渔作品者,自然是站不住脚的。无论散文、史论,还是传奇、小说,李渔追求创作的个性化、通俗化,无可非议。从作品风靡程度,足可见其文学创作是非常成功的。胡介《〈奈何天〉序》云:"笠翁艳才拔俗,藻思难羁。所著稗官、家言及填词楔曲,皆喧传都下,价重旗亭,率怜才好色者十之六七。"范文白《〈意中缘〉序》亦云:"予自吴阊过丹阳道中,旅食凤凰台下,凡遇芳筵雅集,多唱吾友李笠翁传奇,如《怜香伴》《风筝误》诸曲。"其作品在大江南北之风靡,由此可管窥一斑。岂可以"坏人伦、伤风化",或是"科诨谑浪,纯乎市井",一言以蔽之?

至于袁于令所云李渔"喜作词曲及小说,极淫亵",亦未尽其实。李渔所作传奇、小说,算是"淫亵"的只有一种《肉蒲团》。《肉蒲团》卷端题"情痴反正道人编次","情死还魂社友批评"。

刘廷玑《在园杂志》首次将这部小说的作者权归于李渔。《肉蒲团》是否出于李渔之手，未有定论。即便果真出于李渔之手，亦属其早年游戏笔墨。岂可以一叶而障目，称其词曲小说"极淫亵"？

从人品来说，李渔性耽享乐，为人疏狂，行事多与常人不同。特别是中年以后，随着家中人丁渐多，为了维持庞大的家庭日常开销，他四处结交权贵，俗谓"打秋风"。这一行径，自然容易为人所鄙薄。鲁迅将李渔称之为"帮闲"，认为此类帮闲"也得会下几盘棋，写一笔字，画画儿，识古董，懂得些猜拳行令，打趣插科，这才能不失其为清客"。但他同时也承认，李渔的《一家言》"就不是每个帮闲都能做得出来的。必须有帮闲之志，又有帮闲之才，这才是真正的帮闲"。（鲁迅《从帮忙到扯淡》）

对于李渔四处远游，结交权贵，单纯以"善逢迎""打秋风"或是"帮闲"来看待，恐怕失之偏颇。早年的李渔，亦有凌云之志，希望能够金榜题名，大有作为。可是，随之而来的乡试落榜，明清易鼎，改变了他的生活道路，也改变了他对人生的看法。他开始绝意仕途，安于现状，追求享乐。李渔四处"打秋风"，是在移居南京之后。当时他已年过五旬，微薄的卖文所得，根本不足以供给家中四五十口的开销。李渔组织戏班，四处远游，虽有"打秋风"之嫌，却也并非单纯说舌卖嘴，毕竟通过演出付出了劳动。况且李渔名扬四海，很多权贵对其慕名已久，倾意相交。这足令一般的"帮闲"、寻常的"打秋风"者望尘莫及。

笠翁曾自嘲道："仰高山形容自愧，俯流水面目堪憎。"（《多丽·过子陵钓台》）"山水有灵应笑我，老来颜面厚于初。"（《严陵纪事》）心中愧悔之意，表露无遗。在信札《复柯岸初掌科》里，李渔云："昨有馈书仪十二金，渔往谢而值其不在，见有贽券一纸，伏于砚石之下。取而阅之，则所典之镪数，适与所馈相符。"此札写于复上京都之时。这件事对其触动很大，李渔遂决意南归。可见在其心中，并非毫无品格。读读《闲情偶寄》里那些关于花草的文章，处处流露着卓然独立的真性情，毫无风骨者岂能写出这样的文字？

李渔尝自叹道："笠翁但不死耳，如其既死，必有怜才叹息之人，以生不同时为恨者。此等知己，吾能必之于他年，求之此日正不易得。"（《与陈学山少宰》）鄙人不敢谬称乃笠翁之知己。然读其文字，却感而叹之，恨不能起笠翁于九泉之下，作达旦之谈。

戊戌夏，受中州古籍出版社梁瑞霞女史之邀，评注李渔小品文，自是欣然从命。回想起来，家中藏书里的第一套全集就是浙江古籍出版社点校的《李渔全集》，购于20世纪90年代初念高中时。煌煌二十巨册，蔚为壮观。一晃已过去将近三十年。冥冥之中，或许和李渔有着一段注定的缘分吧！

最后就本书的评注工作，附说两点。

其一，说说体例。全书共分八卷，收入李渔小品文八十余篇。卷一"记传"，所收乃李渔纪传体文章；卷二"杂论"，所收文章涉及赋、露布、说、文等多种体裁；卷三"序跋"，选录李渔自序或是为他人所撰序跋；卷四"尺牍"，所收乃李渔与亲友知交的信函；卷五"史论"，系李渔的论古之作。以上五卷，除卷三有部分序跋移录自他书外，其余文章均选录自《笠翁一家言全集》。卷六"草木"，选录自《闲情偶寄·种植部》；卷七"饮馔"，选录自《闲情偶寄·饮馔部》；卷八"杂俎"，选录自《笠翁一家言全集》以及《闲情偶寄》里的其他一些文章。

其二,说说评注。全书注释,为免烦冗,一律采用首次出注。同一词条,在首篇文章首次出现的位置出注,后面再次出现时,不再加注。注释以人名、地名、年代、典章、典故考释为主,兼及难解的冷僻词语。赏读文字一般不作字句解析,重在交代文章的写作环境、时代背景、行文技巧,以及相关的文史掌故等,兼及时人评论。

囿于学识和精力,书中差错在所难免。祈请读者诸君不吝指正。

习　斌

目 录

卷一 记传

严陵西湖记　/3

黑山记　/7

东安赛神记　/11

登燕子矶观旧刻诗词记　/15

汉寿亭侯玉印记　/20

秦淮健儿传　/24

义士李伦表传　/32

乔复生王再来二姬合传　/41

朱静子传　/55

西湖盗鱼人自塞盗源纪略　/59

卷二 杂论

回煞辩　/67

乌鹊吉凶辩　／72

逐猫文　／78

放鹿文　／83

不登高赋　／88

獭豸讨中山狼露布　／93

卖山券　／97

耐病解　／102

名诸子说　／107

曲部誓词　／110

卷三　序跋

《智囊》序　／117

《古今笑史》序　／121

《名词选胜》序　／125

《今又园诗集》序　／130

《覆瓿草》序　／134

《琴楼合稿》序　／137

《香草亭传奇》序　／141

《春及堂诗》跋　／146

《一家言》释义　／151

《芥子园画传》序　／154

卷四　尺牍

与陈学山少宰　/161

与赵声伯文学　/167

与某公　/171

与倪涵谷孝廉　/174

复俞贞庵　/177

与梁石渠　/179

柬同学　/182

复王左车　/185

与密友　/188

上都门故人述旧状书　/191

卷五　史论

论尧让天下于许由，汤让天下于卞随务光
　/201

论晋文公赏从亡者而不及介子推　/204

论卫懿公使鹤乘轩　/209

论吴季札让国　/213

论项羽不渡乌江　/217

论李广数奇　/221

论梁武帝好生　/225

论魏徵才行之对　/228

论晋以冯道守司徒　/232

论文天祥之全节　/235

卷六　草木

牡丹　/241

梅　/245

桃　/249

李　/252

芍药　/256

水仙　/259

芙蕖　/262

金钱　/265

菊　/269

松柏　/273

梧桐　/276

卷七　饮馔

笋　/281

菜　/285

饭粥　/289

汤　/293

面　/296

猪 /300

鹅 /303

野禽野兽 /306

鱼 /309

蟹 /313

零星水族 /317

卷八 杂俎

余霁岩使君像赞 /323

曹细君方氏像赞 /327

归故乡赋 /331

真定梨赋 /335

填词余论 /339

修容 /343

房舍 /346

器玩 /352

道途行乐之法 /355

饮 /359

听琴观棋 /362

卷一 记传

登山如品画,
春秋设色,
反不如冬夏水墨为佳。

严陵^①西湖记

武林^②有西湖，严陵亦有西湖；武林西湖有南北二峰，严陵亦有二峰。予未至时，意其效颦^③于杭，莫之神往。

岁辛丑^④，偶经斯地，周将军^⑤以西征奏凯归，大会宾客，一时巨公贤豪、才人墨客星聚。酒酣耳热，严子^⑥首建泛湖之议，诸客乐从，遂移酒核往。呼船未至，先循岸而眺。时日已昃^⑦，樵担下云，万峰变态，深浅隐现非一状。枫始丹而未匀，有如桃杏初裂；群鹭归栖林莽，又若梨李之烂开。景物移人，几认白帝^⑧为青帝。客之工诗与画者，皆喜得异料云。昔人比西湖于西子^⑨，言其媚也。予谓在杭者绰约而绮丽，是既入吴宫者也；此则露倩冶于浑朴，其在苎萝村^⑩乎？

舟至而登，不施篙楫，将军以黄盖蔽日，即以代帆，信风所扬而之焉。鼓吹一作，鱼鸟惊悸，盖前此未之有也。银瓶泻酒，声与瀑音相乱。绕宝华^⑪三匝而后登。严之宝华，亦犹杭之湖心^⑫，但少亭耳，然芜秽诗联无从着迹，亦正以无亭故，是湖以不幸而得幸也。童子折红蓼入舟，击鼓催递，以助觞政⑬，舟中哗笑，与城头击柝声相答。环岸观者如堵，谓自有湖来，不睹此游，舟中何许人，乃能为此辟荒盛事。噫，果如此言，则今日非他，乃苎萝女子于归日也，因发一笑。

　　瞑色催人，游者去而观者亦散。时八月二十有八日，同泛者严子元复、姚子居石⑭、胡子伊人、宋子彦兮、施子必忠、陶使君康叔⑮、周将军云山，暨余而八焉。

【注释】

　　①严陵：严州府之古称，今废，地属杭州。严州西湖旧时位于州城西南，唐懿宗咸通年间睦州刺史侯温主持开凿，以便水利灌溉。今在浙江建德东北二十五公里梅城镇西。

　　②武林：杭州之别称。

　　③效颦：比喻不善模仿，弄巧成拙。《庄子·天运》："西施病心而矉其里，其里之丑人见之而美之，归亦捧心而矉其里。其里之富人见之，坚闭门而不出；贫人见之，挈妻子而去走。"矉，通"颦"，皱眉。

　　④辛丑：即顺治十八年（1661）。李渔时年五十一岁。

　　⑤周将军：即周云山，其人未详。李渔有五律《送周参戎（云山）之浦阳》。

　　⑥严子：即严元复，其人未详。

　　⑦昃（zè）：太阳偏西。

⑧白帝：五方上帝之一，主西方之神。下文"青帝"乃五方上帝之一，主东方之神。

⑨比西湖于西子：苏轼《饮湖上初晴后雨二首（其二）》："欲把西湖比西子，淡妆浓抹总相宜。"

⑩苎（zhù）萝村：位于绍兴诸暨，相传系西施故乡。

⑪宝华：即宝华洲。顾祖禹《读史方舆纪要》卷九十云，严州西湖"中有宝华洲"。

⑫湖心：位于杭州西湖湖心之小岛，上有名亭湖心亭。

⑬觞政：旧时饮酒时助兴取乐的酒令。刘向《说苑·善说》："魏文侯与大夫饮酒，使公乘不仁为觞政。"

⑭姚子居石：其人未详。以下胡伊人、宋彦兮、施必忠，俱未详其人。此四人与严元复、李渔俱称"子"，盖系无官职之文人。

⑮陶使君康叔：即陶康叔。陶康叔，名元祐，江南武进（今江苏常州武进区）人。崇祯十六年（1643）进士。曾任兰溪知县。使君，汉以后对州郡长官之尊称，亦泛用为对人的尊称。

【赏读】

俗谓"天下西湖三十六，唯惠州足并杭州"，此乃以惠州西湖比肩杭州西湖。多年前读过一部清代小说《西湖小史》。初观书名，以为杭州西湖。及至细览，方知乃惠州之西湖。天下西湖既有"三十六"之数，足见其多。

然论名头，总不及杭州西湖。笠翁认为严陵西湖"效颦于杭"，遂"莫之神往"，殆无足怪。

一地皆有一地之胜景。非亲历其境，莫能道其妙处。顺治十八年（1661）秋，笠翁与众友舟行严陵西湖，此乃辟荒盛事，引来观者如堵。笠翁遂作《严陵西湖记》，以记其事。

"欲把西湖比西子，淡妆浓抹总相宜。"这是苏轼《饮湖上初晴后雨二首（其二）》里的两句，历来被视作吟咏杭州西湖之佳句。笠翁偏偏突发奇想，以"入吴宫"之西子，比之杭州西湖；以"在苎萝村"之西子，比之严陵西湖。可谓妙绝！一妩媚，一浑朴，两地西湖风景之殊异，活形活现。

严陵西湖中有小岛，名宝华洲，一如杭州西湖内之湖心岛。唯区别处，湖心岛上有湖心亭，而宝华洲无亭。笠翁由此生发一段感慨："芜秽诗联无从着迹，亦正以无亭故，是湖以不幸而得幸也。"杭州西湖除了山水之美，亦具人文之胜，而严陵西湖则纯然以山水而悦人耳目。此非笠翁所云一者妩媚、一者浑朴之注脚耶？

时人李砚斋评此文曰："是文妙在不假粉饰，正如西子捧心，何暇为妍媸计，而艳冶正于此见。文贵自然，有以夫！"

黑山记

环东安①而献状②者,贤明、百丈、鸡鸣、天柱诸峰。黑山独退处于后,似不屑入城市观。然以峻而多峰,亦卒不克自掩。中有一窍,窍中土墨色,因以得名。山形如削,虽有济胜具③,莫能以屐登。自潘氏之先有某公者,欲授家政于子而弗遂,乃翦芰藤莽,取道筑室于巅,居三年而后归,累始脱。其四世孙牧之、士桢,攻制举业而避家务,亦以埙篪④往。余辛卯⑤游东安,二潘下山顾余于贤明,余与贤明僧法上偕往。

时方中伏⑥,臂衣而行。至麓,无级可拾,惟于草木间处,猿步而升。既至,喘如吴牛,席地啜苦茗无算而始定。然志在登览,虽劳弗倦也。

二子乃导余纵观。石之奇者,千态万状,草木亦自有异,以所见之异异之也。俯观下界,绿野如枰,千家棋列,烟火郁然,不可涯际。余登眺之目,自乙酉陟仙华⑦而后,至此复大畅。牧之谓余曰:"此山之景,盛于春秋而衰于冬夏。春则锦日烘花,秋则绣风舞叶。最宜者，晓雾半收，万峰露顶，下方若海，此身疑坐岛中。其在冬夏，则翁郁莽苍之外，无他可喜。此正山容惨淡时，得免讥弹足矣，胡反誉之乎？"余曰："登山如品画，春秋设色，反不如冬夏水墨为佳。"二子喜予有别见，于是摘鲜蔬，开藏醯⑧，饮予至醉。

日熹微，法上促归，二子送余于石门。石门者，两石夹道，中可人行，盖天设此险，以锁钥斯峰者也。二子以此为送客之限，遂别去。约二三里，忽有人策其后曰："日入矣，可疾行，暝则有虎。"余意二子潜蹑予后，回顾杳然，疑为山鬼。法上指穹窿处谓余曰："人声不在天上乎！"仰视，则二子同倚危石，以目送余。自下徂巅，相距万仞，而声之下也如咫尺，则是山之巉⑨险壁立可概见，是用记之。

【注释】

①东安：古时浙江新城县之别称，今属杭州富阳区。

②献状：呈现某种形态。黄庭坚《胜业寺悦亭》："苦雨已解严，诸峰来献状。"

③济胜具：能攀越胜境的好身体。刘义庆《世说新语·栖逸》："许掾好游山水，而体便登陟。时人云：'许非徒有胜情，实有济胜之具。'"

④埙篪（xūn chí）：比喻兄弟间亲密和睦。埙和篪都是

古代乐器，合奏时声音相应和。

⑤辛卯：即顺治八年（1651）。李渔时年四十一岁。下文"乙酉"为顺治二年（1645）。

⑥中伏：三伏的第二伏。从夏至后的第四个庚日开始，至立秋后第一个庚日的前一天结束。

⑦仙华：山名，位于今浙江浦江县。李渔自谓："甲申、乙酉之变，予虽避兵山中，然亦有时入郭。"其乙酉陟仙华，当为避兵。

⑧甓（pì）：砖。

⑨巉（chán）：山势高险的样子。

【赏读】

多少名山大川，赖前人之生花妙笔，而名扬于世。王安石《游褒禅山记》、苏轼《石钟山记》、欧阳修《醉翁亭记》等，不胜枚举。浙江东安之黑山，因笠翁的一次游历，而留此传世名篇，亦乃幸事。

笠翁性爱山水。他尝自言，"三分天下，几遍其二"，"名山大川，十经六七"，"四海历其三，三江五湖则俱未尝遗一"。又云，"过一地，即览一地之人情；经一方，则睹一方之胜概。而且食所未食，尝所欲尝"。然而《笠翁一家言全集》收录之山水游记，严格来说，仅《严陵西湖记》《黑山记》两篇而已。

笠翁笔下之黑山，可谓险且奇。论山之险，一则上山之时,"无级可拾",唯有于草木之间,"猿步而升";二则下山之际,穿行石门,"自下徂巅,相距万仞",穹窿处传来之声,如近在咫尺。论山之奇,一在石之奇,二在草木之奇,三在景致之奇。美景拂面,良朋为伴,焉得无酒?既有佳酿,笠翁岂能不醉?

此文绝妙之处,在于笠翁和潘牧之的一番对话。笠翁游黑山时,正值酷暑。笠翁盛赞山景,牧之颇为不解。牧之以为此山之景,春秋最佳,冬夏正是山容惨淡之时,并无可喜之处。未料在笠翁眼中,春秋之景如设色图,冬夏之景如水墨画;设色反不如水墨佳。

设色与水墨,何者为佳,恐无定见。笠翁以山之锦绣与苍莽,比之设色与水墨,可谓新奇之论。繁华过后,耐得了苍凉,方是至高境界。故友人梁承笃谓笠翁"真山水知己"。

东安赛神①记

新城县有土谷祠②，其神曰"刘十三相公"者，以六月某日为诞辰，邑人争设祭。其为祭也，非止穷山极海，亦且变错幻珍，人工镂琢之巧，无复剩技。一城十五乡，男妇耆③稚毕集。其集也，名为谒神，而实则观祭。设祭之家，闻人赞奢颂巧，则喜有骄色，因其贫而致俭朴者，不以神之见叱为忧，而忧贻嗤④观者。日昃时彻祭演剧，观者虽不稍减，亦只如初。迨昏暮，为银花火树之娱，则哄然、骚然，近祠四五里，桑麻豆蔬，躏为赤地。夫赛神以祈土谷，今土谷先以赛神祲⑤，吾不知刘十三相公者此时安乎？芒背⑥乎？

乃至爆竹雷轰，火光电作，有炽然上升者，有燎然飞舞如龙蛇状者，然此皆零星小技，一泄而尽，其耐观夺目，莫如烟火。烟火取象浮屠⑦，为七级，级为一故实⑧，自下而上，不疾不徐，楼台器玩，人物花鸟，既宛然逼真，亦纷然旁见侧出而不可方物⑨。洋洋乎大观哉！乃土人犹有少之者，谓其中尚缺数事，不若今岁元宵邑使者看灯时所设,乃为大备。又一人曰:"往在留都⑩,见某内监⑪所放烟火,绝不类此。此仅有其名耳!"噫!一游戏琐事,众见之广隘不同乃如是,矧⑫越此者乎?余其河东豕⑬矣!因讯为此一种所费几何,工几何。土人曰:"此时硝黄涌贵⑭,须费钱三十贯,制月余可就。"噫!损中人一家之产,辍三旬耕作之工,娱大众一瞬之耳目,乃犹群施责备,无乃伤作者心!独惜此时烽烟未靖,盍储此料以助火攻,而固区区娱耳目为?父老曰:"往时神京未陷⑮,硝黄充栋,逆闯⑯一入,悉为盗资,吾恨娱耳目不蚤耳!"余为之浩叹。

嗟乎,细民拮据终岁,被食而外,能余几钱?今赛神一昼夜,自设祭、演剧以至种种火焰之费,亦甚不赀⑰,吾又不知刘十三相公者当如何土谷斯民,而始不芒背也!

【注释】

①赛神:设祭酬神,系神祇崇拜的一种方式。

②土谷祠:即土地庙。土,指土地神。谷,指五谷神。

③耆(qí):六十岁曰耆。亦泛称老者。

④贻嗤:见笑。

⑤祲(jìn):不祥之气。

⑥芒背：如有芒刺扎在背上。

⑦取象浮屠：取佛塔的形象。取象，取某事物之征象。浮屠，佛塔。

⑧故实：出处，典故。

⑨方物：识别。

⑩留都：指南京。明成祖迁都北京后，南京遂称留都。

⑪内监：太监。

⑫矧（shěn）：况且。

⑬河东豕：亦作"辽东豕"，意为知识浅薄，少见多怪。《后汉书·朱浮传》："伯通自伐，以为功高天下。往时辽东有豕，生子白头，异而献之，行至河东，见群豕皆白，怀惭而还。若以子之功论于朝廷，则为辽东豕也。"

⑭涌贵：价格突然昂贵。

⑮神京未陷：京师尚未被攻破之时。神京，指北京。

⑯逆闯：指李自成，人称"闯王"。李自成农民起义军攻陷北京，明朝遂亡。

⑰不赀（zī）：数量极多，不可计量。

【赏读】

赛神之会，久已成俗，各地皆有。唐张籍《江村行》云："一年耕种长苦辛，田熟家家将赛神。"《水浒传》云："今春二月，东村赛神会，搭台演戏。"梁章钜《归田琐记》云："此村中每年有赛神会，每会例用一猪。"

所述皆是赛神之会。

赛神实乃神祇崇拜。人们期望通过这一方式，祈求风调雨顺，五谷丰登，原本倒也无可厚非。然而，赛神会穷奢到了新城县如此这般程度，未免太过劳民伤财，已成陋习。

诚如友人李砚斋所评，笠翁将"满腔愤懑，以曼倩之谐吻出之"。曼倩，指的是东方朔。东方朔言辞敏捷，滑稽多智。笠翁此文，的确深谙其味。邑人设祭之时，名为谒神，实则乃是观察供祭之奢俭。设祭之家，务求奢巧，非怕遭神祇呵叱，而是恐为邑人嘲笑。其怪如此，诚可叹也！烟火腾空之时，景象令人叹为观止，有人尚嫌不足。笠翁不免慨叹，当前烽烟未靖，硝黄之物却不能用于战事，徒供邑人游戏，诚可惜也！

笠翁以矛头直指刘十三相公，连发二问。赛神之会，致"桑麻豆蔬，蹢为赤地"。笠翁不禁发问："夫赛神以祈土谷，今土谷先以赛神襚，吾不知刘十三相公者此时安乎？芒背乎？"为了此会，邑人破费无数，几损中人一家之产。笠翁不禁再问："吾又不知刘十三相公当如何土谷斯民，而始不芒背也！"此二问，直指新城巫风，鞭辟入里。

文坛巨擘钱谦益评此文曰："世俗靡侈相高，事神则有余，济人则不足；供耳目玩好则有余，输国家匮乏则不足。有心当世者，莫不忧之。笠翁借题示儆，大有远见，不独以文词见好。"

登燕子矶①观旧刻诗词记

采石②、燕子二矶,皆金陵③雄胜地也。江左名山多矣,鸡鸣、牛首,雁行④钟、摄诸山,环立于郡之三面,登之极高,而为眺甚远。然天下之人,知其名而莫之至者众矣,即土著之民之至者,亦仅十之一二。至于采石、燕子,较之诸山,一卷石耳。乃四方之人不至则已,至则未有不登者,以其滨江,与行人就也。诸山皆去城远,游者必专治舟楫,惟士大夫有逸兴者能之,俭而慵者,虽近莫登,况远者乎?然则同一山也,其得地与否,亦有命焉:得地则小者亦荣,否则万丈之高,百里之广,慕此区区者而不能学,有自甘寂寞而已。然即此小者之中,又有幸不幸焉。采石虽滨江,犹去民居数里,客舫过而不留,晚亦弗泊,虑萑苻⑤也;燕子则密迩⑥民舍,行舟往来,过此即无住处,即日之方中,时之未暝,客欲兼程而进者,又有天作之合,使不得遽行,则石尤风⑦是也,帆之上下,必有一阻,故此矶登眺之人,从无虚日,山之得地,莫是过矣。

嗟予命最不辰⑧,事事与此山相左,乃复与之有缘,十至此而九避风,避则必登,从未有扬帆竞渡者。辛亥⑨秋,予阻风泊此,曾留一联一诗于亭上,好事者以木代石,镌而为碑。后二年,与小友王安节⑩月夜泊舟,坐饮其上,复题诗二律、词一阕,居民复梓之,悬于路口。是两志阻风,足征予言之不诬矣。一人若是,其他可知。

丁巳首春⑪,移家过此,余婿沈因伯⑫强予登山,欲观手迹之存否。至则宛然无恙,因伯举手贺曰:"久而不灭,山川之灵也。可以数年,即可以千载,诗词与联,偕名山而不朽矣。"予曰:"汝见四方诸名胜,前人碑刻,百有一存者乎?石且易朽,何有于木?且亭非千年物也,异日亭之不存,诗将安传?且吾更虑陵谷变迁⑬,焉知千百年后,此山此石,不并入巨浸⑭中邪?欲计久长,则有古人之三不朽⑮在,无须问诸水滨。"

【注释】

①燕子矶:"长江三大名矶"之首,古时重要渡口。位于今江苏南京栖霞区观音门外。

②采石:即采石矶,与燕子矶、城陵矶,并称"长江三

大名矶"。位于今安徽马鞍山西南。

③金陵：南京古称。

④雁行：大雁飞时的行列。旧时用作兄弟的代称。

⑤萑苻（huán fú）：《左传·昭公二十年》："郑国多盗，取人于萑苻之泽。"萑苻，即萑蒲，指芦苇。后代指盗贼、草寇。

⑥迩：近。

⑦石尤风：逆风，顶头风。

⑧不辰：不得其时。《诗经·大雅·桑柔》："我生不辰，逢天僤怒。"

⑨辛亥：即康熙十年（1671）。笠翁时年六十一岁。

⑩王安节：即王概。王概，初名丐，字东郭，又字安节，后改今名，浙江秀水（今嘉兴）人。他笃行嗜古，旁及诗画。

⑪丁巳首春：康熙十六年（1677）正月。李渔此年由金陵移家杭州。首春，正月。

⑫沈因伯：名心友，李渔长女淑昭夫婿。

⑬陵谷变迁：意谓世事巨变。陵，丘陵。谷，山谷。

⑭巨浸：大水。

⑮三不朽：指立德、立功、立言。《左传·襄公二十四年》："豹闻之，'大上有立德，其次有立功，其次有立言'，虽久不废，此之谓不朽。"

【赏读】

康熙十年（1671）初夏，笠翁过燕子矶，因风所阻，淹滞三日，遂在亭中留下《燕子矶阻风偶书亭栋》一联及五言律诗《阻风登燕子矶》。

联前有小序，专记其事。云："辛亥初夏，阻风燕子矶者凡三日。予祷诸神曰：'愿为诸胜题联，如其有当，乞反风助我。'遂题此亭及关帝庙、观音阁三联。题毕返舟，风果立变，不竟日而抵京口。是时，同泊之舟不下数百，行人以千纪，咸咄咄称怪云。"

两年后，笠翁与王安节再登燕子矶，"复题诗二律、词一阕"。诗题《泊燕子矶看月与王安节同赋》。其二前有小序，云："旧有一诗一联，刊置亭上。近为风雨所剥，是日稍加补缀，又复成文。非风阻扁舟，不暇及此。石尤真韵物也。"

《登燕子矶观旧刻诗词记》一文，所记乃康熙十六年（1677）正月笠翁移家杭州途中再登燕子矶之感怀。此番登山，实因其婿沈囙伯"欲观手迹之存否"。其时距一联一诗之刻，已达六年之久。未料手迹"宛然无恙"。沈囙伯举手称庆，以为此乃山川之灵，诗词与联可偕名山，千载不朽。笠翁却认为，亭非千年之物，何况碑刻？唯有古人所谓立德、立功、立言，方能不朽。黄无傲评此文"小中见大，是大家结构"，可谓的论。

笠翁为文，总是别出机杼。此文不仅结尾发人深省，起笔一段，亦颇引人遐思。采石、燕子二矶，不似鸡鸣、牛首诸山去城遐远，以其滨江，故多有游人。由此可见，山不在高，只要得地，小者亦荣。然采石矶距民舍数里，客舟担心盗匪，多过而不留。燕子矶"密迩民舍，行舟往来"，多寓于此，加之石尤风所阻，故"登眺之人，从无虚日"。由此可见，同为得地，境遇亦有千差万别。

人生际遇，又何尝不是如此？得失成败，充满了太多的戏剧性和偶然性。诚如时人陈天游所评："士之遇不遇，当作如是观。"

汉寿亭侯①玉印记

杭之孤山②有关帝君殿，又名照胆台，始于故明万历年间。告成之日，有客携汉寿亭侯印至，事与时会，人皆异之。因佩于帝像之臆③间，明其心乎汉也。

殿久而颓，鞠为茂草④，地亦稍为编户⑤所侵，守土者命羽士⑥护持此印，匣而藏之。至大清康熙之十七年，大中丞陈公⑦过而叹息，谓荩臣⑧庙貌，听其沦毁，非所以教天下之忠也，欲起而新之。迨索所藏玉印，则启匣茫然，莫知所往。谓其失于盗乎，则玉不盈握，所值无几，且有汉寿亭侯及帝君姓名，非可售可藏之物，盗虽愚，应不至此。神明其事者举而属诸天，谓此神物也，庙兴则来，废则去，犹仕宦之铜符墨绶⑨，与进退之日相终始。庙既倾圮，帝君之精爽必舍此而去，宜乎其不存也。

予初闻是说，颇迂诞之。迨庙成，而此印复至，若有神物赍来者，即欲终迂前说，不可得矣。其至也，不于庙，不于民间，而于大中丞指使之人之门外。黎明启户，有物当前，举而视之，即此印也。乃献于公，而知为天授。然公则目为偶然，不欲深言其故，恐神道设教之惑民耳。但令送入庙中，还其故有而已。

印方，四面皆宽二寸许，惟二面有文。一曰"汉寿亭侯印"，一曰"关羽之印"。洞其中以受组，盖帝君当日所佩之私印，非颁自朝廷者也。玉则逼真汉物，篆文镌法皆近古，非摹秦仿汉者所能为。斯印失而复得，固奇，然不得于他人，而得于大中丞陈公之手，更奇。陈公诞于五月十三日，举世皆于是日祀帝君，谓是日为帝君生辰。又有言其非是者。然吾儒所信者正史，正史不载生辰，即他书或有，亦未敢从。举世云然，则亦吾从众矣。先圣后贤，生于一日，无怪乎道同志合，勋业炳然，且焉知非楚人之弓[10]仍为楚人得乎？是为记。

【注释】

①汉寿亭侯：即名将关羽。关羽降曹后，被封为汉寿亭侯。

②孤山：杭州名山，地处西湖旁。

③臆：指胸部。

④鞠为茂草：指杂草塞道，形容衰败荒芜。

⑤编户：编入户籍的平民之家。

⑥羽士:旧指道士。

⑦陈公:即陈司贞。陈司贞,名秉直,辽宁海城人。贡生。康熙十七年(1678),陈司贞正在浙江巡抚任上。

⑧荩(jìn)臣:忠臣。

⑨铜符墨绶:旧时官员的凭证。铜符,官员可用以证明身份、传达命令或是调兵遣将。墨绶,结在印钮上的黑色丝带。

⑩楚人之弓:典出《孔子家语》。《孔子家语·好生》云:"楚王出游,亡弓,左右请求之。王曰:'止,楚王失弓,楚人得之,又何求之!'"

【赏读】

关羽之印,历来真伪莫辨。据宋许观《东斋记事》记载,绍兴年间,洞庭渔人获一印,制甚古,辨其文,乃"寿亭侯印"四字,遂以为系关羽之印。洪迈《容斋随笔》亦记有多枚"寿亭侯印"。洪迈认为,这些皆非汉物,"汉寿乃亭名,既以封云长,不应去'汉'字",且"侯印一而已,安得有四"?

"寿亭侯印"皆属伪造,毫无疑问。可洪迈却只说对了一半。"汉寿"非亭名,乃封邑名,东汉时系武陵郡属县地;亭侯乃是汉代爵位名。

元明之际,关羽之印亦时有发现。李诩《戒庵老人漫笔》引《南宫集》云,景泰年间东溪二农夫锄地得金印古砚，金印有"寿亭侯印"四字。张怡《玉光剑气集》云，明弘治年间，都宪张汝器奉命开浚漕河，于扬州扬子桥得古印四枚，其中一枚乃"寿亭侯印"，"知为汉物"，"以进于朝"。两印之伪，自是毋庸复辨。

明万历年间，杭州孤山关帝庙建成之时，恰巧"有客携汉寿亭侯印至"。此印来得蹊跷，其来历如何，笠翁并未记述，或者竟亦不知。关于此印来历，谈迁《枣林杂俎》有所交代，云："万历末，乌程沈相国潍得汉寿亭侯玉印，印中空，可贯纽，下刻'关羽之印'，玉质苍古。舍西湖孤山庙中，尝见之。"笠翁认为此印乃汉物，"非摹秦仿汉者所能为"，恐系臆测。

此印颇有神鬼莫测之灵。庙成之日来，庙圮之日去。庙复兴后，再现于人间。莫非正如神明其事者所云，此乃神物耶？笠翁素来不信鬼神，此等诞语，恐亦未信。大中丞陈公"不欲深言其故，恐神道设教之惑民耳"。个中玄机，于此已可管窥一斑。

秦淮健儿传

嘉靖中，秦淮民间有一儿，貌魁梧，色黝异，生数月便不乳，与大人同饮啜。周岁怙恃交失①，鞠于外氏②。长有膂力，善拳击，尝以一掌毙一犬，人遂呼为"健儿"。与群儿斗，莫不辟易③。群儿结数十辈攻之，健儿纵拳四挥，或啼或号，各抱头归，诉其父兄。父兄来叱曰："谁家豚犬！敢与老子相触耶？"健儿曰："焉敢相触，为长者服步武④之劳则可耳。"乃至父兄前，以两手擎父兄，两胫去地二尺许，且行且止，或昂之使高，或抑之使下，父兄恐颠仆，莫敢如何，但咭咭笑，乡人哄焉。

健儿性善动，不喜读书。外氏命就外傅，不率教⑤，师夏楚⑥之，则夺朴裂眦曰："功名应赤手致，焉用琐琐章句为！"师出，即与同塾诸儿斗，诸儿无完肤。又时盗其外氏簪珥衣物，向酒家饮。醉即猖狂生事，外氏苦之，逐于外，为人牧羊。每窃羊换饮，诈言亡歧亡。主人怒，复见摈。

时已弱冠矣,闻倭入寇,乃大快曰:"是我得意时也!"即去海上从军,从小校擢功至裨将。与僚友饮,酒酣,斗,力毙之,罪当死;遂弃官,逃之泗⑦,易姓名,隐于庖丁⑧。民家有犊,丙夜⑨往盗之。牵出,必剧呼曰:"君家牛我骑去矣!"呼竟,倒骑牛背,以斧砍牛臀,牛畏痛,迅奔若风,追之莫及。次日,亡牛者适市物色之。健儿曰:"昨过君家,取牛者我也;告而后取,道也,奚其盗?"索之,牛已脯矣,无可凭。市中恶少,推为盟主。昼纵六博⑩,夜游狭斜⑪,自恃日甚。尝叹曰:"世人皆不足敌,但恨生千载后,不得与拔山举鼎之雄⑫一较胜负耳。"

邑使者禁屠牛,健儿无所事事,取向所积牛皮及骨角,往瓜、扬⑬间售之,得三十金。将归,饮旅馆中,解金置案头。酒家翁见之,谓曰:"前途多豪客,此物宜善藏之。"健儿掷杯砍案曰:"吾纵横天下三十年,未逢敌手,有能取我腰间物者,当叩首降之。"时有少年数人,醵⑭于左席,闻之错愕,起问姓名里居。健儿曰:"某姓名不传,向尝竖功于边陲,今挂冠微服,牛耳⑮于泗上诸英雄。"少年问:"能敌几何辈?"健儿曰:"遇万万敌,遇千千敌;计人而敌,斯下矣。"诸少年益错愕。

健儿饮毕,束装上马,不二三里,一骑追之,甚迅。健儿自度曰:"殆所云豪客耶?"比至,则一后生,健儿遂不介意。后生问:"何之?"健儿曰:"归泗。"后生曰:"予小子亦泗人,归途迷失,望长者指南之。"于是健儿前驱,马上谈笑颇相得。健儿谓后生曰:"子服弓矢,善决拾⑯乎?"后生曰:"习矣,而未闲。"健儿援试之,力尽而弓不及彀⑰,弃之,曰:"此物无用,佩之奚为?"后生曰:"物自有用,用物者无用耳!"乃引自试。时有鸳嗁空,后生一发饮羽,鸳坠马前。健儿异之。后生曰:"君腰短刀,必善击刺?"健儿曰:"然。我所长不在彼,在此。"脱以相示。后生视而剧曰:"此割鸡屠狗物,将焉用之?"以两手一折,刀曲如钩;复以两手伸之,刀直如故。健儿失色,自筹腰间物非复我有矣。虽与偕行,而股栗之状,渐不自持。后生转以温言慰之。复前数里,四顾无人,后生纵声一喝,健儿坠马。后生先斩其马,曰:"今日之事,有不唯吾命者,如此马!"健儿匍伏请所欲。后生曰:"无用物!盍解腰缠来献。"健儿倾囊输之,顿首乞命。后生曰:"吾得此一囊金,差可十日醉;子犹草莱,何足诛锄?"拨马寻故道去。健儿神气沮丧,足循循不前。自思:"三十金非长物,但半世英雄,败于乳臭儿之手,何颜复见诸弟兄?"遂不归泗,向一村墅,结庐卖酒聊生。每思往事,则恶恶⑱欲死。

一日，春风淡荡，有数少年索饮，裘马甚都，似五陵公子[19]，而意气豪纵，又似长安游侠儿。击案狂歌，旁若无人。且曰："涤器翁似不俗，当偕之。"遂拉健儿入座。健儿视九人皆弱冠，唯一总角[20]者，貌白皙若处子，等闲不发一言，一言则九人倾听；坐则右之，饮则先之。健儿不解其故。而末坐一冠者，似尝谋面。睇视之，则向斩马劫财之人也。谓健儿曰："东君尚识故人耶？"健儿不敢应。后生曰："畴昔途中解腰缠赠我者，非子而谁？我侪岂攘攫者流？特于邮旁肆中，闻子大言恐世，故来与子雌雄，不意竟输我一筹，今来归赵璧耳。"遂出左袖三十金置案头，曰："此母[21]也。于今一年，子当肖之[22]。"又探右袖，出三十金，共予之。健儿不敢受。旁一后生拔剑努目曰："物为人攫而不能复，还之又不敢取，安用此懦夫为！"健儿惧，急内袖中。乃治鸡黍为欢。诸后生不肯留。归金者曰："翁亦可怜矣，峻拒之则难堪。"众乃止。时爨下薪穷，健儿欲乞诸邻。后生指屋旁枯株谓之曰："盍载斧斤[23]？"健儿曰："正苦无斧斤耳。"后生踌躇久之曰："此事须让十弟，我九人无能为也。"总角者以两手抱株，左右数挠，株已卧矣。遂拔剑砍旁柯爇之。酒至无算，乃辞去。竟不知其何许人。

健儿自是绝不与人较力，人殴之，则袖手不报。

或曰:"子曩日英雄安在?"健儿则以衰朽谢之。后得以天年终,不可谓非后生力也。

【注释】

①怙(hù)恃交失:父母相继去世。怙恃,原意依凭,后代指父母。《诗经·小雅·蓼莪》:"无父何怙,无母何恃!"

②鞠于外氏:由外祖父母抚育。鞠,抚育。外氏,外祖父母家。

③辟易:退避。

④步武:古时以六尺为步,半步为武。犹言距离不远。

⑤率教:遵从教导。

⑥夏楚:教鞭。夏,同"槚",树名。楚,荆条。

⑦泗:即泗上,泛指泗水北岸区域。泗水是淮河的一大支流。

⑧庖丁:即厨师。《庄子·养生主》:"庖丁为文惠君解牛。"后遂以"庖丁"代指厨师。

⑨丙夜:三更时分。

⑩六博:又名陆博,古代一种博戏类游戏。

⑪狭斜:原指小街曲巷,后代称妓院。

⑫拔山举鼎之雄:指项羽一流人物。《史记·项羽本纪》:"籍长八尺余,力能扛鼎,才气过人。"籍,即项羽。项羽,名籍,字羽。项羽有诗,云:"力拔山兮气盖世,时

不利兮骓不逝。"

⑬瓜、扬：即瓜洲、扬州一带。

⑭醵（jù）：凑钱饮酒。

⑮牛耳：即执牛耳，意指盟主。

⑯决拾：意指射箭。决，通"抉"，古代射箭时套在右手拇指上的扳指，用以钩弦。拾，革制套袖，套在左臂上，用以护臂。

⑰彀（gòu）：把弓张满。

⑱恧恧（nǜ nǜ）：惭愧貌。

⑲五陵公子：意指富家子弟。五陵，位于长安（今陕西咸阳附近）的五座西汉帝陵，即高祖、惠帝、景帝、武帝、昭帝之陵。

⑳总角：古代男女未成年前束发为两结，形状如角，故称。

㉑母：本钱。

㉒子当肖之：利息和本钱一样多。子，利息。

㉓斧斤：斧头。

【赏读】

清初徐釚《本事诗后集》云笠翁"能为唐人小说"。《秦淮健儿传》乃是出自笠翁之手的武侠名篇，很好地继承和发扬了唐传奇的叙事风格。此外，还体现了史传文学的鲜明特点。

这篇小传记述了秦淮健儿颇具传奇色彩的一生。笠翁云此事发生于"嘉靖中",然而是否实有其事,已无从查考。或是笠翁由坊间道听而来,亦未可知。即便凭空杜撰而成,也丝毫不影响作品的文学价值。

情节曲折离奇,叙事一波三折,是这篇小传给读者带来的最直接的感受。文章前半部分,通过一系列生动的典型情节,将健儿好勇斗狠、恃勇自负的性格刻画得淋漓尽致;后半部分,健儿因在酒家夸下海口,结果栽了跟头。健儿方才知道天外有天,人外有人,从此不再与他人争较短长,得以天年终。江晓柯评此文曰:"世上夜郎王不少,故可作《夜郎王外传》。"虽是调侃之言,却也道出了笠翁创作此文的深意。

笠翁长于戏曲、小说,其作品以构思精巧、语言生动而为人称道。这一特点,在《秦淮健儿传》里体现得很是鲜明。此文构思之精巧,自不待多说。从语言来看,可谓字字珠玑。常常仅寥寥数笔,笔下人物即须眉欲活。如描写健儿大言不惭时的"掷杯砍案"四字,密林深处遭劫时的"股栗之状,渐不自持"八字,无不栩栩如生,活现其形。人物语言,同样极富感染力。如"遇万万敌,遇千千敌;计人而敌,斯下矣"一语,将健儿目中无人的性格特征刻画得极其传神。"畴昔途中解腰缠赠我者,非子而谁"诸语,不仅出人意表,而且使后生的人物形象,变得更加有血有肉。

时人李砚斋评此文:"事奇文亦奇,其格调与魏文《典论·自叙》不相上下。"倪闇公评此文:"笔力雄恣,如范蔚宗叙昆阳之战时。"魏文即曹丕,《典论》系曹丕所撰文艺理论批评专著;范蔚宗即范晔,昆阳之战出自《后汉书》。

义士李伦表传

　　义士李鉴，字伦表，杭州郡学诸生，福建巡海道陈公大来①之幕客也。为人厚重醇朴，外不足而内有余。陈公喜诙谐，善挥霍，多声乐之嗜；伦表则力崇俭素，终年不近色，与人言，呐呐然不能出诸口。事事与公相左，虽由性然，亦欲以身谏耳。若是，则公宜惮弗与居，即居亦不久。孰意其亲之爱之，信而任之，历十余年如一日，虽骨肉周亲不啻也。

　　甲寅之变②，耿藩③遣使持檄至，约与同叛。时公方视事④，见檄发指，对使手裂于公堂。入谓伦表曰："纲常坏矣！吾辈处此当若何？"伦表曰："公意何居？"盖先叩两端而后决其是也。大来曰："海道不辖兵，难以议战，惟集同城文武合谋，奋死力图守，以俟天兵⑤之至。济则君之灵也，不济则以死继。"伦表曰："善。但守则必需积贮，乃今库帑罄悬，仓无斗粟，奈何？且虑同城文武，未必皆心此心，姑尝试之可耳。"言毕，促公早出。讵意集众之令未下，而所属文武已先易服以示右袒⁶，且虑当堂毁檄明示不从，耿藩问罪之师旦暮即至，池鱼林木之殃在所不免，肘腋⁷之内，即有伏戈反向、冀邀功于首事之一人者。公甫出即退，谓伦表曰："事不谐矣！有死无二。但少一程婴、杵臼⁸为宗祀计。虽忠不孝，为可虑耳。"伦表曰："先生岂疑我哉？设有不讳，我当仔之。此头可断，此言不可食也。"公笑曰："知君必尔，姑以前言戏之。"言讫拜托，伦亦拜而受之。公自是勇于殉难，无纤毫内顾于衷矣。遂偕妻、妾、爱女共二十有一人，同时缳首。

时公四子，惟居长一人名汝器者年十五六，余皆黄口。殡殓死者，调护生者，皆以一身任之。然任之非易事也，此时地覆天翻，人心叵测，既以叛者为是，即指不叛者为非，同城文武，保无欲绝龙、比⁹之后，以快操、莽⁰之心者乎？此同时僚寀⑪之可虑也。且前此海禁⑫甚严，公亦奉命惟谨，有愚民嗜利忘害，违禁出洋，以冀非常之获者，公必杀无赦。是以漳、泉二郡⑬之民，奉公者戴之如母，藐法者疾之若仇。乘此纪纲灭绝之时，保无迁怒于噍类⑭，以快其私忿者乎？此遐迩人心之可虑也。是此四孤也者，实为众射之的。此即当日程婴、杵臼合谋，谓立孤难而死易，杵臼匿假孤于山中，婴出谬举，取假孤与杵臼而杀之，真孤始得苟延之势也。当日为屠岸贾者一，此时则遍地皆其人矣。伦表以一身抚四孤，既三倍于程婴受托之数，又以一身充二役，安所得伪匿假孤之杵臼而杀之？其难之又难可知已。伦表则施妙用于其间：欲为忠臣抚孤，先结不忠者之心，以消其忌。且此际之奸民，不惮死者而惮生者，不畏忠臣而畏逆臣，权在故也。伦表往来其间，饮酒剧谈无虚日，诸孤赖以安枕。

未几而藩使复至，移诸孤及伦表入省城安置。时海上有事，伦表虑生者行后，诸棺毁于兵火，且俱在海道署中，此时摄篆⑮者系伦表同乡，故不令他徙，将来代之者至，岂复能容？故力请缓期，俟择土瘗棺而后去。使者不能待，欲先挟诸孤以行，伦表以明哲保身之术授之，使先行而己后至。孰意诸孤行后，郑锦⑯率海兵登岸，耿割漳、泉二郡与之，使画疆而守，居其地者，无兵符不得出境，是以诸孤在省，伦表在漳，风马牛不相及矣。伦表安厝⑰诸棺，各得其所，又皆覆以浅土，为将来移葬之地。时有总兵赵得胜⑱者，驻兵海澄⑲，料陈公必有厚积，计欲发其所藏。生前寄心腹者，惟伦表一人，未有不知其处者，执赴海澄讯之，与纪纲⑳孔立同日被逮。立则陈公之义仆也，挺身而前，谓司锁钥、计出纳者，惟我一人，李乃西宾，焉与内事？赵曰："果如是，当直言无隐。"立曰："主人素轻财，俸钱入手，随时散去，况负积逋以数万计，有亦偿债，岂获存留？"赵不信，拷之，所招如故，榜掠至数百而不死。次日复讯如前，始毙杖下。立妻有殊色，赵将内之。叹曰："主为忠臣，夫为义仆，岂可以一人事仇而玷全家名节乎？"自经而死。赵志未遂，复将有事于伦表。时耿、郑不睦，郑疆告警，檄赵出师，赵系伦表于狱，俟归日处分。伦表幽囚困苦，备尝惨酷。后赵以抗耿被杀，伦表得脱返漳。不数月而王师至矣，耿乞降，郑亦复归于海。伦表遣人逆㉑诸孤，为扶榇还乡计。讵料郑兵伏于草莽，夺陈氏诸孤而去。伦表抢地呼天，谓我勤劳数年，冀抚诸孤成立，扶丧北返，然后冒死叩阍，乞圣天子奖誉忠臣而恤其后，乃今若是，是我负托九原，为善不终，何以见知己于地下！触顶流血，怨艾不已。时在新海道毓贤王公㉒署中，王公劝慰再四，虽强为眠食，而五中摧裂，膏肓之疾，遂胎于此矣。

自是日渐尪羸㉓，医卜皆云不吉。王公谓其子曰："汝不劝父生还，必作异乡之鬼，汝能免于不孝乎？"其子泣谏不从，必欲以身殉知己。王公曰："汝殉知己固宜，但闻两尊人在堂，望汝甚切，古之侠士，有亲在不敢以身许人者，汝独厚友而薄亲，权其轻重，无乃不可乎！"伦表闻之，幡然失色，乃诣诸棺所，哭别而行。夫以病躯历远道，兼之所欲弗遂，愤而继之以劳，求其弗死，不可得矣。然犹幸不死于道而死于家，天报善人，惟此一着，其余皆不可问也。

其尊人告予曰："吾儿易箦㉔之前，命家人设五神位于中堂，祀东西南北及中央土之五帝，家人询其故，谓五帝奉玉皇诏而来，将有以命我也。家人曰：'若是，非特免灾，且多后福矣。'对曰：'不然，其所以命我者，乃使治鬼，非治民也。'言讫，从容谈笑而逝。"予谓果如斯言，始足以服为善者之心，否则福善祸淫之说，几乎谬矣。夺颜回㉕以年，斩伯道㉖以嗣，皆若前车之既覆者也。仁义道德之事，孰肯复为之哉！

【注释】

①陈公大来：即陈大来。陈大来，名启泰，奉天盖州（今属辽宁）人。贡生。康熙八年（1669）任福建巡海道。三藩之乱爆发后，阖门死难。

②甲寅之变：康熙十三年（1674）三月，耿精忠在福州起兵叛乱。

③耿藩：指耿精忠。耿精忠袭爵靖南王，系清初"三藩"之一。

④视事：办公，接任治事。旧时指官吏到职办公。

⑤天兵：指清政府平乱大军。后文"王师"，亦同此义。

⑥右袒：脱去右袖，露出右臂和右肩。《汉书·高后纪》："勃入军门，行令军中曰：'为吕氏右袒，为刘氏左袒。'军皆左袒。"后世遂以"右袒"表示倒向不义者一方。

⑦肘腋：指胳肢窝。比喻就在身边。

⑧程婴、杵臼：杵臼，即公孙杵臼。与程婴均系春秋时晋国人。当时赵氏惨遭灭门，奸臣屠岸贾查寻赵氏孤儿下落。程婴与公孙杵臼合谋，使赵氏孤儿得以保全。事见《史记·赵世家》。李渔有《论程婴立孤而死》，可参看。

⑨龙、比：指关龙逢和比干。两人分别是夏末、商末贤相，皆因进谏被杀。两人遇害后，夏朝、商朝很快灭亡。此处代指忠臣。

⑩操、莽：指曹操和王莽。曹操挟天子以令诸侯，王莽篡汉建立新朝。此处代指乱臣贼子。

⑪僚寀（cǎi）：同僚。寀，官员。

⑫海禁：禁止民间私自出海。清朝实施海禁，主要是为了抵御反清复明的力量。

⑬漳、泉二郡：指漳州和泉州，皆系福建重镇。

⑭噍（jiào）类：活着的人。

⑮摄篆：代理官职，掌其印信。

⑯郑锦：即郑经，郑成功长子。郑经踞守台湾。耿精忠叛变后，约郑经出兵。

⑰安厝（cuò）：浅埋棺柩，以待正式安葬。

⑱赵得胜：海澄总兵，以城降耿精忠。不久，叛耿投

郑。康熙十六年（1677）春，与清军作战时战死。

⑲海澄：位于福建南部，今属漳州龙海区。

⑳纪纲：仆人。

㉑逆：迎接。

㉒毓贤王公：即王毓贤。王毓贤，辽宁沈阳人，官至贵州布政使。公余之暇，雅爱书画。著有《绘事备考》。

㉓尪羸（wāng léi）：瘦弱。

㉔易箦（zé）：更换床席，指病危将死。箦，竹编床席。

㉕颜回：字子渊，孔子最得意的弟子。颜回先孔子而去世，故云"夺颜回以年"。

㉖伯道：即晋人邓攸。邓攸，字伯道，平阳襄陵（今山西临汾）人。逃难途中，邓攸舍弃儿子，以保全侄儿。《晋书·邓攸传》："天道无知，使邓伯道无儿。"

【赏读】

"三藩之乱"爆发后，福建巡海道陈大来阖门殉难，气贯长虹。笠翁自言曾受陈大来"特达之知"。闻知陈大来殉国，笠翁写有《祭福建靖难巡海道陈大来先生文》，记其殉国事甚详。这篇《义士李伦表传》，记述的是陈大来殉国后，其幕客李伦表舍身护孤诸事。

笠翁写文祭奠陈大来，时在丙辰冬，距陈大来殉国，已两年余。祭文记其殉国事，略云："甲寅之变，靖藩胁之使叛，先生毅然拒之。妻妾子女，共二十四人，呼聚一堂，谕之曰：'吾世受国恩，今以死报。我忠于国，而辈当忠于我。有不自死者，我即死之。'言讫，各授以缳，复挺利刃以待。其夫人复谕诸妾及二女曰：'此时不决，主人靖难后，求死不能矣。我请先之。'言未毕而自投梁上。诸妾及二女皆迫于忠义，不敢辞。有一二因循者，先膏利刃以示劝。是以二十四人之中，止留二子为宗祧计，余皆缳首于一时。先生命属吏各治棺衾，浮其一以自待，目击众尸含殓毕，遂北面叩头，流血被面，始饮鸩而卒。此三藩叛后，靖难诸臣之第一人也。"

这篇祭文，可补《义士李伦表传》叙事之简省处。两文细节略有差别，如祭文称陈大来仅留二子，以承宗祧，此传却称李伦表以一身抚四孤；除陈大来外，祭文作阖门二十二口殉难，此传则言共二十一口。未知孰是。此传当成于祭文之后。

李伦表舍身救护义士之孤，在笠翁看来，较之春秋时程婴、公孙杵臼救护赵氏孤儿，更为不易。"伦表以一身抚四孤，既三倍于程婴受托之数，又以一身充二役，安所得伪匿假孤之杵臼而杀之？"李伦表忠肝义胆，义薄云天，令人感喟。时人朱修龄评曰："伦表苦心，和盘托出。即使自陈衷曲，恐亦不能条畅及此。"所言甚是。

笠翁写此传，乃为彰显仁义道德，读来却令人不胜唏嘘。李伦表历经千辛万苦，终于盼来王师，却不想陈氏诸孤被"复归于海"之郑经所劫。李伦表深感有负知己所托，竟至一病不起，命染黄泉。所幸两年后，陈大来长子陈汝器冒险逃归，后受到朝廷封赏，擢安徽巡抚。李伦表若泉下有知，定当含笑矣。

　　李伦表一介幕客，而能行此忠义之事，千古少见。若不是笠翁生花妙笔，其事迹定然已湮没于岁月长河之中。以此而论，李伦表何其幸哉！视笠翁此文为一段信史、良史，亦不为过。

乔复生王再来二姬合传

乔王二姬，生前无名，皆呼曰"姊"。乔，晋人，即名晋姊；王，兰州人，即名兰姊。既曰无名，则何以有复生再来之号？曰死后追忆，不忍叱其小字，故为是称。一则冀其复生，一则喜其再来，皆不忍死之之词。犹宋玉之作招魂①，明知魂不可招，招以自鸣其哀耳。

岁丙午②，予自都门入秦③，赴贾大中丞胶侯④，刘大中丞耀薇⑤，张大将军飞熊⑥三君子之招，道经平阳⑦，为观察范公字正者⑧，少留以舒喘息。时止挟姬一人，姬患无侣，有二妁⑨闻风而至。谓有乔姓女子，年甫十三，父母求售者素矣，盍往观之？予曰："旅囊羞涩，焉得三斛圆珠？"辞之弗往。适太守程公质夫⑩过予，见二妁在旁，讯曰："纳如君乎？"予曰："否。"具以实告。太守曰："无难，当为致之。"旋出金如干授二妁。少迟，则其人至矣。虽非殊色，亦觉稍异凡姿。盖纯任本质，而未事丹铅者。此女出自贫家,不解声律为何事,以北方鲜音乐、优孟衣冠⑪,即富室大家犹不数见,矧细民乎!

是日,有二三知己携樽相过,命伶工奏予所撰新词,名《凰求凤》⑫。此词脱稿未数月,不知何以浪传,遂至三千里外也。二姬垂帘窃视,予以聋瞽目之。非惟曲词莫解,亦且宾白⑬难辨。以吴越男子之言,投秦晋妇人之耳。何异越裳⑭之入中国,焉得译者在旁,逐字为之翻译乎!

次日诘之,曰:"昨夜之观乐乎?"曰:"乐。"予谓:"能解斯可乐,解乎?"对曰:"解。"予莫之信,谓果能解,试以剧中情事,一一为我道之。渠⑮即自颠至末,详述一过,纤毫弗遗,且若有味乎言之,词终而无倦色,予始异焉。再询:"词义则能明矣。曲中之味,亦能咀嚼否耶?"对曰:"有是音,有是容,二者不可偏废。容过目即逝矣,曲之余响,至今犹在耳中。是何以故,莫能自解。"予更奇之,然信其初言,而终疑其后说,谓声音道微,岂浅人能辨,必饰词耳。

乃彼自观场以后,歌兴勃然。每至无人之地,辄作天籁自鸣。见人即止,恐贻笑也。未几,则情不自禁,人前亦难扪舌⑯矣。谓予曰:"歌非难事,但苦不得其传,使得一人指南,则场上之音,不足效也。"予笑曰:"难矣哉!未习词曲,先正语言。汝方音不改,其何能曲?"对曰:"是不难,请以半月为期,尽改前音而合主人之口。如其不然,请计字行罚。"予大悦。随行婢仆皆南人,众音嘈嘈,我方病若楚咻⑰,彼则恃为齐人之傅,果如期而尽改,俨然一吴侬矣。

事之不期然而然者,往往不一而足。此时身已入秦,秦俗质朴,焉得授歌之人。适有一金阊⑱老优,年七十许,旧肃王府⑲供奉人也。失主无归,流落此地,因招致焉。始授一曲,名《一江风》⑳。师先自度使听,复生低徊久之。谓予曰:"此曲似经过耳,听之如遇故人,可怪也。"予曰:"汝未尝多听曲,焉得故人而遇之?"复生追忆良久,悟曰:"是已,是已!前所观《凰求凤》剧中吕哉生初访许姬,且行且唱者,即是曲也。"予不觉目瞠口吃,奇奇不已。谓师曰:"此异人也,当善导之。"于是师歌亦歌,师阕亦阕,如是者三。复生曰:"此后不烦师导矣。"竟自歌之。师大骇,谓予曰:"此天上人也,予授曲三十年,阅徒多矣,数十遍而微知大意者,慧人也。中人以下之资,数百遍尚难释口,不待痛惩切责,未能合拍。乃今若此,果天授非人力也。"斯言近实而未验,乃不三日而愚智判然矣。因当日随来旧姬与之同学,均一曲也,人一能之,己百之,犹不免于痛惩切责,以是知师言不谬,而此女洵非人间物也。由是日就月将,无生不熟。数旬以后，师谓青出于蓝，我当师汝矣。客有求听者，以罘罳[21]隔之，无不食肉忘味。复生曰："乐必埙篪互奏，鸟必鸳凤齐鸣，始能悦耳。兹以一人度曲，无倚洞箫和之者，无乃岑寂太甚乎？"予知此言为绛灌[22]而发，以同堂共学者之非其伦也。

未至兰州，地主知予有登徒之好[23]，乃先购其人以待者，到即受之，不止再来一人，而再来其翘楚也。始至之日，即授以歌，向以师为师，而今则以复生师之矣。复生之奇再来，犹师之奇复生，赞不去口，而且乐形于色。谓而今而后，我始得为偕凰之凤、合埙之篪矣。请以若为生而我充旦，其余脚色，则有诸姊姊在，此后主人撰曲，勿使诸优浪传，秘之门内可也。时诸姬数人，亦皆勇于从事，予有不能自主之势，听其欲为而已。

岁时伏腊[24]，月夕花晨，与予夫妇及儿女诞日，即一樽二簋，亦必奏乐于前。宾之嘉者，友之韵者，亲戚乡邻之不甚迂者，亦未尝秘不使观。如金陵之方邵村侍御[25]、何省斋太史[26]、周栎园宪副[27]，武林之顾且庵直指[28]、沈乔瞻文学[29]，咸熟谙宫商[30]殚心词学，所称当代周郎[31]也。莫不以小蛮、樊素[32]目之，他可知已。

予于自撰新词之外，复取当时旧曲，化陈为新，俾场上规模，瞿然一变。初改之时，微授以意，不数言而辄了。朝脱稿，暮登场，其舞态歌容，能使当日神情，活现氍毹③之上，如《明珠·煎茶》③《琵琶·剪发》⑤诸剧，人皆谓旷代奇观。复生未读书而解歌咏，尝作五七言绝句，不能终篇，必倩予续，是即夭折之徵。性柔而善下，未尝以聪慧骄人。再来之柔更甚，尝以嘻笑答怒骂，殴之亦不报，有娄师德⑥之风焉。声容较之复生，虽避一舍，然不宜妇而宜男，立女伴中似无足取，易妆换服，即令人改观，与美少年无异。予爱其风致，即不登场，亦使角巾⑰相对，执麈尾⑱而伴清谭。不知者，目为歌姬，实予之韵友也。予数年以来，游燕、适楚、之秦、之晋、之闽，泛江之左右、浙之东西，诸姬悉为从者，未尝一日去身，而能候予之饥饱寒燠，不使须臾失调者，则二人之力居多。

　　壬子冬，复生诞一女，以不善摄生致病，然素善讳疾，不使人知。其意无他，以予终岁浪游于外，知其疾，必阻之，恐作失群之鸟，不获偕行故耳。癸丑⑲适楚，客于汉阳，病渐加而容不减，非惟不治药饵，仍望以丝竹养生，因所耽在是，非此不足陶性情也。越夏徂秋，稍有倦色，予始知而药之。奈楚无良医，一二至者，皆同射覆⑳，非曰寒，即曰疟，即曰中暑，

卷一　记传

总无辨其为瘵者。病剧半载,从未恋榻,惟临终数日,始僵卧不起,前此皆力疾而行,仍施膏沐。同侪讯以故,答曰:"非不欲卧,恐以不起愁主人,徒扰文思,无益于病者。"时予方辑《一家言》之初集未竟故也。言毕,即令焚香祝天,谓予得侍才人,死可无憾。但惜未能偕老,愿以来生续之。又以此语嘱同辈,令勿使予知。诸姬中,惟与再来最密,临殁以女授之,属其抚育。凡人之死,未有不改形易貌,或出谵语,渠自抱疴至终,无一诞妄之词,诀语亦无微不悉。死时面目,较生前觉好,含敛之物,悉经手检目视,倩人盥栉毕,乃终。予方恸悼不已,诸姬复以前言告,予益抚棺恸哭,不忍独生。

甲寅入都中,诸姬不与,惟再来及黄姓者二人与俱。再来居常安好,从予七年,不识参蓍芝术^㊶为何味。忽于舟中得疾,天癸^㊷不至,腹渐膨,然谬以为娠,盖素望诞儿,凡客赠缠头^㊸,人皆随得随用,彼独藏之,欲待生儿制褓襁。至是,误以可忧为可喜。如是者屡月,病不稍减,而经忽至焉,始知从前见食而呕者,病也,非孕也。始则认忧为喜,今则转喜成忧矣。又以向受复生托孤之命,讵意母亡未几,女亦旋殁,未免负托九原,时时抱痛,皆致疾之由也。予未出门时,诸姬中有一善妒者,好与人角,予怒而遣之。

再来不解予意，谬谓一遣百遣。乃向内子及诸妾曰："生卧李家床，死葬李家土。此头可断，此身不可去也。"内子故设疑词难之曰："主人老矣，不若乘此芳年，早求得所之为愈。"再来曰："主人老，而主母之中，尽有艾㊹者，诸艾可守，予独不能安于室乎？"诸妾又曰："我辈皆有子，汝或不生，后将奚恃？"对曰："主母恃诸郎君，予请恃其所恃。"内子及诸妾闻之，无不沾沾泣下。有一人而三男者，嘉其贤淑，欲以幼子子之。再来曰："姑缓数年，如果不育，请践斯语。"其性之贞烈若此。临逝，执予手曰："良缘遂止此乎？"时欲泣无声，且无泪矣。

　　二姬之年，皆终于十九。再来少复生一岁，亦后死一年。噫！予何人哉？尝试扪心自揣，我无司马相如㊺、白乐天、苏东坡㊻之才，石季伦㊼之富，李密、张建封㊽之威权，而此二姬者，则去文君、樊素、朝云、绿珠、雪儿、关盼盼不远，是为何故？且造物既予之矣，胡复夺之？予是则夺非，夺是则予非，必居一于此矣。且予又有惑焉，妇人所尚者二，貌与年也。予貌若何？无论安仁、叔宝㊾，不敢与之比衡，即偕王粲、左思㊿并立，犹自觉形秽。至与古人序齿，即赴耆英、真率㉛二会，犹居上座，矧诸少年场乎？若是，则此二人者，宜求为覆水之不暇，奈何反作坚冰不解，自甘碎裂于盆盎中邪?

或曰：推其本念，究竟出于怜才。夫才之有无多寡，姑置弗论。即曰有之，亦惟有才者斯能怜才。彼非多识字善读书之人，知才为何物而怜之乎？此千古难明之事，兹惟传其行略，以示不忘而已矣。若谓二姬应为我得，则人皆有目，我将谁欺？

【注释】

①宋玉之作招魂：《招魂》见于《楚辞》，一说系宋玉"哀屈原魂魄放佚"而作；一说系屈原所作，招楚怀王魂魄复还楚国。宋玉，战国末年辞赋家。

②丙午：即康熙五年（1666）。李渔时年五十六岁。

③都门入秦：由北京到陕西。都门，京都城门，后代指京都。清都乃北京。秦，系指古秦地。

④贾大中丞胶侯：即贾胶侯。贾胶侯，名汉复，字胶侯，山西曲沃人。崇祯年间任淮安副将。顺治十四年（1657）由工部右侍郎授河南巡抚，康熙元年（1662）以兵部尚书巡抚陕西。

⑤刘大中丞耀薇：即刘耀薇。刘耀薇，名斗，字耀薇，直隶清苑（今河北保定清苑区）人。顺治初以教习王世子，授兵部启心郎，积九载，擢宗人府。顺治十八年（1661），由国史院学士授甘肃巡抚。

⑥张大将军飞熊：即张飞熊。张飞熊，名勇，字飞熊，

陕西咸宁（今属西安）人。仕明为副将。入清，授游击，历官至靖逆将军、甘肃提督，封一等侯。

⑦平阳：即今山西临汾。

⑧观察范公字正者：即范正。范正，名印心，河南河内人，顺治四年（1647）进士，历任山西崞县知县、户部主事、山西布政使参议等职。

⑨妁（shuò）：旧指媒人。

⑩太守程公质夫：即程质夫。程质夫，名先达，江南休宁（今属安徽）人。举人。康熙四年（1665）至七年（1668）任山西平阳知府。

⑪优孟衣冠：比喻假扮古人或模仿他人。此处系指登场演戏。优孟，指名孟的艺人。典出《史记·滑稽列传》。楚相孙叔敖死后，优孟模仿孙叔敖去见楚王，竟让楚王以为孙叔敖复生。

⑫《凰求凤》：李渔所撰戏曲之一种。全剧共三十出。改编自短篇小说集《连城璧》之《寡妇设计赘新郎，众美齐心夺才子》。

⑬宾白：戏曲里的说白。徐渭《南词叙录》："唱为主，白为宾，故曰宾白。"

⑭越裳：古国名，曾向西周进献白雉。一说系越南古称。

⑮渠：人称代词，代指乔姬。

⑯扪（mén）舌：按住舌头。意指不说话或不发声。

⑰楚咻（xiū）：《孟子·滕文公下》云："一齐人傅之，众楚人咻之，虽日挞而求其齐也，不可得矣。"意谓一个齐国人教他，很多楚国人干扰他，即使每天鞭打他要他说齐国话，也是不可能的。咻，喧扰。

⑱金阊：苏州旧时的别称。

⑲肃王府：位于今甘肃兰州。肃王名朱楧，系明太祖朱元璋第十四子。崇祯十六年（1643），最后一任肃王朱识鋐为李自成农民军所杀。

⑳《一江风》：曲牌名。

㉑罘罳（fú sī）：古代设在门外的屏风。

㉒绛灌：指汉绛侯周勃、颍阴侯灌婴。韩信以其二人战功不显赫却身居高位，而耻于为伍。

㉓登徒之好：意指贪恋女色。典出宋玉《登徒子好色赋》。

㉔岁时伏腊：意指季节更迭之时。伏腊，夏冬两季祭祀之日。

㉕方邵村侍御：方邵村，名亨咸，号邵村，江南桐城（今属安徽）人。顺治四年（1647）进士。官至陕西道御史。工诗文，善书画，谙乐曲。

㉖何省斋太史：何省斋，名采，别号省斋，江南桐城（今属安徽）人。顺治六年（1649）进士。历官左春坊、侍读。甫三十，弃官归。工诗词，善书。有《南涧词选》等。

㉗周栎园宪副：周栎园，名亮工，别号栎园，河南祥符

人。崇祯十三年（1640）进士。入清后，历任两淮盐运使、福建右布政使、左副都御史等职。有《赖古堂集》《因树屋书影》等传世。

㉘顾且庵直指：顾且庵，名豹文，号且庵，浙江钱塘人。顺治十二年（1655）进士，曾出巡湖北。有《世美堂集》《愿圃日记》。直指，巡视地方政事的官员。

㉙沈乔瞻文学：沈乔瞻，名未详，当为李渔之词友。

㉚宫商：古代音律中的宫音与商音，后泛指音乐。

㉛周郎：即周瑜。周瑜精通音律，有"曲有误，周郎顾"之谓。

㉜小蛮、樊素：皆为白居易家姬，能歌善舞。白居易尝为诗曰："樱桃樊素口，杨柳小蛮腰。"白居易，字乐天，后文"白乐天"亦指白居易。

㉝氍毹（qú shū）：毛织的地毯。古代演戏地上多铺地毯，故以"氍毹"代指舞台。

㉞明珠：指明代陆采所撰之《明珠记》，第二十五出为"煎茶"。

㉟琵琶：指元末高明所撰之《琵琶记》，其中有赵五娘剪发的情节。

㊱娄师德：唐代名臣，生性宽厚，有"唾面自干"之典。《新唐书·娄师德传》："其弟守代州，辞之官，教之耐事。弟曰：'有人唾面，洁之乃已。'师德曰：'未也，洁之，是违其怒，正使自干耳。'"

卷一 记传

㊲角巾：有棱角的头巾，意为扮成儒生。

㊳麈（zhǔ）尾：形似羽扇，魏晋名士好清谈，常用来拂秽清暑。

㊴癸丑：即康熙十二年（1673）。李渔时年六十三岁。

㊵射覆：指猜谜。

㊶参蓍（shī）芝术（zhú）：泛指药材。参，人参。芝，灵芝。蓍、术，均为草本植物，可入药。

㊷天癸：指女子月经。

㊸缠头：客人所赠之锦帛。

㊹艾：犹言年轻美貌。

㊺司马相如：西汉辞赋家。蜀中才女卓文君尝私奔司马相如。

㊻苏东坡：即苏轼。朝云乃苏轼之侍妾。

㊼石季伦：即西晋石崇。石崇，字季伦。绿珠乃石崇宠妾。八王之乱中，石崇得祸，绿珠坠楼自杀。

㊽张建封：唐代大将，尝镇守徐州十年。其子张愔为爱妾关盼盼建燕子楼，张愔身故后，关盼盼独居燕子楼，守节不移。此处作者将张愔事误为张建封事。

㊾安仁、叔宝：安仁指潘岳，叔宝指卫玠。两人都是著名的美男子。

㊿王粲、左思：均为古代名士，以文才著称。

㉛耆英、真率：即耆英会、真率会，皆用以代指年老有德者的聚会。

【赏读】

　　笠翁多次自嘲乃是"登徒子"。身边侍妾虽多，可对视艺术为生命的笠翁来说，真正堪称爱侣、韵友者，唯有乔、王二姬。是二姬，让笠翁家班名扬四海；是二姬，将笠翁的文学创作推向了最高峰；是二姬，使笠翁享受到了一段琴瑟相和的快乐时光。笠翁视二姬，又岂能不如珍宝？

　　匆匆，一切太匆匆！短短一年多时间，乔、王二姬竟先后病逝异乡，怎不令已逾花甲之年的笠翁痛断肝肠！乔姬病逝后，笠翁作《断肠诗二十首哭亡姬乔氏》，小序末云："人谓悼亡诗至二十律，无乃过繁？予犹苦其韵短情长，不足舒悲痛牢骚之万一也！"诗中有"欲死难追无迹履，独生深愧有情痴""休言再觅同心侣，岂复人间有二乔"诸句，令人不忍卒读。王姬卒后，笠翁又作《后断肠诗十首》，"肠断于今甫一年，那堪随续断肠篇""死葬吾家心已遂，知君含笑入重泉"诸句，可谓字字断肠。

　　这篇《乔复生王再来二姬合传》，同样写得情真意切。乔、王二姬，生前无名。笠翁为她们取名复生、再来，取"招魂"之意。乔姬得之于晋，王姬得之于陇。乔、王二姬的艺术天赋，远远出乎笠翁意料。二姬登台演出，技惊四座。笠翁家班，一时间声名远播。数年以来，笠翁多次携家班远游，二姬相伴身边，神仙美眷，似水流年，羡煞多少风流名士！然而好景不长，二姬竟先后离笠翁而去，年皆十九。笠翁感受到的，无疑是锥心之痛。此后相当长一段时间，笠翁不忍听歌，自谓"人琴双绝已多时，谁鼓湘灵慰所思"！除了此传，笠翁在多篇诗文里，也真切地流露出对乔、王二姬的思念之情。

此传结尾，笠翁大量用典，将二姬比之文君、樊素、朝云、绿珠、雪儿、关盼盼。笠翁自谓无潘岳、卫玠之貌，王粲、左思之才，加之又年事已高，却偏偏能得到二姬之垂爱，岂非冥冥中注定之姻缘？笠翁对二姬之情，早已超越了年龄、超越了世俗，达到了真正的意气相投。

时人对此传颇多评论。佟碧枚评曰："昔人谓相如传殆其自作，太史公爱其文词，不忍去，因为删拾成篇，入之《史记》。笠翁之文词及一种深情逸致，真不减相如，异日有太史公出，必将采而著之。二姬可以不朽，视世之艳冶自命而仅享瞬息之荣者，其所得大小，厚薄为何如也？"毛稚黄曰："孙仲谋语周郎：乔公二女虽流离，得吾二人为婿，亦足为欢。今乔、王二姬得笠翁之文以传，虽夭亦快。且使其后笠翁而死，则何从得此？然则其不寿也，乃其所以为大寿也欤！"

朱静子传

朱静子者，杭人，名弦，予友毛子稚黄①之素臣也。曷言乎"素臣"？曰：静子之归毛子，阅十有五年，以处子始，以处子终；犹人以左丘明②臣素王③，臣之以心，臣之以传《春秋》之功，未尝实以身事而縻④其爵与禄也。毛子非故欲妾之以名，静子亦非不欲臣之以实，奈何静子来，毛子病，毛子愈，静子死，似造物厄之以素，俾⑤作妇中丘明者然。此所以为奇，此予所以为作传也。

静子之入门也，年甫十三，毛子惜其幼，使待年于闺。阅二载，可御矣，微狎近之，辄面赪⑥避去。毛子仍养其幽贞，弗遽使当夕。再逾年而毛子之尊公卒，寝苫⑦次逾年，病遂始矣。一日剧，属后事于家人，谓此女年少，宜嫁作良家妇，勿多受财，足备奁，遣之可矣。时静子在侧，一闻斯言，且怒且哭，谓吾身岂传舍⑧乎哉？有之死靡他而已！毛子自是益重之。病十载不愈，妇与他姬皆没，抚诸子，理中馈⑨，皆任以一

卷一　记传

身,尤善调摄病者,以均寒燠⑩、防饥节饱代医,择饮食之有补于人者代药。毛子濒危十余载,终能免于不讳者,谁之力欤?

乃病者稍有起色,而不病者反病,且入膏肓。毛子救之甚力,未尝不以医我、药我者医之、药之,而无如造物故欲示奇,使作古今来未有之妾,俾闻者悲之、吊之、纪之、传之,不忍其与草木昆虫同腐朽也,年二十七而溘焉以殁。呜呼!岂事病者过劳而致此欤?抑天生此女,原为毛子已病而设,病愈则药屏,犹古所云"飞鸟尽,良弓藏"者欤?先是,星家⑪推静子属虎,生时以亥,谓虎阴兽而厉,亥阴时而终,此女性必毅,法当克夫。及毛子病甚,静子谓诸女伴曰:"主人疾岂由我,星者之言果验乎?若是,则我求先死,损其算以益主人。"由此语测之,或者静子默祷于天,愿以身代,而天果昭其诚焉,是亦未可知也。

性素贞悫⑫,不苟言笑,虽久司家政,未尝自名一钱,自食一味,主人或有赉予,辄藏以待乏,他德皆称是。毛子哀之,以其所抚诸子豹臣奉为慈母,执丧三年,而主附庙,报之亦云至矣。诸子虎男为作传,词简而意尽,乃毛子思之弥笃,又以属予。时予方自悼乔、王二姬,为作合传,传毕,遂为述此。静子有灵,必觏⑬我二姬于泉台,烦以一言慰之曰:"汝侍衽席六七年乃亡，其非素臣也明矣；我目犹可瞑，汝复何歉于中哉？"吾知其必相视而昵，莫逆于心也。若是，则汝三人之留连地下，不犹我偕毛子之容与人间乎？

【注释】

①毛子稚黄：即毛稚黄。毛稚黄，名先舒，浙江钱塘人，一说仁和（今属杭州）人。明季诸生，工诗文，为"西泠十子"领袖。著有《思古堂集》《毛稚黄集》等。

②左丘明：春秋末年鲁国人，曾任鲁国史官，为释《春秋》而作《左传》。

③素王：指孔子。王充《论衡·定贤》："孔子不王，素王之业在于《春秋》。"

④縻：束缚。

⑤俾（bǐ）：使。

⑥赪（chēng）：浅红色。

⑦寝苫（shān）：睡在草苫上。苫，草垫。

⑧传舍：犹言旅馆。

⑨中馈：主持家中供膳诸事。

⑩寒燠（yù）：冷热。燠，热。

⑪星家：星相家。犹言术士。

⑫贞悫（què）：坚贞诚信。悫，诚实。

⑬觏（gòu）：遇见。

【赏读】

读《朱静子传》，不禁想到冒辟疆传世名篇《影梅庵忆语》。朱静子之于毛稚黄，犹似董小宛之于冒辟疆。

嫁进冒家后，五年之内冒辟疆三次染病卧床，董小宛朝夕在床边服侍，几乎目不交睫。冒辟疆病愈后，未料董小宛却又染疾，不久撒手而去，年仅二十七岁。朱静子之情状，如出一辙。毛稚黄濒危十余载，朱静子善调摄病，恨不得以身代之。毛稚黄病情稍有起色，朱静子偏偏又病入膏肓，卒年亦二十七。世间如许痴情女子，令人敬煞爱煞！

这篇小传，首尾极奇极妙。笠翁起笔，以左丘明臣素王之典，将朱静子比作毛稚黄之素臣，譬喻出人意表，既新奇，又妥帖。结尾处，笠翁更是浮想联翩，想象朱静子与乔、王二姬莫逆于心，流连地下，犹如自己和毛稚黄"容与人间"，更显风致泠泠。

毛稚黄与笠翁往来数十载，乃是至交。笠翁文集，多有毛稚黄评批。这篇小传，乃是笠翁受毛稚黄之托而写。笠翁方才写就《乔复生王再来二姬合传》，毛稚黄的境遇，让他不免感同身受。此文字里行间，寄寓着笠翁对乔、王二姬的深深思念之情。

西湖盗鱼人自塞盗源纪略

西湖非他，宋之放生池也。今日所谓放生池，较之当年，仅一勺水耳。天禧①中，王钦若②奏以西湖为放生池，祝延圣寿，禁民捕采。迨元，废而不治，任民规窃。明初亦莫之禁，且设额税，渔人佃之。万历中，缙绅、士庶合请于当道诸公，始就湖心寺前后左右，绕潭筑埂，环插水柳，为湖中之湖，即今日之放生池也。游泳其中者，昔喜寿域之宽，今悲生命之促矣。然犹赖邑宰禁饬之严，寺僧防守之密，始可无虞。而扼要之策，则在勤修堤埂，一有渗漏，即为盗者所乘。是以陈定庵③封君、顾且庵直指、严柱峰④侍御，及朱胆生⑤、郑乘文⑥文学，皆预储工费，有缺即补。乃今数年以来，朝塞暮穿，难以越宿，女娲不能见其长，公输⑦无所施其巧。开士⑧东也，控于明府梁公⑨，求察所以不坚之故。公听而不断，始以高阁置之。

一日，渔户以浮网事控。浮网者，罾⑩之最小而浮于水面者也，跨以细竹，一手可提。往时不禁，以其所取者，不过虾、蚌、螺蛳之属，不及巨鳞，是以听其罗取。然旦设夕收，耳目昭然，无所施其诡秘。今则绵昼夜不辍，湖中鲫鲤，日渐消磨，疑其有绝流而渔之术，故讼以诘之。

被控者数十人，罗伏于前。公执首事者严讯，始知其术无他，但能取鱼中孕妇耳。春夏之交，鱼将散子，遇蕴草即投，以子散于其上，犹孕妇将产，预投寝蓐之间也。置蕴草于浮网之上，鱼见即归，是以不劳而获，子母偕亡，于是乎无噍类矣。公治以严法，永杜将来。浮网病鱼之患，赖是以绝。

然公之厘弊，又不止此也。斯狱既终，民将散去，公止之曰："别有一案，虽与若辈无涉，而若辈必知其情。掘放生之堤埂使穿者，必有其人，或同一盗鱼而各分其类，未可知也。其直言无隐！"众皆畏法不敢讳，指一人曰："彼实倡之，别有和者，我辈皆不与谋。"公执其人讯曰："埂穿鱼出，散入大湖，湖水洋洋，岂能尽为汝得？"其人曰："有火攻法在。虽有吞舟，莫能漏网。"公听而忘倦，使畅言之。盖鱼性避暗投光，犹蟹之望灯而赴。穴穿此埂，每夕以灯火诱之，设网于所穿之洞口，有弗出，出则未有不获者。公大笑而后痛惩之，且令供出同事之人，俟案定而并绳以法。

令下而诸盗胆丧，向开士东也乞怜。因其向以穿堤事控，始事者不坚质，当事亦或不深求。谅东也慈悲，必不欲因鱼而视人之死，故往求之。东也果然，不愿终讼，商之于予及郑子乘文。我两人共为东也画一策曰："当事既烛其奸，岂肯轻纵？诸盗果能悔祸，盍使修堤筑埂？自彼坏之，自彼完之，工竣而后求宽，或可姑开一面。"东也转述此语，诸盗乐从，不三日而告成，转前加固。予偕郑子诣公。公曰："正欲如是，君得我心之同然。但善后之策，全赖是举，此后堤穿，仍彼之罪，即用若辈作韦驮⑪护持佛法可耳。"因判牍尾以立案。

公讳允植，字承笃，别号冶湄，真定人也。令浙七载，政不胜书，即此一事，亦具三异：僧之以穿堤控也，有其事而无其人，公置而不问，忽于他案得之，异一；治末俗者，捕盗为难，塞盗源更不易，公能以盗捕盗，又以盗塞盗源，合《中庸》执柯伐柯⑫之良法，异二；盗鱼，恶事也，修堤，善行也，公不专恃严法而恃德威，驱天下至恶之人而归于善，异三。视此一端，其余善政皆可不言而喻，当今循吏，有出其右者哉！无怪乎在上位者，交章累牍而荐于朝也！

【注释】

①天禧：宋真宗年号。下文"万历"，系明神宗年号。

②王钦若：字定国，新喻（今江西新余）人。宋真宗时官至宰相。天禧三年（1019），王钦若出判杭州。

③陈定庵：名之暹，浙江海宁人。崇祯九年（1636）举人。

④严柱峰：名曾榘，字方贻，浙江余杭（今属杭州）人。康熙三年（1664）进士，官至兵部右侍郎。著有《聚德堂集》《燕台诗草》。

⑤朱胆生：其人未详。

⑥郑乘文：未详其人，家住杭州吴山，与李渔为邻，李渔有《郑乘文像赞》。

⑦公输：即鲁班。鲁班，姓公输，春秋末鲁国人。

⑧开士：原意指菩萨，后用作对僧人的敬称。

⑨明府梁公：即县令梁冶湄。梁冶湄，名允植，字承笃，直隶正定（今属河北）人，贡生，康熙十一年（1672）任钱塘知县。明府，汉时用作对郡守的尊称，唐以后多专称县令。

⑩罾（zēng）：古时用木棍或竹竿做支架的方形渔网。

⑪韦驮：即韦陀，佛教护法天神。

⑫执柯伐柯：拿着斧子去砍一截树枝作斧柄。柯，斧柄。伐柯，语出《诗经·豳风·伐柯》。《中庸》云："《诗》

云:'伐柯伐柯,其则不远。'执柯以伐柯,睨而视之,犹以为远。"

【赏读】

《大智度论》云:"诸余罪中,杀业最重。诸功德中,放生第一。"放生池,乃佛教"慈悲为怀,体念众生"心怀之体现。杭州西湖湖心寺周遭绕潭筑埂,而成放生池,未料却变为宵小之徒竭泽而渔之所,着实令人不是滋味。

此文叙事一波三折,饶有意趣。宵小之徒凿堤捕鱼,屡禁不绝。僧人东也告至官府,梁公因"有其事而无其人",束之高阁。未久,有人在放生池设网捕鱼。因在渔网上放置蕰草,而致散子之鲫鲤,纷纷自投罗网,池鱼面临灭顶之殃。梁公受理这起官司后,很快查明真相,消除"浮网病鱼之患"。未料,梁公继而"以盗捕盗",轻而易举查明凿堤盗鱼一事,不仅将非法捕鱼之徒一网打尽,复令盗鱼人自塞盗源。放生池盗鱼之患,终得彻底解决。

笠翁撰写此文,亦有为梁公冶湄立传之意。从康熙十一年(1672)任钱塘知县起,梁冶湄久滞此地。康熙十七年(1678)迁江西袁州同知,题留以同知仍理钱塘县事。康熙十九年(1680),擢福建延平知府,卒于官。梁冶湄颇有政绩,此即笠翁所云"其余善政皆可不言而喻"。

梁冶湄在钱塘期间，对笠翁关怀备至，笠翁感念于心。在《梁冶湄明府西湖垂钓图赞》一文里，笠翁对梁冶湄有如此评价："前有苏、白，后有梁公。政能驱鳄，才善雕龙。清若鉴眉之碧水，明如照胆之青铜。烽火未宁而尚勤吐握，诗书不辍而仍理兵戎。保三竺于灰烬之末，出两湖于粪壤之丛。西子之面容未改，赵公之琴鹤犹从。时乘一叶，任水西东。不冠不履，如叟如童。其所钓者，不在鱼而在满船明月；其所利者，不在物而在两袖清风。"

卷二 杂论

富而不将,则以满致溢;
贵而不将,则由高得险。

回煞辩

回煞之说，不知昉①于何时。大抵殷俗②尚鬼，其时士大夫欲神生死之事，故设为是说，愚民信以为实，遂蔓延至今，未可知也。

人死，未卜殡殓之期，先筮③回煞之日。至其日，举家徙宅避焉，虽僮仆、鸡犬，靡有留者。未避之先，埒羹糗牲醴于堂，以俟其来享；又筛葭灰于几席之上，及巷弄门阈④之间，以验其来之迹。夫煞之果回与否不可知，而猫犬乌鹊之属，见室无人，来啄牲糗，爪痕印地，家人见之，遂以为神果来也。夫迹形之所出，形之不有，迹于何来？甚矣，小民之愚，而传说者之过也！

余生平恶闻影响之谈，于妖邪惑众之事，必辟之是力。己巳⑤，丁失怙忧，日者⑥告余曰："某日回煞，请徙宅避之。"予曰："予惑是久矣，请与子辨之。煞果有乎？"曰："有。有雌煞，有雄煞。人死则二煞与魂相依，若罔两⑦与影之不相脱也。""有则果回乎？"

曰:"焉有人死而煞不回者!""回则果当避乎?"曰:"趋吉避凶,古有明训,奈何不避?"

予曰:"此予所以惑也。夫无煞则不必避,使诚有煞,则又不当避。孝子于亲之殁,有刻木以肖其形者,有于诗书、杯棬⑧征其手口之遗泽者,皆以亲之不可再见也。今既惠然肯来,将逆之不暇,何避之有?"日者曰:"煞神枭恶,触之则祸作。非避亲也,避煞神也。"予曰:"然则予惑滋甚!吾闻光明正直之谓神,慈善岂弟⑨之谓神,未闻不以德著而枭恶是闻之得为神者也。若啜牲糗于无人之地,遇人则降之殃,此殃厉之为,而神为之乎?"日者曰:"然则杭人作乐以迓⑩煞,子又以为何如?"予曰:"迓则近情,而丧中陈乐,又叛乎礼,特彼善于此耳。"曰:"以子言之,必如何而可?"予曰:"筮其期可也,絜酒击牲以待之可也。若举家徙宅而避之,是塞人子念亲之心,开天下倍本⑪之渐,此先王之教所不容也。"日者唯唯否否而去。

予于是夕,张炬设席于中堂,诵《蓼莪》⑫之篇,读大小戴之记⑬,涕泗达曙,而不闻影响。作《回煞辩》。

【注释】

①昉（fǎng）：起始。

②殷俗：商朝的习俗。商王盘庚迁都于殷，故后世以"殷"代指商朝。

③筮：古人用蓍草占卜。

④阈（yù）：门槛。

⑤己巳：即崇祯二年（1629）。此年李渔丧父，老母犹在，故云"丁失怙忧"。

⑥日者：旧时称以占卜为业者。

⑦罔两：影子边缘的淡薄阴影。典出《庄子·齐物论》："罔两问景（影）曰：'曩子行，今子止；曩子坐，今子起。何其无特操与！'"

⑧棬（quān）：曲木做的饮器。

⑨岂弟：和乐平易。《诗经·小雅·蓼萧》："既见君子，孔燕岂弟。"

⑩迓：迎接。

⑪倍本：忘本。倍，通"背"。

⑫《蓼莪（é）》：《诗经·小雅》里的名篇，抒发了对已逝父母的思念之情。

⑬大小戴之记：即《大戴礼记》和《小戴礼记》，研究中国早期儒学的重要资料。

【赏读】

对于鬼神，孔子的态度是不置可否，敬而远之。"子不语怪力乱神"，"务民之义，敬鬼神而远之，可谓知矣"。这些话鲜明地体现了孔子的运命观。

笠翁自称乃是孔子之徒，从小便不相信鬼神。早年他曾患病，有人欲为之祈禳，遭到拒绝。笠翁在《问病答》一诗中写道："死生一大数，岂为鸡豚移。予为孔子徒，敬神而远之。"笠翁对于鬼神所持的态度，由此可见一斑。

回煞又称回神、归煞、避煞，乃是古代丧葬习俗。回煞之俗，不知起于何时。据南宋俞文豹《吹剑录外集》记载，至迟在唐代，已有此俗。迨至宋代，开始盛行。《稽神录》《夷坚志》《西樵野记》等书皆有记载。对于回煞之俗，明人吕坤、姚翼、顾湄等，均有驳斥之说。

笠翁这篇《回煞辩》，亦属排众议，破愚俗之作。针对煞之有无，笠翁以心中之"惑"，和日者进行了一番激烈论辩。"煞果有乎？""有则果同乎？""回则果当避乎？"笠翁连发三问，句句切要中害。"无煞则不必避，使诚有煞，则又不当避。"此乃笠翁立论之本。清人赵翼在《陔餘丛考》一书里引陈东山之论曰："安有执亲之丧，欲全身远害，而扃灵柩于空室之内者？又岂有为父母而肯害其子者?"这一观点,堪称笠翁之论的最好注脚。

当晚,笠翁张炬设席于中堂,读《蓼莪》及大小戴《礼记》,"涕泗达曙,而不闻影响"。赵翼在《陔馀丛考》里亦云:"乃独卧苫块中,帖然无事。"避煞之说,自当不攻而破。江左大家钱谦益评曰:"《回煞》《乌鹊》二辩,可以砭愚,可以善俗,是有关风教之文,当正襟危坐读之。"

此文历来论者颇多。一方面,因其鲜明地体现了笠翁的鬼神运命观;另一方面,也是考证笠翁家世的可靠资料。据此文可确知,笠翁父亲李如松病逝于崇祯二年(1629),笠翁时年十九岁。李如松在如皋做药材生意,家颇富饶。其去世后,笠翁之兄李茂承父业,弟李皓未成年,笠翁又功名未就,家道遂逐渐中落。笠翁和母亲感情很深,屡于诗文提及。可言及其父者,似仅此一篇。

乌鹊吉凶辩

乌、鹊之取憎爱于人,以其声系吉凶也。人之吉凶何与彼事,乃以口舌献媚,亦复招尤。使其声于人之吉凶,果万不爽一,则乌、鹊一蓍龟①也。蓍龟告吉于人而人喜,告凶于人而人不敢怒。乌则不然,薄言往诉②,而怒是逢,亦何自渎其灵欤?或彼自言所言,无关休咎,人心之爱憎,自以疑忌而生。若是,则得爱者幸,而蒙憎者冤矣。夫鹊不果吉,乌不果凶,世人亦屡验之,无如喜怒之怀,有触即发,若有恩怨积于中者。此何以故?曰:以毁誉之入人深也。誉鹊者众,故有闻即喜;毁乌者繁,斯无遭不怒。

孔子曰:"众恶之,必察焉;众好之,必察焉。"乌、鹊非人,其蒙毁誉类乎人,故得以察人之察察之。夫言辞视乎其人:其人也君子,其辞必蔼而吉;其人也小人,其辞必厉而凶。今鹊果君子而乌果小人乎?是未可知。然尝稽之载籍矣。《卦验》云:"鹊者阳鸟,先物而动,先事而应。"③《淮南》云:"乾鹊知来而不知往。"④则鹊鸣之吉,洵有由来。至于乌之兆凶,则不知何据。闻之,乌孝鸟也,能返哺。虞帝⑤至孝,则集其庭;曾参⑥大孝,则萃其冠;武王⑦能卒父业,故火流为乌;萧放⑧庐墓而来驯,颜乌⑨居村而衔鼓。夫羽族至众,乌独以孝闻,是亦慈而祥者矣。闻其声者,如闻孝子之慨叹,我有其德,则喜为相感之符,不则当萌"人而不如"⑩之愧,奈何不祥其音而叱之?以是为不祥,则《蓼莪》亦不祥之诗,而《孝经》亦不祥之书乎?若鸟中有枭,则诚为不祥之物矣,齐景公恶闻其声,置白茅禳之。⑪夫枭性食母,语曰:"乌反哺,枭反噬。"顺逆相背。然则非恶枭也,恶其不孝也;不孝者恶,则反其行者,岂仅不当恶乎?考乌之往迹,其兆祥且甚于鹊。衔珪于周⑫而代殷,夹飞于越⑬而反国,头白于燕丹⑭而太子归,群噪于何准⑮而女为后。其余巢门⑯、止柏⑰、鸣舆⑱、引路⑲、集戟⑳诸祥,难更仆数。虽偶尔巢殿为灾,随车致败,然鹊亦尝以巢帆、巢车致变,何独恕彼咎此?

吾闻休咎不在物在人,善者得灾异鲜凶,不善遇麟凤非瑞。若是,则乌、鹊二物,吉则偕吉,凶则并凶,而人之爱憎终不能齐,岂非惑于所听乎?故曰"毁誉之入人深",非臆说也。抑又闻之,鸟之形好声丑者,鸳鸯是也。然则仁而不佞,其乌致憎之由欤!

【注释】

①蓍龟：蓍草与龟甲。古人常以蓍草与龟甲占卜凶吉。

②薄言往诉：前去诉苦，寻求安慰。

③"《卦验》云"四句：《卦验》即《易通卦验》。"鹊者阳鸟"诸语，见《太平御览》所引《易通卦验》。

④"《淮南》云"二句：《淮南》即《淮南子》。《淮南子》："乾鹄知来而不知往。"乾鹄即乾鹊，指喜鹊。

⑤虞帝：即上古先王舜。相传虞舜孝感动天，得象鸟之助。《二十四孝》第一则即是"孝感动天"。

⑥曾参：即曾子，孔子的学生。曾子事母至孝。《艺文类聚·鸟部》："曾参锄瓜，三足乌萃其冠。"

⑦武王：即周武王姬发。武王继承父业，建立周朝。《今文尚书经说考》引《尚书大传》："武王伐纣，观兵于孟津，有火流于王屋，化为赤乌，三足。"

⑧萧放：字希逸，北齐诗人。《北齐书·萧放传》云，其父祗卒，"放居丧以孝闻。所居庐室前有二慈乌来集，各据一树为巢，自午以前，驯庭饮啄，午后更不下树，每临时，舒翅悲鸣，全似哀泣。家人伺之，未常有阙。时以为至孝之感"。

⑨颜乌：古代传说中的孝子。《异苑》："东阳颜乌以纯孝著闻，后有群乌衔鼓，集颜所居之村，乌口皆伤。一境以为颜至孝，故慈乌来萃。衔鼓之兴，欲令聋者远闻。即于鼓

处立县,而名为乌伤。"

⑩人而不如:典出《大学》。《大学》:"子曰:'于止,知其所止,可以人而不如鸟乎!'"

⑪"若鸟"四句:《晏子春秋·内篇杂下》记载,春秋时齐国国君齐景公尝筑一台,因闻枭鸣,而不愿登台。大臣柏常骞筑新室,置白茅,为其禳之。

⑫衔珪于周:《墨子·非攻下》云,周武王将伐纣,"赤鸟衔珪,降周之岐社"。珪,古代帝王诸侯举行典礼时拿的一种玉器。

⑬夹飞于越:《左传·哀公六年》:"是岁也,有云如众赤鸟,夹日以飞三日。"

⑭燕丹:即战国末期燕国太子丹。太子丹尝质于秦。唐司马贞《史记索隐》引《燕丹子》:"丹求归,秦王曰:'乌头白,马生角,乃许耳。'丹乃仰天叹,乌头即白,马亦生角。"

⑮何准:字幼道,东晋人。其女系晋穆帝司马聃的皇后。南宋范成大《吴郡志·古迹》"乌夜村"云:"晋穆帝后,何准女,寓居县南,产后于此。将产之夕,有群乌夜惊于聚落,尔后乌更鸣,众共异之。及明,大赦。"

⑯巢门:《艺文类聚·鸟部》云:"吴叔和,犍为人,母没,负土成坟,有赤乌巢门,甘露降户。"

⑰止柏:《汉书·朱博传》云,御史府中"列柏树,常有野乌数千栖宿其上,晨去暮来"。

⑱鸣舆：《风俗通》云，明帝东巡，"有乌飞鸣乘舆上。虎贲王吉射之"，作辞云云。"帝赐钱二百万，令亭壁画为乌也。"

⑲引路：《元和郡县图志·河南道二》云："后魏太和二十三年，孝文帝亲征马圈，行至此城，昏雾，得三鸦引路，遂过南山。故号通鸦城。"

⑳集戟：《旧唐书·柳仲郢传》云："每迁官，群乌大集于升平里第，廷树戟架皆满，凡五日而散。"

【赏读】

"乌啼未必恶，麑去恨不早。鹊噪两耳聋，主人亦言好。安知一喙鸣，喜戚自颠倒。朝来群鹊噪不已，童稚无知助吾喜。群鹊自与乌争巢，慎勿喜欢真误尔。"这是宋代程俱《即事戏作四首》里的一首。此诗的深义，与笠翁这篇《乌鹊吉凶辩》，可谓同出一辙。

乌鹊兆凶兆吉，原本与乌鹊无关，只是人们心理情绪的不自觉反应。这其实和文化背景有关。譬如蝙蝠，在东方文化里，因与"福"同音，故成为吉祥的象征，雕花、窗花，多用作图案；而在西方文化里，蝙蝠则是邪恶的象征。即以乌鸦来说，亦曾一度被视作祥瑞之鸟。诚如《乌赋》所云："夫乌之为瑞久矣，以其反哺识养，故为吉鸟。"据《教坊记》记载，南朝宋彭城王刘义康、衡阳王刘义季被文帝囚于浔阳，后赦之。使者奉赦令未到,义季家人来囚院叩门报喜:"昨夜乌夜啼,官当有赦。"少顷,使者到。此为乐府歌辞《乌夜啼》本事。《乐府诗集·琴曲歌辞》引李勉《琴说》,三国时何晏因事系狱,有二乌停在何府之上。何晏之女说:"乌有喜声,父必免。"不久何晏果然得释。此皆乌鸦曾为祥瑞之鸟之证。

曾几何时,乌兆凶,鹊兆吉,在民间流传开来。南宋范浚《杂兴诗》有句"鹊噪得欢喜,乌鸣得憎嗔";明初舒頔《过大石门》有句"向人报喜枝头鹊,与众争嫌屋角鸦",皆以乌鹊对比,衬托出人们的喜恶之情。这一习俗流布至今。"举头闻鹊喜"(冯延巳《谒金门》),依然被很多人视作吉兆。

乌鹊之毁誉,入人深也。笠翁此文,引经据典,鞭辟入里,旨在为乌辩诬。"吾闻休咎不在物在人,善者得灾异鲜凶,不善遇麟凤非瑞",此乃笠翁立论之根本,委实振聋发聩。江左才子吴伟业对此文有评:"于曹好曹恶中独抒特见,方是英雄只眼,人千古而目亦千古矣。"

逐猫文

物之畜于人者，同功则并叙。牛司耕，马服御，同功也，称者则曰"牛马"。鸡司晨，犬守暮，猫辟鼠，亦同功也，称者则止曰"鸡犬"，而不及猫。昔人丹成上升，鸡犬俱仙[1]，而猫不与。情有难周乎？抑三者之有幸不幸也？余尝以之诘人，人无应者。因自穷诘而得其故。盖鸡犬之鸣吠，无所利而为之者也。猫得鼠以自啖，有所利而为之者也。自利者贪，自利而获利人之名者僭[2]，贪与僭，仙家所谓祸车也。然则猫虽朝捕夕辟，功利兼收，犹不得与徇义忘利者等，矧利于身而不利于家，且将不利于利于家者，可无法以处此？

余畜一猫，缁衣素裳，俗有"乌云覆雪"之号，遂以皮相见收于主人。抚之摩之，减食食之，甚至寝处与俱以示爱。当其率性之始，视鼠如仇，有弗捕，捕则必获。未几而厌常趣异，升险如猱[3]，走旷类犬，觅食于飞鸣宿食间，耻与坿栖牢食[4]者伍。昼猎于外，夜则酣宿于家。向视为仇者，今则同眠而不之怪也。遂至群鼠公行，家无完筼⑤。主人问罪于猫，而猫方孕，姑俟诸。

无何，举二子，旦夕乳之，无暇野食，见鸡之雏者、犬之稚者，辄垂涎而攘臂焉。鸡犬交哗而诉于主人。主人怒曰："此患不戢，二族能噍类乎！且前之有待者，以失之母而或收之于子也。今子无知，视母以为知，苟效其所为，将以食鸡犬为常而捕鼠为异，是母犹情之，子且性之矣！吾乌测其所抵乎？"

家人请售之，主人曰："售者幸矣，受者奚罪？""然则歼之乎？"主人曰："罪则可诛，前功难泯。且有二子在，讵不克庇一母？殛父庸子⑥之法，可一不可再也。"乃为爰书⑦曰："司捕弗捕，是失职也，失职有斥逐之条。凌轹⑧有功，是妨贤也，妨贤正放流之典。数里之外，九达之逵⑨，其'有北'乎！"乃命童子举而投之。

濒行，谓曰："无念尔子，于兹永诀。其悔尔戚之自贻，毋曰我躬⑩之不阅⑪。"既去，戒其二子曰："率尔良能，无循胎教。爰盖母愆，是为尔孝。"复呼鸡与犬而饬之曰："无无人吠，无非时鸣；殷鉴不远⑫，视尔同群！"

童子归而主人问状，童子曰："投之中原，原木蓊鼯，栖鸟在林，若有所俟，一跃而升，逞其故智。"主人太息曰："鼠能唾肠，猿则噬脐，逐而不悔，猫其终欤！"

【注释】

①鸡犬俱仙：王充《论衡·道虚》云，淮南王得道，"举家升天，畜产皆仙。犬吠于天上，鸡鸣于云中"。

②僭：超越本分。

③猱（náo）：古书中一种善于攀缘腾跃的猿猴。

④埘（shí）栖牢食：此处泛指禽畜。埘，在墙壁上挖洞做成的鸡窝。牢，指饲养牲畜的圈。

⑤笥（sì）：盛饭或盛衣物的方形竹器。

⑥殛（jí）父庸子：杀其父，以其子为佣。殛，杀死。庸，同"佣"。

⑦爰书：古代记录人犯供词的文书。犹今定罪的判决书。

⑧凌轹（lì）：欺压。

⑨九达之逵：四通八达的大道。《淮南子·说林训》："杨子见逵路而哭之，为其可以南可以北也。"

⑩躬：自身。

⑪阅：容，容许。

⑫殷鉴不远：《诗经·大雅·荡》云："殷鉴不远，在夏后之世。"意谓殷商子孙要以夏朝的灭亡为鉴戒。

【赏读】

关于鸡犬升天,《神仙传》记刘安事云:"安临去时,余药器置在中庭,鸡犬舐啄之,尽得升天。"《续仙传》记宜君王老事云:"居舍草树,全家人物鸡犬一时飞去,……唯猫弃而未去。"《异苑》记唐昉事云:"昔仙人唐昉拔宅升天,鸡犬皆去,唯鼠坠下,不死而肠出数寸。"

鸡犬升天,缘何猫鼠独留?《水经注·沔水》亦记唐昉事,云"白日升天,鸡鸣天上,狗吠云中,惟以鼠恶留之"。鼠以恶留之,尚有可说,猫又为何弃而未去?钱锺书甚爱猫,在《管锥编》里如此解释:"鼠'恶'不许上天,其理固然,猫之独留,荒唐言中亦蕴博物识性之学。俗谚'猫认屋,狗认人',正道此况。观察畜兽者尝谓猫恋地胜于恋人,狗则不尔。"可在笠翁看来,猫不得升天,却是对其贪僭的惩罚,诚可谓别开蹊径。

这篇《逐猫文》,亦庄亦谐,既可发一噱,又令人深思。笠翁所畜之猫,有"乌云覆雪"之雅号,可见皮相之美。笠翁颇爱之,甚至与其同寝一处。此猫捕鼠甚是得力,"有弗捕,捕则必获"。孰料不久,此猫恃宠而骄,性情大变,耻于与禽畜为伍,竟至"群鼠公行,家无完箧"。临盆产下两只小猫后,此猫无暇出外捕食,竟对雏鸡、稚狗垂涎欲滴。笠翁忍无可忍,遂让童子将此猫放逐于荒野。

　　文章收束处,颇是耐人寻味。此猫被"投之中原",面对林中栖鸟,竟"一跃而升,逞其故智"。笠翁不禁一声叹息,"鼠能唾肠,猿则噬脐",都知道悔改,可是此猫却是"逐而不悔",其结局也就可想而知了。笠翁此文,虽是因逐猫而写,岂非殷鉴不远,足令世人警醒?

放鹿文

有跂跂①之高足,异岳岳②之汉臣。衔命甪里③,来寿主君。已而渐狎,与人不惊。历阶升堂,排闼穿楹。啮纸餐花,牴角横身。驱之复来,如虻如蝇。主人乃怒,柙④而置之于墙之阴。虽跬步之莫展,唯两目之荧荧。

主人顾而叹曰:"是尔之不遇,非尔之罪也。昔者秦宫汉苑,宜春华林。画天汉⑤以通池,尽南山而作屏。尔游其中,或友或群。长得君王之顾,兼分大官之珍。卧瑶阶以自如,随辇路⑥而无瞋。或立殿中,车令⑦不敢妄指;或息蕉下,宋人不敢误寻。或齐列雁行,寇来无烦往触;或比肩獐侧,太子不责通名。于斯时也,贵拟龙夔⑧,瑞侔麟凤。时簉⑨鹭序⑩之庭,亦徼⑪豹尾⑫之宠。文堪列币,偕虎观⑬之名儒;武则藩军,监龙骧⑭之骁勇。岂与夫立仗之马,料食三品;弄臣之孙,官号供奉已哉?今尔见罗虞人⑮,徒充闲馆。苍苔白石,已非曲涧之滨;棐几⑯明窗,岂是幽岩之畔？忘寄人之篱下，竟昂首而傲岸。脱粟不饱，望侧理⑰而流涎；苹草难甘，眄⑱庭花而目眩。蠧⑲勺饮作污池，文史残为蠹简。出而随车，鲜致郑公之霖⑳；入而临轩，无当穆满之玩㉑。宜取厌于主人，同白茅之泄绊。将命悬于庖人，不免脯以充膳。谅远害之无从，安能铤而走险？若为丐之余生，惟有开其一面。敢效中山之相㉒，出尔苍龙之门。兼命愿使，护送深林。尔其骋兹捷足，奔轶绝尘。远违狼虎之穴，谨避罝㉓之婴㉔。度汉楚之莫逐，共王裴㉕而结邻。偕尔旧侣，永兹仙龄。上可骖安期之乘㉖，次不失处士之名。"

乃崩厥角，鸣谢而去。望山景灭，不知其处。

【注释】

①跂跂（qí qí）：行进平缓貌。

②岳岳：形容人刚正不阿。

③甪（lù）里：名周术，秦末汉初人，"商山四皓"之一，隐居商山。甪里先生常骑鹿吟唱登山。

④柙（xiá）：关野兽的木笼。

⑤天汉：银河。

⑥辇路：天子车驾所经过的道路。

⑦车令：即车府令。职官名，秦汉时为皇帝御用车辆总管，后掌王公以下车辂及驾驭之法。宋以后废。

⑧夔(kuí):神话传说里只有一足,形状像龙的神兽。

⑨篿(zào):排列。

⑩鹭序:白鹭群飞有序。比喻百官有序朝见。

⑪徼:求。

⑫豹尾:代指天子属车,因其车上饰以豹尾故。

⑬虎观:即白虎观,汉宫中论经讲学之所。

⑭龙骧:古代将军的名号。如魏晋时蜀汉以关兴为龙骧将军,司马炎以王濬为龙骧将军。

⑮见罗虞人:被虞人所困。虞人,古代掌管山泽苑囿田猎的职官。

⑯棐(fěi)几:用棐木做的几桌。

⑰侧理:即侧理纸,系晋代名纸。因纸上有纹理,故称。其所用原料为水苔,故亦称"苔纸"。

⑱眄(miǎn):视,看。

⑲罍:古代一种酒器,口小腹深,有圈足和盖,多用青铜或陶制成。

⑳郑公之霖:《艺文类聚》引谢承《后汉书》云:"郑弘为临江太守,行春,有两白鹿随车,夹毂而行。弘怪。问主簿黄国:'鹿为吉凶?'国拜贺曰:'闻三公车图画作鹿,明府当为宰相。'后弘果为太尉。"

㉑穆满之玩:《穆天子传》云,周穆王尝入于曹奴,赐曹奴氏首领戏"黄金之鹿"。穆满,指周穆王。

㉒中山之相:《韩非子·说林上》云:"孟孙猎得麑,使

秦西巴持之归,其母随之而啼。秦西巴弗忍而与之。"陈子昂有诗"吾闻中山相,乃属放麑翁",即咏其事。麑,幼鹿。

㉓罝罘(jū fú):捕兽网。

㉔婴:缠绕。

㉕王裴:指唐代诗人王维和裴迪,二人皆曾隐居。

㉖骖(cān)安期之乘:驾着安期生的马车。骖,原指古代驾在车前两侧的马,后亦指驾三匹马。安期,即安期生。晋皇甫谧《高士传》:"安期生者,琅琊人也,受学河上丈人。卖药海边,老而不仕。时人谓之千岁公。"

【赏读】

"南橘北枳",此乃大众熟知之典。典出《晏子春秋》,云:"橘生淮南则为橘,生于淮北则为枳。叶徒相似,其实味不同。所以然者何?水土异也。"为什么淮南的橘树移植到淮北,就变成枳树呢?这是因为环境条件发生了改变。笠翁此篇《放鹿文》,想说的正是这个道理。

这是一则寓言故事。鹿奉甪里先生之命,"来寿主君"。久而久之,此鹿与人渐狎,熟悉了环境,竟至"历阶升堂,排闼穿楹。啮纸餐花,牴角横身"。主君发怒,驱之不去,于是将其关在木笼,置于墙角。瞧着笼中跬步莫展之鹿,主君不免叹息:"是尔之不遇,非尔之罪也。"遥想当年此鹿在林苑之中,"贵拟龙夔,瑞侔麟凤",何等意气风发。如今困于一隅,寄人篱下,却是安之若素,于心何忍?主君于是决定将其放归深林。

人生之境遇,又何尝不与此鹿相似呢?遇与不遇,其中既有个人因素,但又岂能离开外部环境?李白《书怀赠南陵常赞府》诗云:"大圣犹不遇,小儒安足悲。"古往今来,多少名士才高八斗,却是终身蹇滞,可谓命途不济。周瑜尝如此评价刘备:"恐蛟龙得云雨,终非池中物也。"若不得云雨,蛟龙终究还是池中之物,岂非造化弄人耶?

不登高赋

丁巳九日,客吴兴,人皆登高,独予不出。予倩①沈因伯曰:"佳节难负,即不登山,亦觅小阜略升,以循古例。"予谓:"古例宜循,独九日登高一事,予久惑之,不循可也。"

因伯询以故,予曰:"重阳登高,所以避祸也。无祸而避者不祥。此事始于桓景②,景从费长房③游。房曰:'九月九日,汝家当有大灾。急令家人缝囊,盛茱萸系臂上,登山饮菊酒,此祸可免。'桓从其言。夕还,鸡犬牛羊皆暴死。房曰:'代之矣。'后遂因之为俗。夫桓之有灾,命也;命之有灾,适逢是日,盖就景一人之命推之,而测其然也。一人有一人之命,岂天下后世之人尽以景命为命乎?设谓是日天必降灾,则当日趋而避之者惟景一人,何以众皆无恙,鸡犬牛羊皆不死?即此可证当日之诬,亦可辟千百年后人尽登高之谬矣。且予谓景之获免,亦出偶然,长房之言幸中耳。使灾尽可避,人之死也,皆可以鸡犬牛羊代,岂造物之祸淫亦复容人漏网、凡干无赦之罚者尽可以物代乎？东坡有言：四时令节，惟清明、重阳不宜虚度。时序之变，无逾此二节者。④若谓借此游宴，则可；避灾之说，难以为训。然既曰游宴，则芳郊胜地，绿水丹山，无在不可，何必泥于登高？登高可矣，又何必泥于九日？若谓九日登高为千古不易之事，我则曰：虽违众，吾从下矣。"乃作《不登高赋》。赋曰：

湖滨顽叟，才谫⑤腹虚。好与古战，不安其愚。时当秋令，身在客居。届囊萸之令节，有坦腹者⑥相俱。劝以登高，勉其从俗。顽叟固辞，畏群喜独。询曰何为？双眉始蹙；谓我尝讥古人，胡为蹈其荒躅？重五竞渡，重九登高。竞渡宜往，登高弗劳。竞渡吊忠臣，又复悲孝女⑦；于理无可非，其义有所取。登高何昉？昉自长房。桓景有灾，命制萸囊；登高饮酒，行乐避殃。入门户兮周览，觅鸡犬尽亡。是以无人弗信，举国皆狂。因而成俗，岁以为常。疑事信于一时，凶闻吉乎千载。本无灾以思避，知非祥而不改。怪善俗之无人，听举世之迷津。我以不登高而作赋，犹之欲徙鳄而为文⑧。暂存是说于纸上，行灭此迹于河滨。狂士之言无足采，匹夫之令其谁遵？

【注释】

①倩：指女婿。

②桓景：登高习俗，始于桓景。其事见《续齐谐记》。

③费长房：东汉术士。传说能医重病，鞭笞百鬼。《后汉书·方术列传》有传。

④"东坡有言"五句：苏轼此言出自尺牍《与李公择》："人生唯寒食、重九，慎不可虚掷，四时之变，无如此节者。"

⑤谫（jiǎn）：浅薄。

⑥坦腹者：指其婿沈因伯。典出《世说新语·雅量》，郗鉴为女择婿，王羲之坦腹卧于东床之上，似不闻。

⑦悲孝女：文内原有夹注，云："曹娥亦以五月五日沉江，世多忽之。"曹娥，东汉著名孝女。其父溺水后，曹娥亦沉江而亡。李渔云曹娥沉江在五月初五，误。据《后汉书·列女传》，汉安二年（143）五月五日，曹娥之父曹盱"于县江溯涛婆娑迎神，溺死，不得尸骸。娥年十四，乃沿江号哭，昼夜不绝声，旬有七日，遂投江而死"。以此可知，曹娥投江实在五月廿二日。

⑧徙鳄而为文：指韩愈所作《鳄鱼文》。因鳄鱼为害，危及民畜，韩愈作此文劝诫鳄鱼迁徙，深意在于针砭时弊。

【赏读】

笠翁自云"好与古战,不安其愚",故喜出惊人之语,常发前人之所未发。《不登高赋》即是这样一篇文章。

重阳登高,久已成俗。"遥知兄弟登高处,遍插茱萸少一人。"古人关于重阳登高的诗文,不胜枚举。笠翁却于这一旧题上别出心裁。根据赋前小序,丁巳重阳,笠翁正客居吴兴。女婿沈因伯劝其略登小阜,以循古例。笠翁对重阳登高习俗提出质疑,不愿循例随众。

笠翁的观点极具锋芒。登高之俗,源自桓景从费长房之言,重阳登山避祸。桓景若果真有灾,此乃命也,"岂天下后世之人尽以景命为命乎"?此其一也。当日若老天降灾,当避者非桓景一人,"何以众皆无恙"?此其二也。若是灾尽可避,人之死皆可以鸡犬牛羊代,那么人之灾祸,"尽可以物代乎"?此其三也。倘若不过借此游宴,则无处不可,"何必泥于登高"?就算登高,"又何必泥于九日"?此其四也。有此四问,重阳登高之俗,可谓无理,不循也罢。

在赋文里,笠翁又进一步将重阳登高与端午竞渡进行了比较。笠翁认为,同为习俗,端午竞渡既吊忠臣,复悲孝女,"于理无可非,其义有所取",故不得和重阳登高等量齐观。当然，这只是笠翁一家之言。虽违世俗，却也言之有理有据，令人耳目一新。

赋体依其特点，可分骈赋、律赋、文赋。笠翁诸赋，糅合众体之长，既讲求对偶，亦重于声律，并常用散句。其赋颇似写意山水，色虽浅，味甚浓，萧疏隽永，读来毫无佶屈聱牙之感，具有较高水准。

獬豸①讨中山狼②露布③

盖闻毒莫如蛇,犹效珠衔之报④;暴宁似虎,曾酬蓑掩之仁⑤。是类俱带人心,伊谁独仍兽行?

今闻中山狼食恩人一事。当其出山逢敌,已知九死之该;负箭投林,犹幸一生之或。踉跄遇客,安知非收利渔翁;悠忽行人,强使为放生居士。俯首酷邻狐媚,依人绝类猫柔。有某者,断不胜慈,翻怪杀蛇太忍;仁能昏智,自云养虎何妨。拔矢镞于肋边,心伤奇痛;吮疮痕于血底,口带余腥。营兔穴以埋藏,解鹑衣⑥而掩覆。迨至畋⑦军大索,几为从井之两伤;犹赖谲语弥缝,始脱重围而再造。此诚起死而肉骨,所当矢报于糜身。奈何创血未干,饱德之盟已背;酬私未效,饥肠之饵先充。剔忠信之穷奇,闻而未睹;触德行之混沌,怪也难经。食人间断不可食之人,自贻伊戚;犯罪中万无可赦之罪,国有常刑。

豸赋性触邪,备员治狱。悯善士蹈仁以死,仇孽虫负义而生。檄辞上告于狮王,当令铜头发竖;罪状风闻于虎耳,悬知雷吼山崩。象应奋鼻卷之威,麟亦破食生之戒。无劳虎卜⑧,前车载朱雀⑨之祥;焉用狐疑⑩,尚方请白猿⑪之剑。纵使粪烟⑫可举,能来助虐之群;当令倒卜失灵,兼殪⑬辅行之狈⑭。刳⑮心竿首,负恩之戎首伏辜;食肉寝皮,戴义之舆情始洽。悯入怀而活穷惫,还须引手于人;不识字而触忠良,无许冒名为我!

【注释】

①獬豸(xiè zhì):古代神话传说里的神兽,能辨别曲直。

②中山狼:东郭先生于中山误救一狼,后几乎被狼所吞噬。后多以"中山狼"形容忘恩负义、恩将仇报之人。明马中锡《东田集》有《中山狼传》。

③露布:犹檄文。

④珠衔之报:隋侯救一蛇,岁余,蛇衔明珠以报之。事见《搜神记》。

⑤蓑掩之仁:区宝居父丧,邻人追杀老虎,老虎入其庐,区宝以蓑衣覆藏之。此虎后送禽兽给区宝助祭。事见《太平御览》引王孚《安成记》。

⑥鹑衣:破烂的衣服。

⑦畋(tián):打猎。

⑧虎卜:旧时一种卜法。《太平御览》引《博物志》:

"虎知冲破,又能画地。今人有画物上下者,推其奇偶,谓之虎卜。"

⑨朱雀:传说里的神鸟,主南方之神。与青龙、白虎、玄武合称"四方四神"。

⑩狐疑:怀疑,犹豫不决。《楚辞·离骚》:"欲从灵氛之吉占兮,心犹豫而狐疑。"

⑪白猿:又称"白猿公"或"白猿翁"。传说古代善剑术的人。典出《吴越春秋·勾践阴谋外传》:越女北上去见越王,路遇一老翁,自称袁公,请试剑术。末了,袁公飞身上树,化为白猿而去。

⑫粪烟:即狼烟。燃狼粪升起的烟。古时边防用作军事上的报警信号。

⑬殪(yì):杀死。

⑭狈:传说中的一种兽,狼属,前腿短,走路时要爬在狼身上,没有狼,它就不能行动,故俗谓"狼狈为奸"。

⑮刳(kū):剖开挖空。

【赏读】

"中山狼"之典,可谓妇孺皆知。明人马中锡《东田集》有《中山狼传》,言赵简子大猎于中山,驰逐一狼。东郭先生将北去中山谋求官职,在此狼哀求下,纳狼于书囊。赵简子离开后,此狼凶相毕露,欲吃东郭先生。危急中,幸遇一过路老者,老者骗狼复入书囊中,与东郭先生一起将其杀死，弃于道间。康海所作杂剧《中山狼》，所演亦其事。世人多将忘恩负义、恩将仇报之人，称作"中山狼"。《红楼梦》迎春判词云"子系中山狼，得志便猖狂"，即将迎春之夫孙绍祖称为"中山狼"。

笠翁此文，乃是獬豸讨伐中山狼的一篇檄文。作为古代神话传说里的怪兽，獬豸可断是非曲直，乃是正义的象征。《异物志》云其"见人斗，则触不直者；闻人论，则咋不正者"；《后汉书·舆服志下》云其"能别曲直"。苏轼《艾子杂说》也提到獬豸，称"尧之时，有神兽曰獬豸，处廷中，辨群臣之邪僻者，触而食之"。由獬豸向中山狼发出檄文，自然再合适不过了。

笠翁眼中的中山狼，毒如蛇，暴如虎，"食人间断不可食之人"，"犯罪中万无可赦之罪"。非刳心竿首、食肉寝皮，不足以平民愤。在文中，笠翁借獬豸之口，历数中山狼之恶。落难之时，百般狐媚猫柔；脱围之后，当即背信弃义。中山狼之恶，诚可谓罄竹难书！文章气势汪洋，笔触辛辣，极具社会现实意义。

关于此文，时人尤展成有评，曰："义正词严，笔尖锋利。孙惠让工，陈琳逊古。"黄无傲亦有评，曰："天下中山狼不少，檄之将不胜檄。然义声所至，尽可使负心人跂胡夒尾。"这篇《獬豸讨中山狼露布》，后来被褚人获收进了《坚瓠集》。

卖山券

山可买乎，不可买乎？云不可买，胡无券者不得业焉？如云可买，胡有券者不得常业焉？二说究何居乎？曰：可买，第非青铜白镪①所能居而有焉。青铜白镪能购其木石，不能易其精灵；能贸其肢体，不能易其姓名。然则恃何以居之？曰：恃绝德畸行②，与瑰玮之诗文。其价值足与相当，则此山遂改易姓字、竭精毕能以归之，虽历古今，变沧桑，不二其主。故海内名山，皆有所属，如严陵受氏于子陵③，龙冈贻称于诸葛④，兰亭噪名于羲之⑤，赤壁蜚声于子瞻⑥，诸难枚述。自商贾仕宦以及樵甿牧竖，经其地则绎其名，不俟问津而后识。其富且贵者，虽积金与山齐，力能负之而走，终不能削前人之姓氏，而代以己名。即或业主递更，亦仅同守薪之吏、灌园之丁，为护往迹而已。若号于人曰："此山为我有也。"谁其然之？

伊山在瀔⑦之西鄙，舆志不载，邑乘⑧不登，高才三十余丈，广不溢百亩，无寿松美箭⑨、诡石飞湍足娱悦耳目，不过以在吾族即离之间，遂买而家焉。吾侪小人，既无德行可传，而诗文又不能好，第山鲜奇胜，投以鄙固之辞，亦未甚亏其价值，谬计可常有之矣。讵意兵燹之后，继以凶荒，八口啼饥，悉书所有而归诸他氏。噫，山弃人耶？人弃山耶？何相去之疾而相别之惨也！

然既卖，无事流连，乃于四至⑩常契之外，别书一纸以遗受者曰：买是山木石肢体之铜镪，则既受之于子矣；若夫贸精灵、易姓名之价值，尚有俟焉。今人备一小物，必书其隙曰"某年月日某置"，斯他人不得攘而有之，矧百亩之山乎？且余向尝为伊山别业诗，载入集中，稍布遐迩矣。他日过此者曰："是即李子之山也。"子宁不怒？夫阳受其值而阴踞其名，是市黠也，然非旧主所能禁。子欲鼎革⑪无难，其急登高而作赋，绕匝⑫而寻诗，务使离奇瑰玮出余上，寿诸梨枣⑬，胫翼人间，俾见者曰："伊山不属李子矣，售得其人矣。"若是，余即欲阴踞其名，谁复信之？不则幸记斯言，勿咎予不白之初，而贻后言丁丁。

【注释】

①青铜白镪（qiǎng）：犹言钱财。镪，钱串，成串的钱。

②畸行：超俗的、非凡的行为。

③子陵：即东汉隐士严光。严光，字子陵，其退隐于富春山（今浙江桐庐）。

④诸葛：即三国名相诸葛亮。刘备三顾茅庐前，诸葛亮隐居于南阳卧龙冈。

⑤羲之：即东晋书法家王羲之。王羲之尝邀集诸友，于兰亭举办修禊集会，并留下著名的《兰亭集序》。

⑥子瞻：即北宋大文豪苏轼。苏轼尝游黄冈赤壁，留下前后《赤壁赋》以及《念奴娇·赤壁怀古》等传世名篇。

⑦瀫（hú）：即兰江，系钱塘江支流。兰江古称兰溪、瀫水。

⑧邑乘：县志，地方志。

⑨美箭：好看的竹子。

⑩四至：土地契约中标注的四个方位与相邻土地的归属范围。

⑪鼎革：旧时多指改朝换代，这里指革旧迎新。

⑫匦：圈。

⑬寿诸梨枣：指刻印成书。梨枣，旧时刻书多用梨木和枣木，故用作书版的代称。

【赏读】

笠翁诗集有《伊园杂咏》（九首），自注"予初时别业也"。这组诗写尽了伊园的无限风光。"桥从户外斜，影向波间浴"，此乃宛转桥之景；"海中瘦蓬岛，江上小金山"，此乃宛在亭之景；"山厨无远汲，泉自渡危桥"，此乃来泉灶之景……

笠翁精于园艺，曾三修别业。位于兰溪夏李村东北的伊山别业，乃是其所营第一处别业。建成于顺治五年（1648），笠翁时年三十八岁。伊山别业建成后，笠翁有诗五首"寄同社"，其三云："南轩向暖北轩凉，宜夏宜冬此一方。栽遍竹梅风冷淡，浇肥蔬蕨饭家常。窗临水曲琴书润，人读花间字句香。诗债十年酬未始，拟从今日备奚囊。"自得之情，溢于纸端。笠翁称伊园共有十便，即耕便、课农便、钓便、灌园便、汲便、浣濯便、樵便、防夜便、吟便、眺便；另有十宜，即宜春、宜夏、宜秋、宜冬、宜晓、宜晚、宜晴、宜阴、宜雨、宜风。由此可见，笠翁于伊园颇是钟情。

这篇《卖山券》，笠翁写于伊园易主之时。为何要卖掉此处别业？笠翁自云"兵燹之后，继以凶荒，八口啼饥"，无力维系日常生活。伊园易主后，笠翁有《卖楼徙居旧宅》诗，云："茅斋改姓属朱门，抱取琴书过别村。自起危楼还自卖，不将荡产累儿孙。"可见其内心相当痛苦。卖掉伊园后，笠翁不久移家杭州，文学创作由此迎来高峰。

在此文里，笠翁由"海内名山，皆有所属"这一句生发开去。若欲有所属，绝非青铜白镪可致，非绝德畸行、瑰玮诗文不可。笠翁自言无德行可传，诗文又不能好，可载入集中的几首伊山别业诗，已流布于世。他日过此山者，难免会说："是即李子之山也。"笠翁于是建议买山者，莫若"登高而作赋，绕匝而寻诗"，务求更加离奇瑰玮，以免自己"阴踞其名"。字里行间，能够感受到笠翁与伊山别业的难舍难分之情。

笠翁所言非虚。后人寻古访幽，多半因文人墨客之因缘际会，而发千古之幽情。舞榭歌台，风流总被雨打风吹去。伊园后来究竟换过多少主人，谁也无法说得清楚。可是人们最终，只是记住了笠翁，似乎他才是伊园唯一的主人。三百多年后的兰溪，已恢复了伊园，并冠以"李渔故里"的名号。这恐怕是笠翁当初始料未及的吧。

耐病解

予自春王①正月,由秣陵②移家家武林,经理维艰,遂以忧劳成疾。药攻不克,几登度台。至春杪③夏初,微有起色,旋以下楼失足,猛然一蹶,筋骨皆伤,濒于死者复两阅月。夏仲小愈,送豚子④就试婺州⑤,又以冒暑受伤,舁疾⑥而返。始而痢,继而疟,继而疟、痢并作,加以嗽、喘、怔忡⑦诸余症。斯时也,即使家坐十医,口尝百药,尚虑攻此失彼,犹万弩当前,非重铠倍甲所能御矣。

维时家厄陈蔡⑧,贳米贷薪之不暇,尚能召巫咸⑨、觅芝术哉!惟有坐待罗刹⑩之至,静观蹒踊⑪之形而已。讵料不然。春初之疾,药用金石贵者,攻之不愈。夏初之疾,药用草木贱者,攻之亦不愈。迨后贵贱皆无,药以勿药,不期月而霍然起矣。且善饭健步,过于畴昔。始知病犹虎也,虎逢人即食,惟见不畏己者即舍之。病犹鬼也,鬼遇物即祟,惟见不信左道者即去之。病无所不奈何,惟不能奈何穷人,穷之为力大矣哉！古云"病不服药，常得中医"，予曰："非特中医，直医国手耳！"

是岁之九月，偶适吴兴，归安何紫雯使君作《耐病述》一篇示予。谓夏秋之交，以忧旱祷雨，积痨成疟，五内如焚，非多饮清泉弗解。又复抱疴理簿书、清狱讼，日无宁晷⑫。医者危之，劝以忌饮水，节劳静摄，多服参苓，始克有济。时参值数倍于今，使君贫莫能致，匪特不从医谏，且若有意愎⑬之。如是者弥月，而疟忽愈。因作是篇志喜，内多疑词，不药自愈，其理莫能解也。予三复而美其文，因其不解，述所解解之。

然予之疾与使君之疾，不可同年语也。予之疾起于忧一家、劳一身，使君则忧庶民之忧，劳军国之劳。孟氏云："忧民之忧者，民亦忧其忧。"⑭毛诗云："保右命之，自天申之。"⑮是使君之疾，自弗药而天药之，己弗祷而民祷之。疟即能奈一人何，其能奈万民何？即能奈万民何，其能奈天何哉！此所以药不瞑眩而疾自瘳，灾未祓除而祥已至也。使君又何疑焉！

【注释】

①春王：正月的代称。笠翁移家杭州，时在康熙十六年（1677）。

②秣陵：南京旧称。秦汉时尝于此置秣陵县。

③杪（miǎo）：末尾，末端。

④豚子：对自己儿子的谦称。此处当指长子李将舒。

⑤婺州：金华古称。隋尝置婺州，治金华。

⑥舆疾：抱病登车。

⑦怔忡：心悸之症。

⑧家厄陈蔡：犹言家里遭遇陈蔡之厄。陈蔡之厄，典出《论语·卫灵公》，孔子赴蔡途中，"在陈绝粮，从者病，莫能兴"。厄，灾难。

⑨巫咸：术士。《吕氏春秋·勿躬》："巫彭作医，巫咸作筮。"

⑩罗刹：佛教用语，指恶鬼。

⑪躃（bì）踊：捶胸顿足，哀痛貌。

⑫晷：时间。

⑬愎（bì）：任性，自以为是，不接受别人意见。

⑭"孟氏云"三句：出自《孟子·梁惠王下》。孟氏，即孟子。

⑮"毛诗云"三句：出自《诗经·大雅·假乐》。毛诗，即《诗经》。

【赏读】

二十岁那年，笠翁曾染上疫疠，病情很是严重。他在《闲情偶寄》里写到了这件事。

时值五月，正是杨梅上市之时，笠翁极嗜杨梅，因问其妻杨梅是否上市。其妻悄悄去问医者。医者说："其性极热，适与症反。无论多食，即一二枚亦可丧命。"家人遂对笠翁谎称杨梅尚未上市。谁料宅院邻街，售果之声，闻于户内。笠翁询问其故，家人以医者之言告知。笠翁很是不屑："碌碌巫咸，彼乌知此？急为购之！"家人将杨梅买来后，笠翁"才一沁齿而满胸之郁结俱开，咽入腹中，则五脏皆和，四体尽适，不知前病为何物矣"。不久，疫疠竟得以痊愈，此皆杨梅之功。笠翁由此认为，无病不可自医，无物不可当药；不相忌而相能，即为对症之药。

这篇《耐病解》作于康熙十六年（1677），笠翁时年六十七岁。此年从春至夏，笠翁疾病缠身，药石罔效。岂料拖至秋间，"药以勿药，不期月而霍然起矣"。笠翁遂以古语"病不服药，常得中医"来解释此事，并以此解何紫雯心中之疑惑。较之四十余年前身染疫疠，病虽不同，可痊愈过程，以及笠翁对医理之态度，却是异曲同工。类似的事情，在我们身边并不鲜见，有时很难给出科学合理的解释。

古语"病不服药，常得中医"，见于《汉书·艺文志》。原文为："以热益热，以寒增寒，精气内伤，不见于外，是所独失也。故谚曰：'有病不治，常得中医。'"

"中医"究竟何意,历来歧见颇多。一说指中等医术的医生,一说指中等水平疗效,一说指中等治愈率。笠翁显然认为系指中等医术的医生,更言"非特中医,直医国手耳"!宋人叶梦得在《避暑录话》里说:"世言'不服药,胜中医'。此语虽不可通行,然疾无甚苦,与其为庸医妄投药反败之,不得为无益也。"同样有其一番道理。

名诸子说

予生七子而夭其二。长曰将舒,次曰将开,三曰将荣,四曰将华,五曰将芬,六曰将芳,七曰将蕃。荣、芬夭矣,今存五人。俗以多男祝人者,动曰"五男二女"①,岂造物者亦未能免俗,因其溢出数外,故芟②而去之邪?

诸子命名皆从"将"。将者,将然未然之词也。天下事莫妙于"将",而莫不妙于"既"。既,则令人观止矣,曷若将然未然之多余地乎?吾欲诸子顾名思义,人各用将。凡事皆然,不独功名富贵。富而不将,则以满致溢;贵而不将,则由高得险。戒之哉!

【注释】

①五男二女:谓有子五人,有女二人。孔颖达《毛诗正义》引晋皇甫谧云:"武王五男二女。"后用以表示子孙繁衍,有福气。

②芟(shān):刈除。

【赏读】

五男二女，意味着子孙繁衍兴旺，故此古人常将"五男二女图"印于纸笺之上。宋孟元老《东京梦华录》云："凡孕妇入月，于初一日父母家以银盆，或錂或彩画盆，盛粟秆一束。上以锦绣或生色帕复盖之，上插花朵及通草，帖罗五男二女花样，用盘合装，送馒头，谓之'分痛'。"

"五男二女"本系吉语，可对笠翁来说，却有着难言之痛。笠翁共生七子，二子先后夭折，莫非这是造物主为了印证"五男二女"之说？笠翁不免心有戚戚。

顺治十七年（1660），笠翁过完五十岁生日不久，长子将舒降临人间。老来得子，笠翁喜不自胜，连作数诗，有"生儿微觉减愁思，春到今年去便迟"之句。顺治十八年（1661），笠翁又得次子将开。康熙元年（1662），连得三子将荣、四子将华。五子将芬、六子将芳、七子将蟠，分别出生于康熙五年（1666）、康熙九年（1670）、康熙十三年（1674）。将蟠出生时，笠翁已六十四岁，正在由京师南归途中。据敦睦堂《龙门李氏宗谱》记载，将芬系妻徐氏所出，其余诸子当皆出于侧室。

父母为子女取名，总是寄寓着深深的祝福。在这篇《名诸子说》里，笠翁道出了诸子命名从"将"的缘故。

笠翁认为,天下事莫妙于"将",莫不妙于"既"。一个"将"字,留下多少"将然未然"之余地?普普通通的一个"将"字,又寄寓了多少笠翁对诸子的殷殷希冀?

　　此文虽短,读来却耐人寻味。文章的立意,已远远超出了为诸子取名本身。笠翁在《闲情偶寄》里论及桂花时说:"秋花之香者,莫能如桂。树乃月中之树,香亦天上之香也。但其缺陷处,则在满树齐开,不留余地。"树犹如此,何况人哉?"富而不将,则以满致溢;贵而不将,则由高得险。"笠翁此语,真真振聋启聩。古往今来,多少富贵者当权者,因为没有悟透这个"将"字,而迷失于"既",一失足成千古恨。宁不戒哉!

曲部誓词

窃闻诸子皆属寓言,稗官好为曲喻。《齐谐》①志怪,有其事,岂必尽有其人;博望凿空②,诡③其名,焉得不诡其实?矧不肖砚田糊口,原非发愤而著书;笔蕊生心,匪托微言以讽世。不过借三寸枯管,为圣天子粉饰太平;揭一片婆心,效老道人木铎④里巷。既有悲欢离合,难辞谑浪诙谐。加生旦以美名,既非市恩于有托;抹净丑以花面,亦属调笑于无心。凡以点缀剧场,使不岑寂而已。但虑七情⑤以内,无境不生;六合⑥之中,何所不有?幻设一事,即有一事之偶同;乔命一名,即有一名之巧合。焉知不以无基之楼阁,认为有样之葫芦?是用沥血鸣神,剖心告世。稍有一毫所指,甘为三世之喑⑦。即漏显诛,难逭⑧阴罚。作者自干于有赫,观者幸谅其无他!

【注释】

①《齐谐》:先秦神话故事集。《庄子·逍遥游》:"《齐

谐》者，志怪者也。"

②博望凿空：西汉时张骞出使西域，汉武帝封其为博望侯。《史记·大宛列传》："然张骞凿空，其后使往者皆称博望侯。"凿空，犹开通之意。

③诡：隐蔽。

④木铎：古时施行政教、传布命令时用以警众的响器。铎，古乐器，形如铙、钲而有舌。舌分铜制与木制两种，铜舌者为金铎，木舌者即为木铎。

⑤七情：人的七种感情。儒家以喜、怒、哀、惧、爱、恶、欲为七情（见《礼记·礼运》）。佛教以喜、怒、忧、惧、爱、憎、欲为七情。

⑥六合：上下和东西南北四方，即天地四方，泛指天下。

⑦喑（yīn）：哑。

⑧逋（bū）：逃脱。

【赏读】

这篇《曲部誓词》，题下原有注，云："余生平所著传奇，皆属寓言，其事绝无所指。恐观者不谅，谬谓寓讥刺其中，故作此词以自誓。"此文的确堪称"誓词"，笠翁以发誓这一极端的方式，阐明了自己文学创作的观点。

笠翁毕生创作了大量传奇和小说。流传至今的传奇，即有《怜香伴》《风筝误》《蜃中楼》《意中缘》等十种，合称"笠翁传奇十种"；确知出于笠翁之手的小说，有《无声戏》《十二楼》两种。

为何撰述通俗作品？笠翁在此文里给出了答案，不过是为"砚田糊口"而已。既不想"发愤著书"，亦不愿"托言讽世"，故此笠翁的作品更多了些商品属性。至于"借三寸枯管，为圣天子粉饰太平；揭一片婆心，效老道人木铎里巷"云云，不过是笠翁自嘲之语。笠翁的作品，教化色彩并不浓厚，亦无粉饰太平之嫌。无论传奇还是小说，几乎部部情节新奇有趣，语言诙谐生动，嬉笑怒骂皆成文章，可谓开风气之先，读来令人无比轻松愉悦。

文学创作，必须解决好虚与实的关系。在此文里，笠翁说得明明白白：作品情节皆系虚构，如有巧合纯属偶然。一方面，笠翁表明自己的作品绝对不存在讽刺和影射；另一方面，他又指出，"幻设一事，即有一事之偶同"，道出了艺术源自生活、高于生活的道理。类似的观点，笠翁在《闲情偶寄》里也屡有提及，这是其文学创作的基础理论。

笠翁此文，或许还有避清初文学狱之深义。顺治十七年（1660）八月，张缙彦遭朝臣萧震弹劾，称其在浙江任左布政使时，编刊《无声戏》二集，书中自称"不死英雄",有"吊死在朝房,为隔壁人救活"云云。张缙彦乃明臣,明亡后先降闯,继降清。萧震认为张缙彦"冀以假死涂饰其献城之罪,又以不死神奇其未死之身","煽惑人心,为害风俗"。《无声戏》出于笠翁之手,所谓张缙彦"编刊"云云,语焉不详,未尽其实。张缙彦遂因罪革职,流徙宁古塔,后来死在当地。张缙彦定案时虽无"不死英雄"之罪名,可腥风血雨的文字狱险些波及自己,笠翁岂能不有所忌惮?

卷三 序跋

文章者,心之花也;

溯其根荄,则始于天地。

《智囊》序

人生二十一朝以后①,又非三代②以降之民矣。智巧幻出,机变横生,其聪明高出古人上。括天下童叟及妇人女子而试之,求一"不识不知、顺帝之则"③者,杳不可得。有心当世者方愚之之不暇,奚事辑《智囊》一书,开其无可复开之窍?辑之可矣,又奚事分梨别枣,益广其传,俾天下之为童、为叟、为妇人女子者,益神明其智巧,而不可方物其机变乎?

笠翁曰:不然。今世所尚者诈也,非智也。智由性出,诈以习成。诈能庇身,而亦能杀身;智能善世,而其利又不止于善世。智不可无,诈不可有。苟非熟读圣经贤传,暨三代以下二十一朝之载籍,乌知后世之聪明,皆前人所谓杀身之具哉?所恶于智者,为其凿也,凿则机械④变诈所由生也。

冯子犹龙⑤之辑是编,事求其备,义取乎该,惟恐失一哲人,漏一慧语,遂不觉网罗太密,组织太工,而流于凿。得朱子⑥起而删之,理收其至当,义律以自然，凡有以察察为明⑦、嗛嗛为知者，即为古人藏拙。宁使智溢于囊，毋使囊宽于智，庶几留余地以厚古人，不使尽露囊底余智，而反为后人所窃笑，计诚得矣！

【注释】

①二十一朝以后：指元朝以后。明代将从《史记》至《元史》的二十一部史书，合称"二十一史"。"二十一朝"遂泛指秦至元的历朝历代。

②三代：指夏、商、周三朝。《论语·卫灵公》："斯民也，三代之所以直道而行也。"

③不识不知、顺帝之则：《列子·仲尼》云："尧乃微服游于康衢，闻儿童谣曰：'立我蒸民，莫匪尔极。不识不知，顺帝之则。'"这里指没有多少知识。

④机械：巧诈。

⑤冯子犹龙：即明末文学家冯梦龙。冯梦龙，字犹龙，苏州府吴县（今苏州相城区）人。他著述颇多，《智囊》乃是冯梦龙所编智慧故事集。

⑥朱子：即朱石钟，生平不详，李渔友人。李渔谓其"卓荦魁奇，性无杂嗜，惟嗜饮酒读书"。

⑦察察为明：形容专在细枝末节上显示精明。察察，分析明辨。明，精明。

【赏读】

《论语·阳货》里有一句孔子的名言:"唯上知与下愚不移。"关于这句话的理解,历来歧见颇多。但有一点却毫无疑问,"上知"即"上智",指的是上等聪明的人;"下愚"指的是下等愚笨的人。此语或许亦有划分社会阶层之意。

无独有偶。《吴宓日记》里记载了一句陈寅恪先生的话:"中国之人,下愚而上诈。"陈寅恪系针对七七事变时局,与吴宓散步聊天而道及此语。所谓"下愚而上诈",其意甚明。

从"智"到"诈",一字之差,可谓天壤之别。智者,智慧也,谋略也;诈者,狡黠也,欺诈也。笠翁云:"今世所尚者诈也,非智也。"诚乃悲语,亦复陈寅恪先生所悲者!由"智"到"诈",岂非世风日下?行诈者多不以为诈,反自以为聪明,殊不料聪明反被聪明误,枉送了性命。古往今来,此类教训不胜枚举。

冯梦龙纂辑《智囊》,所取乃"古人智术计谋之事"。后"以其未备",复行增辑,而成《智囊补》。冯梦龙认为,"人有智犹地有水,地无水为焦土,人无智为行尸。智用于人,犹水行于地,地势坳则水满之,人事坳则智满之"。其纂辑此书,显然出于"益智"的想法。因其"网罗太密,组织太工",以致有"察察为明,嗛嗛为知"者。凡此,朱石钟悉予删去,以留余地以厚古人。由此可见,"智"亦有高下之分。得大智慧者,方为"上智"。

《古今笑史》①序

予友石钟朱子，卓荦魁奇，性无杂嗜，惟嗜饮酒读书。饮中狂兴，可继七贤②而八、八仙而九；书则其下酒物也。仲姜玉③、季宫声④，亦具饮癖而量稍杀，皆雅好读书。读之不已，又从而笔削之，笔削之不已，又从而剞劂⑤之。虑其间或有读而不快，快而不甚快者。是何异于旨酒⑥既设，肴核杂陈，而忽有俗客冲筵，腐儒骂坐，使饮兴为之中阻，不可谓非酒厄；势必扶而去之，以俟洗盏更酌。此《古今笑》之不得不删，删而不得不重谋剞劂也。人谓石钟昆季⑦于此为读书计，乌知其为饮酒计乎？

是编之辑，出于冯子犹龙，其初名为《谭概》⑧，后人谓其网罗之事，尽属诙谐，求为正色而谈者，百不得一，名为《谭概》，而实则"笑府"，亦何浑朴其貌而艳冶其中乎！遂以《古今笑》易名，从时好也。噫！谈笑两端，固若是其异乎？吾谓谈锋一辍，笑柄不生，是谈为笑之母也。无如世之善谈者寡，喜笑者众,咸谓以我之谈,博人之笑,是我为人役,苦在我而乐在人也。试问伶人演剧,座客观场,观场者乐乎?抑演剧者乐乎?同一书也,始名《谭概》,而问者寥寥,易名《古今笑》,而雅俗并嗜,购之惟恨不早,是人情畏谈而喜笑也明矣。不投以所喜,悬之国门⑨奚裨乎?

石钟昆季笔削既竣而问序于予。予请所以命名者,仍旧贯乎?从时尚乎?石钟曰:"予酒人也,左手持蟹螯,右手持酒杯,无暇为晋人清谈,知有笑而已矣。但冯子犹龙之辑是编,述也,非作也;予虽稍有搏节⑩,然不敢旁赘一词,又述其所述者也。述而不作,仍古史也。试增一词,为《古今笑史》,能免蛇足之讥否乎?"予曰:"善,古不云乎:'嬉笑怒骂,皆成文章。'是集非他,皆古今绝妙文章,但去其怒骂者而已,命曰《笑史》,谁曰不宜?"

【注释】

①《古今笑史》:此序称朱氏兄弟删削原书,易名《古今笑史》刻印。该书今存康熙刻本,书名为《古笑史》,首冠李渔"序古笑史",序末题"时康熙丁未之仲春,湖上笠翁漫述",文字较此文亦多有出入。

②七贤:指魏晋"竹林七贤",即嵇康、阮籍、山涛、

向秀、刘伶、王戎、阮咸。后文"八仙"指唐代"饮中八仙",即李白、贺知章、李适之、李琎、崔宗之、苏晋、张旭、焦遂。

③仲姜玉:朱石钟二弟朱姜玉。生平不详。

④季宫声:朱石钟幼弟朱宫声。生平不详。

⑤剞劂(jī jué):雕版刻书。

⑥旨酒:美酒。《诗经·小雅·鹿鸣》:"我有旨酒,以燕乐嘉宾之心。"

⑦昆季:兄弟。

⑧《谭概》:全称《古今谭概》,冯梦龙编。该书取材历代故实,亦兼收稗史笔记,反映世相百态,多幽默诙谐之篇。朱石钟兄弟删此而成卷,改书名为《古今笑史》。

⑨悬之国门:《史记·吕不韦列传》云,吕不韦尝将《吕氏春秋》"布咸阳市门,悬千金其上,延诸侯游士宾客,有能增损一字者予千金"。

⑩搏节:调节。

【赏读】

《古今谭概》系冯梦龙编撰的一部笑话集。梅之熉在《古今谭概》叙言中说:"夫罗古今于掌上,寄《春秋》于舌端,美可以代舆人之诵,而刺亦不违乡校之公,此诚士君子不得志于时者之快事也。"冯梦龙认为"笑能疗腐",却又非"特疗腐而已",道出了编撰此书之主旨。

《古今谭概》刻成后，流传不广。万历庚申（1620）此书重刻，书名被改成了更为通俗浅显的《古今笑》。笠翁云："同一书也，始名《谭概》，而问者寥寥，易名《古今笑》，而雅俗并嗜，购之惟恨不早。"可见更改书名之后，《古今笑》成了一本畅销书。康熙年间，朱氏兄弟复加删削，以《古笑史》为书名刊刻行世。

同样一部书，为何易名之后，一时间得以洛阳纸贵？笠翁认为，读者既然"畏谈"而"喜笑"，那就应该针对读者，"投以所喜"。如果不能"投以所喜"，即使将书籍"悬之国门"，又有何用？《古今谭概》是本笑话集，自然不属于阳春白雪之作。从书名来看，《古今笑》无疑更吸引人，既道明了书的内容，又容易引发读者的阅读兴趣。相形之下，书名《古今谭概》晦涩艰深，难以夺人眼球。

笠翁此论，颇有见地。古往今来，图书初版无人问津，经更改书名再版而爆红之事，并不鲜见。不过，如果陷入"挂羊头卖狗肉"的怪圈，则又属于误入歧途了。

《名词选胜》序

　　文章者，心之花也：溯其根荄①，则始于天地。天地英华之气，无时不泄。泄于物者，则为山川草木；泄于人者，则为诗赋词章。故曰：文章者，心之花也。

　　花之种类不一，而其盛也亦各以时，时即运也。桃李之运在春，芙蕖之运在夏，梅菊之运在秋冬。文之为运也亦然：经莫盛于上古，是上古为六经②之运；史莫盛于汉，是汉为史之运；诗莫盛于唐，是唐为诗之运；曲莫盛于元，是元为曲之运。运行至斯，而斯文遂盛；为君相者特起而乘之，有若或使之者在，非能强不当盛者而使之盛也。

　　不知者曰："唐以诗抡才③而诗工，宋以文衡士而文胜，元以曲制举而曲精。"夫元实未尝以曲制举，是皆妄言妄听者耳。夫果如是，则三代以上未闻以作经举士，两汉之朝不见以编史制科，胡亦油然勃然，自为兴起而莫之禁也？文运之气数验于此矣。

　　予为是论，盖以言乎今日之词云。自有词之体制以来，未有盛于今日者。虽曰词始于唐而盛于宋，然唐宋之工此者，自屯田④、眉山⑤、淮海⑥、清照⑦、稼轩⑧而外，指不数屈。继起而建标立极者虽不乏人，然考其姓名，总不越《花间》⑨《草堂》⑩《尊前》⑪《兰畹》⑫之四集，较之历代诗人之数，不及百一，此何故哉？盖以词名"诗余"，似必诗有余力，而后为之。夫既诗矣，焉得复有余力哉？不意传至于今，啸歌之外，靡事可为，才彦精灵，悉无所寄。即使未有填词一道，犹将创而为之，若屈原之于骚，相如之于赋，东篱⑬、实甫⑭诸人之于杂剧，皆前此未有而自我作之；矧成法具在，作者寥寥，有不起而修废举坠、扬徽振响⑮，以鼓一代之休明⑯者哉！虽然，此非有科名诱人于前，夏楚督之于后，莫知其然而尽然，非运为之，谁为之乎！执此证吾言，谬乎？非谬乎？

十年以来，名稿山积，缮本川流，坊贾之捷于居奇者，欲以陶朱⑰、猗顿⑱之合谋，举而属诸湖上翁一人之手。噫，谬矣哉！文之盛衰，犹视乎运，岂书之传否，我得自为政乎？况当世名贤之司月旦⑲者，莫不秉运而起，选有定本，悬之国门。予高才捷足，一无可恃，鹿死于前，而犹驰逐于后，不为先入关者⑳笑乎？坊人固请不已，爰有是刻。名曰"选胜"，盖以诸选皆胜，而我拔其尤，是犹胜人之胜，非敢胜人之不胜也。

【注释】

①荄(gāi)：草根。

②六经：即《诗》《书》《礼》《易》《乐》《春秋》。

③抡才：选拔人才。抡，挑选，选拔。

④屯田：指柳永，北宋著名词人。柳永以屯田员外郎致仕，故世称柳屯田。

⑤眉山：指苏轼。苏轼乃眉州眉山（今属四川）人。

⑥淮海：指秦观。秦观有《淮海集》《淮海词》，世称"淮海居士"。

⑦清照：即李清照，宋代著名女词人。

⑧稼轩：即辛弃疾。辛弃疾号稼轩。

⑨《花间》：即《花间集》，后蜀赵崇祚编，收录晚唐、五代花间派词家作品。

⑩《草堂》：即《草堂诗馀》，南宋何士信编，所收以宋词为主，兼及唐、五代词。

⑪《尊前》：即《尊前集》，编者不详，录唐、五代词，北宋时已传世。

⑫《兰畹》：即《兰畹集》，北宋孔方平编，收唐末至宋初诸家词。

⑬东篱：即元代戏曲家马致远。马致远，号东篱，著有《汉宫秋》等。

⑭实甫：即元代戏曲家王实甫，著有《西厢记》。

⑮扬徽振响：犹重振旗鼓。扬徽，挥动军旗。振响，发出声响。

⑯休明：美好清明。

⑰陶朱：即春秋时越国名臣范蠡，经商而成巨富，因定居宋国陶丘（今属山东菏泽），故称"陶朱公"。

⑱猗顿：鲁国书生，家贫，在范蠡的指点下，靠畜牧而成巨富，其兴富于猗氏，故称"猗顿"。

⑲月旦：指品评人物。典出《后汉书·许劭传》。许劭与从兄许靖俱有高名，好于每月品评乡党人物，故有"月旦评"之谓。

⑳先入关者：典出《史记·高祖本纪》。楚怀王尝与诸将约定，"先入定关中者王之"。刘邦先项羽而入关中。

【赏读】

《闲情偶寄》云："填词非末技，乃与史传诗文同源而异派者也。"传统文人眼里视作"末技"的"填词"，在笠翁看来，只不过是一种有异于史传诗文的文学样式而已。笠翁此论，虽是针对度曲而言，置之诗余，亦未尝不可。笠翁长于传奇，亦工诗余，有词集传世。

何谓"与史传诗文同源"？在这篇《〈名词选胜〉序》里，笠翁给出了精辟的答案。他认为文章乃是"心之花"，天地英华之气泄于人者，则为诗赋辞章。继而，笠翁进一步生发开去，将文章之盛比作应时之花，可谓笔趣驰宕。

前人论词，多以宋词为盛。笠翁却认为清初最盛，即所云"自有词之体制以来，未有盛于今日者"。抛开艺术成就不论，单就词人词作数量之多，笠翁此言不虚。明清易鼎，文网渐密，文人墨客"啸歌之外，靡事可为"，客观上促进了清词的复兴。

应书坊主之约，笠翁取诸选之尤胜者，编选了这部《名词选胜》。此书未知尚存于天壤之间否。尤侗《西堂杂组》有《〈名词选胜〉序》，言笠翁"辛亥夏，来客吴门，予与把臂剧谈，出其枕中秘，所见有过所闻者，乃知志怪之书。回波之唱，未足尽我笠翁矣。今冬，复寄《名词选胜》，而征予序。予读之，诧曰：'笠翁又进矣！'"又云："笠翁精于曲者也，故其论词，独得妙解，而与予见合如此。"尤侗堪称笠翁知音也。

继《名词选胜》，笠翁又应书坊主之约，刊行了词集《耐歌词》。其卷首自序云："今天下词人树帜，选本实繁。予既应坊人之求，有《名词选胜》一书梓以问世，不日成之矣。乃坊人又谓：近日词家，各有专集，莫不纸贵鸡林。子为当今柳七，曲弊歌儿之口，书饱文人之腹，所未公天下者，惟《花间》《草堂》一派耳。盍倾囊授我，使得悬诸国门？予谓从前浪播，特瓦缶雷鸣耳。洪钟既出，焉用土鼓为哉？坊人坚索不已，遂不获终藏予拙。"

《今又园诗集》序

丁巳春,予自白门移家家湖上。碧波千顷,环映几席,两峰①、六桥②,不必启户始见,日在卧榻之前伺予动定。因题一联于斋壁云:"繁冗驱人,旧业尽抛尘市里;湖山招我,全家移入画图中。"又叹家慈在日,泛湖而乐,指岸上居民曰:"此辈何修,而获家于此!"今全家入画,而吾母不与,正切风木之悲,适天台叶先生③以予告④养亲,偶来湖上,投我以今又园诗刻。卒业⑤而叹曰:"嗟乎!先生有母,翳我独无⑥。且人皆有母而无母,先生独能始终以有其母,何其幸欤!"

夫人宦游四方,咸叹不遑⑦将母,即或偶归,归而复出,至辜倚闾之望⑧者,往往而是。先生令潜,满考,擢刺彬阳,皆得迎养其母。无何而请假归台,寻去台,徙镜湖⑨之上,又获依依膝下。以视予全家入画而独少一人者,其幸不幸何似?然先生则更有不可及者:自去彬之明年,即闻滇黔之警⑩,凡仕于湖南而不得归者几何人？去台之旬日，闽叛复作，依草附木者揭竿而起，凡家室之免于涂毒者又几何族也？而先生皆得脱然于颠危之外，以常有其母，是岂人可易及者欤？如其恋恋一官，则此时此日，不知身在何许，家在何许，其视全家入画而独少一人者，又有幸不幸之分矣，尚能骄我以天伦之乐，而朝暮肆力于诗乎？

夫以始终奉母一节，已当附于王阳孝子⑪之列，可传于后，而况其诗之清真高迈，掩映今古，又自有其可传者欤？因不移晷而为之序，盖借先生之幸序予之不幸耳。

【注释】

①两峰：即南高峰与北高峰，"双峰插云"系"西湖十景"之一。

②六桥：指苏堤上的六座桥，即映波、锁澜、望山、压堤、东浦、跨虹。

③叶先生：即叶修卜。叶修卜，名臣遇，浙江临海人，贡生，曾任潜江知县、郴州知州等职。康熙十二年（1673）告老养亲。此即下文所云"令潜""擢刺彬阳""请假归台"。修卜有《识小录》及《越吟》《北游》《日载》《今又园》四集。

④予告：汉代三千石以上有功官员依例给以在官休假的

待遇,谓之予告。后凡官员因老、病休致,亦称予告。

⑤卒业:全部诵读完毕。

⑥繄我独无:繄,同"繫",语首助词,意同"惟"。《左传·隐公元年》云:"尔有母遗,繄我独无!"

⑦不遑:没有时间,来不及。

⑧倚间之望:靠着家门等候。比喻父母望子归来之心殷切。间,里巷之门。

⑨镜湖:又名鉴湖,位于今浙江绍兴西南。

⑩滇黔之警:指三藩之乱。下文"闽叛",亦指此乱。

⑪王阳孝子:《汉书·王尊传》云:"先是,琅邪王阳为益州刺史,行部至邛崃九折阪,叹曰:'奉先人遗体,奈何数乘此险!'后以病去。及尊为刺史,至其阪,问吏曰:'此非王阳所畏道邪?'吏对曰:'是。'尊叱其驭曰:'驱之!王阳为孝子,王尊为忠臣。'"

【赏读】

对于西湖,笠翁怀着一份特殊感情。他曾自言:"平章天下之山水,当分'奇'与'秀'之二种。奇莫奇于华岳及东西二粤诸名山,是魁奇灏瀚之才也。秀莫秀于吾浙之西湖,是清新俊逸之才也。西湖者,山水之尤物。前人方之西子,后人即以名之。盖深知其窈窕难名,而借人以名之者耳。是造物之才,畅乎彼而尽乎此矣。"

康熙十六年(1677),已届垂暮之年的笠翁从金陵移家西湖。不必启户，卧榻之前，碧波千顷，山水入画，何等惬意！笠翁遂题室楹云："繁冗驱人，旧业尽抛尘市里；湖山招我，全家移入画图中。"此情此景，让笠翁不禁想起多年前和母亲泛舟湖上之情景。母亲遥指岸上居民，不无艳羡地说："此辈何修，而获家于此！"如今，笠翁终于"全家入画"，夙愿得偿，可是却早已物是人非。

叶修卜偶来湖上，以《今又园诗集》索序笠翁。笠翁不禁别有一番感慨。《论语·里仁》云："父母在，不远游。"叶修卜任潜江知县、郴州知州期间，"皆得迎养其母"。康熙十二年（1673），贼氛日炽，叶修卜不忍老母悬心，遂告养亲还乡。笠翁故将其比作孝子王阳。

笠翁有诗《赠叶修卜使君》，云："移忠作孝事希闻，彩服承欢赖有君。为念白头成瑞雪，暂抛紫绶作浮云。双凫到处讴歌起，一鹤归来治乱分。不使高堂逢此际，倚门终日虑狂氛。"所咏即叶修卜告假养亲事。叶修卜有老母在堂，真真羡煞笠翁。

子欲养而亲不待，此痛何及！笠翁在多篇诗文里提及母亲，文字间流淌的绵绵哀思，感人肺腑。

《覆瓿①草》序

《覆瓿草》维何？家仲石庵②之诗文也。诗文而以"覆瓿"名，虽曰作者之谦词，以予视之，似奋天下人之见书弗读，辄以覆瓿，若秦一世之尽付祝融③，绝无去取之可恨耳。

书之可使覆瓿者众矣。予谓未读其书，先视其人，其人碌碌无所短长，则其书可以读，可以弗读。然而不以人废言，夫子又尝言之，至其人为君子，则君子之言矣，听君子之言而"褒如充耳"④，可乎？

予家石庵，君子人也。事亲孝，事兄悌，其为吏也廉，其为友也信。至居家庭，待妻若子雍雍穆穆⑤，又无俟言矣。其宰建德，宏猷丕著⑥，惜以细故谪官。予作一联赠之曰："才奇而肝胆俱奇，惯以热肠加冷士；官左而襟怀未左，偏于忙处理闲情。"识者谓此一联，可作石庵一幅小像。其人如此，其言可知。大率清真超逸，自抒情灵，不屑依傍门户；但恨其少耳。然石庵之诗文，勇于作而懒于收，往往散漫于邺架⑦之外,臧获⑧辈不知,悉以委去。是他人不以覆瓿而自甘覆瓿,故病其少。若是,则"覆瓿"二字,即谓石庵自道其实也亦可。

【注释】

①瓿(bù):小瓮,常用来盛物菜。

②石庵:即李瑛黄,字石庵,山西黎城人。拔贡,康熙三年(1664)任江南建德知县,后以故谪官,左迁参军,居杭州。

③祝融:火神。犹秦始皇焚书时付之一炬之意。

④褎(yòu)如充耳:面带笑容,像聋子一样充耳不闻。《诗经·邶风·旄丘》:"叔兮伯兮,褎如充耳。"

⑤雍雍穆穆:和谐融洽。雍雍,和洽貌。穆穆,端庄恭敬。

⑥宏猷丕著:雄才大略,政绩卓著。丕,大。

⑦邺架:藏书处。韩愈《送诸葛觉往随州读书》:"邺侯家多书,插架三万轴。"后遂以"邺架"喻藏书之所。

⑧臧获:旧时对奴婢的贱称。

【赏读】

笠翁给朋友徐东来写过一封信,写于向其借书之后。信中说:"借来诸书,除某某二集外,皆属可焚。每见此等诗刻,即为梨枣称冤。秦始皇真英雄,惜乎不生于今日。嬴秦以前可焚之书尚少,此时再出一始皇,其功当百倍秦一世耳。不审邺架之上置此何为?岂君家富于酱瓿,留此以待不时之需耶?谨一一归上。"

秦始皇焚书,历来被视作文化浩劫。笠翁缘何反弹琵琶,认为天下之书,可焚者尽多?在笠翁看来,那些无用之书,尽可以不读。在《〈覆瓿草〉序》里,笠翁谈及自己读书之法,"未读其书,先视其人,其人碌碌无所短长,则其书可以读,可以弗读"。笠翁认为,虽然不该以人废言,但非君子,不足以听其言。

徐东来系吴中词客,与笠翁关系不错。笠翁称借来诸书,"皆属可焚",并问徐东来家里是不是有很多盛酱菜的瓿,以便随时用书覆瓿,委实让人面子上挂不住。不过徐东来了解笠翁脾性,倒也未必介怀。

以书覆瓿,旧时习以为常。李石庵为人落拓不羁,所作诗文集取名《覆瓿草》,无疑乃是自谦之意。笠翁认为,石庵这是有感于"天下人之见书弗读,辄以覆瓿",故取"覆瓿"二字为集名。在笠翁看来,"见书弗读"与读"可焚"之书,皆不足取。

《琴楼合稿》序

才非天下之善物也。窃怪古今人多昧此，有者矜之，无者嫉之，稍有而非绝无者，苟遇其人，又欣欣然愿慕之。是皆未考才人之遇及所享之年，嘉其一得而忘其众失，故逐逐于此，而乌知其非善物也哉。

盖才者非他，穷人、夭人之具也。男子而才，求为富贵利达也难矣；妇人而才，求为得良配、居正室，免于摧残困厄，得遂其中怀也难矣。如其偶得，则不数年而夭。大率夭者其常，即偶得，亦其变也。彼摧残困厄、不获遂其所怀来者，亦乌能损彼益此？究竟同归于尽而已。予故曰才非善物，为天下古今之矜者、慕者、妒而欲杀者下一转语。使知天之予此于人也，爱憎相半；而人之受此于天也，利害适均。嫉之者无烦欲杀，造物自能杀之。为千古词场靖戈矛而弭怨谤，未必不阶于此论。

昔之才而穷，穷而且夭者，代不乏人。予为舍古援今，则观胡子文漪①之细君②槎云，及槎云之尊人步青③，益知予言之非谬。步青，余友也。其才若怒流之澎湃，怪石之嶔崎④，又能降作古之才，攻制举艺，以取一第、縻百禄何有哉？乃才举于乡而赍志以没，其为寿几何？仅强仕之年而已。此男子有才之征也。槎云之在谢庭⑤，素工咏絮，为诸昆季所夸许。及归文漪，才相准而貌相犹，以名士之女，复得韵士以为夫，且居正室，少媵姒⑥，已不为人嫉，而又无可嫉之人，是为妇人而百禄是遒者，莫槎云若矣。乃结褵⑦甫七载，而遽作修文⑧女士，从尊人于白玉楼⑨中。使其才稍劣，貌稍媸，琴瑟之遇稍乖，则造物之相夺，恐未必若是之遽也。由是观之，才岂善物也哉！

文漪不能久并其身，而思永偕以集，因裒⑩是书以传，珠联璧合，洵雅事哉。予情士也，向者连丧二姬，前后作《断肠诗》三十首，怒造化之不仁，嗟好物之易坏，而特为此不平之鸣。然才之可贵，自若也。惟其可贵，是以可嫉；造物且忌之，况于人乎？此平情之本论也。前言过激，寻复悔之。

【注释】

①胡子文漪：即胡文漪，名大潆，钱塘举人。才气英博，诗以清新为骨，雅丽为色。

②细君：指妻子。胡文漪之妻张槎云，名昊，仁和（今

属浙江杭州)人。幼慧,七岁能诗。归胡氏七载而殁。

③步青:即张步青,名坛,张槎云之父。顺治十七年(1660)举人,康熙六年(1667)赴春官试,卒于京师。

④嵚(qīn)崎:山势险峻。比喻品格卓异。

⑤谢庭:此处以张槎云比之东晋才女谢道韫。谢道韫尝有咏雪之句"未若柳絮因风起",此即下文所云"素工咏絮"之典。

⑥媵姒(yìng sì):指姬妾。

⑦结褵(lí):即结缡。古代嫁女的一种仪式。女子临嫁,母亲给她结上佩巾。语出《诗经·豳风·东山》:"亲结其缡。"后即以"结缡"指结婚。

⑧修文:《太平广记》引晋王隐《晋书》,云苏韶死后现形,对兄弟说:"颜渊、卜商,今见在为修文郎。修文郎凡有八人,鬼之圣者。"

⑨白玉楼:李商隐《李贺小传》云,李贺将死时,忽昼见一绯衣人,云:"帝成白玉楼,立召君为记。天上差乐,不苦也。"

⑩裒(póu):聚集。

【赏读】

张槎云乃是才女、孝女。《两浙��轩录》记其事迹,略云:"癸卯年十九,归胡生文漪,倡和极谐。丁未,步青赴春官试,卒于京师。讣音至,槎云痛悼欲绝,有

'孤山何太苦，变作我亲邱'之句，读者怜之。逾年，槎云方晨起，与文漪论诗，语及《关盼盼》绝句，曰：'诗至此，得无传乎？'既而晓妆毕，整衣临窗，徘徊久之，凝眺云际，忽曰：'吾肠断矣。'侍儿扶至床，目已瞑。先是，槎云梦白鹤振翮于庭，人言，谓槎云曰：'盍乘吾以归乎？若夫妇七年之缘已尽矣。'槎云跨鹤背，凭空而起，有若神仙。及其卒，人始知为兆云。"

槎云卒时，年仅二十五岁。《国朝杭郡诗续辑》云，槎云卒后，其夫胡文漪"赋后惆怅词四首，比于潘生悼亡之篇，有余痛矣"。文漪集二人唱和之作，而成《琴楼合稿》。

槎云之父步青，系笠翁好友。步青"三上春官，卒于京邸，年三十九"。父女皆未享永年，岂因"才非善物"乎？笠翁在这篇《〈琴楼合稿〉序》里，针对"才"与"运"，生发出无限感慨。古往今来，有才而穷、穷且夭者，固然"代不乏人"；无才而穷，穷且夭者，岂非更多？只不过有才而穷、而夭者，常得留之史乘，更易令人扼腕叹惜而已。

时光荏苒，沧海桑田，《琴楼合稿》现今仍存于天壤之间，岂非幸事一桩！书内附有众多闺媛为槎云所写悼亡之作，读来不胜其悲。笠翁为《琴楼合稿》写序时，乔、王二姬皆已弃世。由彼及此，笠翁不由发出悲问：此乃天妒英才乎？序文结尾，陡生无限悲意。

《香草亭传奇》序

岁丁巳,自春徂冬,湖上翁善病不起,刀圭①罔效,入冥疆而复出者三。因索验方于古人,取枚乘《七发》②暨陈琳③愈头风檄,辗转读之,疾且愈甚。古语真欺人哉!

迨戊午④春,朱子修龄⑤持镜曲化农⑥双鲤⑦,并所撰《香草亭》填词,索予言弁首⑧以问世。予病中得故人书,甚喜,然操觚染翰⑨,岂病者事乎?剖缄⑩读之,则非书非词,乃方与药也,合《本草》⑪一大部,锻炼成书。欲起死人而活之,先活草木金石之腐且朽者,如刘寄奴、桑寄生⑫之属,尽使着优孟衣冠,歌舞笑啼于纸上。以活药药死人,未有不霍然起者。读未竟而病退十舍。因叹镜曲化农为异人,岂知湖上翁有填词癖,故特以酒解酲⑬,抑无意为之,而我适逢其会耶?若是,则折股知医⑭,操觚染翰,诚予病者事也。

从来游戏神通,尽出文人之手,或寄情草木,或托兴昆虫，无口而使之言，无知识、情欲而使之悲欢离合，总以极文情之变，而使我胸中磊块唾出殆尽而后已。然卜其可传与否，则在三事：曰情，曰文，曰有裨风教。情事不奇不传；文词不警拔不传；情文俱备，而不轨乎正道，无益于劝惩，使观者、听者哑然一笑而遂已者，亦终不传。是词幻无情为有情，既出寻常视听之外，又在人情物理之中，奇莫奇于此矣。而词华之美，音节之谐，与予昔著《闲情偶寄》一书所论填词意义，鲜不合辙，有非"警拔"二字足以概其长者。三美俱擅，词家之能事毕矣。《香草亭》一出，《拜月》《牡丹》二亭⑮不忧鼎之缺一足矣。

序成而寄语化农：予病则赖子以瘳⑯，然病根尚未拔也。病根由贫，子能再以钟离⑰一指善其后乎？吾知镜曲化农之术，不能仁乎此矣。

【注释】

①刀圭：原指中药的量器，后代指中药。

②枚乘《七发》：西汉辞赋家枚乘的《七发》收于梁萧统《文选》，乃讽喻之作。赋中假托楚太子有病，吴客前去探望，以互相问答的形式构成七段文字。

③陈琳：汉末"建安七子"之一，善写檄文。《三国志·魏书·王粲传》裴松之注引《典略》云，曹操"苦头

风,是日疾发,卧读琳所作,翕然而起曰:'此愈我病。'"

④戊午:即康熙十七年(1678)。李渔时年六十八岁。

⑤朱子修龄:即朱修龄,名未详,李渔之友。李渔在《朱子修龄倡义鸠资赎难民妻女纪略》《朱修龄广厦落成》等多篇文章里提及朱修龄。

⑥镜曲化农:即徐冶公,名沁,号镜曲化农,浙江余姚人。太学生,性豪爽,博通经史,著有《秋水堂稿》等。

⑦双鲤:一底一盖。把书信夹在里面的鱼形木板。常指代书信。汉乐府《饮马长城窟行》:"客从远方来,遗我双鲤鱼,呼儿烹鲤鱼,中有尺素书。"

⑧弁(biàn)首:卷首,前言。弁,原指男子所戴的一种帽子。

⑨操觚(gū)染翰:指写作。觚,木简;翰,长而硬的鸟羽,借指毛笔。

⑩缄(jiān):书信封口。

⑪《本草》:古时将中医类书籍称为"本草",较知名者有《神农本草经》《图经本草》《本草纲目》等。

⑫刘寄奴、桑寄生:皆中药材名。

⑬酲(chéng):醉后神志不清。

⑭折股知医:唐欧阳詹《送洪孺卿赴举序》云:"三折股为良医。"

⑮二亭:指关汉卿《拜月亭》、汤显祖《牡丹亭》。

⑯瘳(chōu):病愈。

⑰钟离:指"八仙"之一汉钟离。传说汉钟离曾点金济众。

【赏读】

陈其元《庸闲斋笔记》云:"余弱冠时,读书杭州,闻有某贾人女明艳,工诗,以酷嗜《红楼梦》致成瘵疾。当绵缀时,父母以是书贻祸,取投之火,女在床乃大哭曰:'奈何烧杀我宝玉!'遂死。"乐钧《耳食录》、邹弢《三借庐笔谈》等书,亦有类似记载。作为古典文学巅峰之作,《红楼梦》艺术魅力可见一斑。

优秀的文学作品,总有摄人心魄的独特魅力。久病之中,友人朱修龄持镜曲化农新撰传奇《香草亭》而来。笠翁性好传奇,读毕《香草亭》,病体不觉霍然而起。对笠翁而言,传奇岂非胜过刀圭?此亦足称千古之快事。

想来笠翁是带着极其愉悦的心情,为《香草亭》作序的。他将《香草亭》视作与《拜月亭》《牡丹亭》鼎足而三之剧目,评价不可谓不高。在序言里,笠翁谈到了对传奇创作的看法。他认为传奇能否传世,在于三点"曰情,曰文,曰有神风教",即情节是否新奇,文辞是否警拔,立意是否轨乎正道。这无疑是笠翁基于丰富的创作实践而提炼出来的理论。

类似的观点,笠翁在《闲情偶寄》里屡有提及。如谈到情节之奇时，笠翁云："古人呼剧本为'传奇'者，因其事甚奇特，未经人见而传之，是以得名，可见非奇不传。"在谈及文辞警拔时，笠翁主张"贵显浅""重机趣""戒板腐"。正是基于此等创作理念，笠翁所撰的传奇得以风靡各地，绝非浪得虚名。

《春及堂诗》跋

诗文之有跋，犹人冠裳之下之有履。读至终篇而莫忍释手，不能赞一词，而又不能不赞一词，佛头既不敢粪①，缃帙②又未可污，不得已而作蝇头附骥尾③，于是乎有跋。盖爱之至，敬之深，犹见人至美之躯，而不忍跣其足也。予小子之跋《春及堂诗》，非第爱其书，敬其人，且触寻源报本之思，切泰山梁木④之感，不知涕泪之何从矣！盖春及堂主人非他，乃予一生受德最始之一人也。

侯官夫子⑤为先朝⑥名宦，向主两浙文衡⑦，予出赴童子试⑧，人有专经⑨，且间有止作书艺⑩而不及经题者，予独以五经⑪见拔。吾夫子奖誉过情，取试卷灾梨⑫，另为一帙，每按一部，辄以示人曰："吾于婺州得一五经童子，讵非仅事⑬！"予之得播虚名，由昔徂今，为王公大人所拂拭者，人谓自嘲风啸月之曲艺始，不知实自采芹入泮⑭之初，受知于登高一人之说项始。乃今桑田成海，海复为田，虽闽浙相距非遥，而前阻烽燧，后罹播迁，非止鳞羽久疏，即吾夫子捐馆于何年，卜牛眠⑮何地，皆莫之知。

迨今甲寅岁，其象贤公于王先生⑯乘骢按浙，予适过之，先生出此帙示予，予设位而哭，哭竟而后读之。其诗高古沉郁，不俟追琢⑰而工，不假脂韦⑱而丽，且语语出自至性，他时采入国风，垂之后季，大有砺世磨钝之功。予低徊久之，敬缀数语于篇末。

跋之为言履也，别吾夫子几四十年，而犹及为之纳履⑲，宁非快事！作者有灵，当必谓孺子可教，不惜开聋启聩于瘖痱间乎！

【注释】

①佛头既不敢粪：即不敢在佛头着粪。"佛头着粪"原指佛性慈善，在他头上放粪也不计较。后比喻好东西遭到玷污。

②缃帙：浅黄色书套。泛指书籍。

③蝇头附骥尾：苍蝇附在千里马的尾巴上。比喻沾了贤人的光而名声大振。

④泰山梁木：像泰山崩塌，梁木毁坏一样。比喻德高望重之人与世长辞。《礼记·檀弓上》："孔子蚤作，负手曳杖，消摇于门，歌曰：'泰山其颓乎！梁木其坏乎！哲人其萎乎！'……盖寝疾七日而没。"

⑤侯官夫子：指许豸，字玉史，号平远，侯官（今福建福州）人，官至浙江提学副使。夫子，对有学问的长者的尊称。《春及堂诗》乃许豸诗集。

⑥先朝：指明朝。

⑦文衡：旧谓判定文章高下以取士的权力。评文如以秤称物，故曰"文衡"。此指科考主考官。崇祯八年（1635），李渔赴婺州参加童子试，许豸时任浙江提学副使。

⑧童子试：又称"童试"。通过考试，即为秀才。

⑨专经：专研经学。

⑩书艺：四书文。明清科举，多取"四书"之句命题。"四书"即《大学》《中庸》《论语》《孟子》。

⑪五经：即《诗》《书》《礼》《易》《春秋》。

⑫灾梨：自谦之词。原指刻印无用之书，殃及刻板的梨木。

⑬仅事：罕见之事。

⑭采芹入泮：指考中秀才。《诗经·鲁颂·泮水》："思乐泮水，薄采其芹。"毛传："泮水，泮宫之水也。"郑玄笺："芹，水菜也。"古时学宫有泮水，入学则可采水中之芹以为菜，故称入学为"采芹入泮"。后亦指考中秀才，成了县学生员。泮水，古代学宫前的水池，形状如半月。

⑮卜牛眠：指入土安葬。《晋书·周光传》："初，陶侃微时，丁艰，将葬，家中忽失牛而不知所在。遇一老父，谓曰：'前岗见一牛眠山污中，其地若葬，位极人臣矣。'……

言讫不见。侃寻牛得之,因葬其处。"

⑯于王先生:即许豸次子许宾,曾任福建道监察御史、浙江巡盐御史,以清节著闻。

⑰追琢:雕琢。《诗经·大雅·棫朴》:"追琢其章,金玉其相。"

⑱脂韦:油脂和软皮。

⑲纳履:穿鞋。

【赏读】

笠翁有书札《与许于王直指》,道及为许豸《春及堂诗》作跋之经过。

书云:"某受先夫子特拔之知,四十年来报恩无地。都门获遇老祖台,重加拂拭,可谓幸矣!彼时又以未详家世,蒙昧上交,对伯鱼而不知为圣人之子,竟作通家孔李之称谓。若非以《春及堂诗》索序,惊识姓名,则至今犹在梦中。先夫子有灵,必曰'非吾徒也',鸣鼓而攻于九天之上,则雷诛电掣其能免乎?虽蒙老祖台汪洋大度,宥以不知,其如清夜扪心,终难自恕何!夫子诗文,从无门人作序之例,以序必弁首,是加履于冠之上也。不得已而应命,其惟跋乎。敬草一通呈上,乞严改而痛削之。"

许于王即许豸次子许宾。笠翁与许宾初识于京师,彼时尚不知其乃许豸之子。后许宾宦历浙江,以《春及堂诗》索序于笠翁，笠翁方才"惊识姓名"。崇祯八年（1635），笠翁初次应试，考中秀才，许豸乃是主考官。对于笠翁之才学，许豸极是赞赏，专门将其试卷印成专帙，到各州县散发。事隔多年，恩师早已溘然长逝。乍见恩师诗稿，笠翁岂能不心有戚戚？

笠翁称许豸"乃予一生受德最始之一人也"，可见提携之恩，感铭于心，没齿难忘。笠翁视跋为"言履"，故不敢以序置于书首，而写此跋，盖"蝇头附骥尾"之意。一片深情，纯然出乎至诚。

《一家言》释义

《一家言》维何？余生平所为诗文及杂著也。近代名人著述皆以集名，乃余独异其辞者维何？曰：凡余所为诗文杂著，未经绳墨①，不中体裁，上不取法于古，中不求肖于今，下不觊②传于后，不过自为一家，云所欲云而止。如候虫宵犬，有触即鸣，非有摹仿、希冀于其中也。摹仿则必求工，希冀之念一生，势必千妍万态，以求免于拙。窃虑工多拙少之后，尽丧其为我矣。虫之惊秋，犬之遇警，斯何时也，而能择声以发乎？如能择声以发，则可不吠不鸣矣。

然是说也，止可释余《一家言》，不可以之概天下。凡诗文之不能求肖于人者，必其天之不足，而气力、学识均有以限之也。天人既足，我欲仁，斯仁至矣。有力能鞭策古今，而古今不为我用者乎？我肖古今，古今亦尽谓肖我，是同文③之书，家弦户诵之文，传于后也必矣，"一家"云乎哉！

时康熙壬子年仲秋之七日，湖上笠翁李渔自述。

【注释】

①绳墨:指木工打直线用的墨线。比喻规矩、法度。

②觊(jì):希望得到。

③同文:同用一种文字。《中庸》:"今天下,车同轨,书同文,行同伦。"

【赏读】

这篇《〈一家言〉释义》,乃笠翁为文集《一家言》所撰自序。其义很是明显,此乃一家之言也。

笠翁为文,反对因循守旧,主张"脱窠臼"。在《闲情偶寄》里谈及词曲创作时,笠翁云:"吾谓填词之难,莫难于洗涤窠臼,而填词之陋,亦莫陋于盗袭窠臼。"又云:"窠臼不脱,难语填词。凡我同心,急宜参酌。"

在这篇序言里,笠翁自言所为诗文杂著,"未经绳墨,不中体裁",正是"脱窠臼"之意。笠翁有七古《一人知己行赠佟碧枚使君》,云:"惟有寸长不袭古,自谓读过书堪焚。人心不同有如貌,何必为文定求肖。著书自号一家言,不望后来人则效。誉者虽多似者稀,尽有同心不同调。"此诗亦是对"脱窠臼"一词的生动注解。

《一家言》甫经面市,不胫而走。笠翁友人包璿《李先生〈一家言全集〉叙》云:"李子久游湖上,收烟霞风月之声光于诗囊琴匣中,宜其发为文章,奇谲而澹冶。至其所过名山大川,无不表章焕发,司马子长复作,不知谁为伯仲也。笠翁来游闽,璿亦客闽,交一臂于榕阴之下,赋诗赠答。璿又请先生悉发底蕴,因得所著《一家言》全书而快读焉,虽王侯之荣,神仙之乐,不是过矣。"芥子园主人作于雍正八年(1730)之"弁言"云笠翁各种著作,"皆不傍前人之一篱,不拾名流之一唾,诚能阐风雅之英华,启后人之聋聩,不胫而走天下,近百年于兹矣"。

《芥子园画传》序

今人爱真山水,与画山水无异也。当其屏幛列前,帧册盈几,面彼峥嵘遐旷①,峰翠欲流,泉声若答,时而烟云晻②霭,时而景物清和,宛然置身于一丘一壑之间,不必蜡屐③扶筇④,而已有登临之乐。独是观人画,犹不若其自能画。人画之妙从外入,自画之妙由心出,其所契于山水之浅深,必有间矣。

余生平爱山水,但能观人画而不能自为画。间尝舟车所至,不乏摩诘⑤、长康⑥之流,降心问道,多蹙额曰:"此道可以意会,难以形传。"予甚为不解。今一病经年,不能出游,坐卧斗室,屏绝人事。犹幸湖山在我几席,寝食披对,颇得卧游之乐,因署一联云:"尽收城郭归檐下,全贮湖山在目中。"独恨不能为之写照,以当枚生《七发》。因语家倩因伯曰:"绘图一事,相传久矣。奈何人物、翎毛、花卉诸品皆有写生佳谱,至山水一途,独泯泯无传?岂画山水之法,洵可意会,不可形传耶?抑画家自秘其传,不以公世耶?"因伯遂出一册,谓予曰:"是先世所遗,相传已久。"予见而奇之,细为玩赏。委曲详尽,无体不备,如出数十人之手。其行间标释书法,多似吾家长蘅⑦手笔,及览末幅,得"李氏家藏"及"流芳"印记,益信为长蘅旧物云。但此系家藏秘本,随意点染,未有伦次,难以启示后学耳。

因伯又出一帙,笑谓予曰:"向居金陵芥子园时,已嘱王子安节增辑编次久矣,迄今三易寒暑,始获竣事。"予急把玩,不禁击节,有观止之叹。计此图原帙凡四十三页,若为分枝,若为点叶,若为峦头,若为水口,与夫坡石、桥道、宫室、舟车,琐细要法,无不毕具。安节于读书之暇,分类仿摹,补其不逮,广为百三十三页。更为上穷历代,近辑名流,汇诸家所长,得全图四十页,为初学宗式。其间用墨先后、渲染浓淡、配合远近诸法,莫不较若列眉⑧。依其法以成画,则向之全贮目中者,今可出之腕下矣。有是不可磨灭之奇书,而不以公世,岂非天地间一大缺陷事哉!急命付梓,俾世之爱真山水者,皆有画山水之乐,不必居画师之名,而已得虎头之实。所谓"咫尺应须论万里"⑨者,其为卧游,不亦远乎?

时康熙十有八年岁次己未长至⑩后三日,湖上笠翁李渔题于吴山之层园。

【注释】

①遐旷:辽阔,辽远。

②晻(ǎn):昏暗不明。

③蜡屐:以蜡涂木屐。《世说新语·雅量》:"或有诣阮(孚),见自吹火蜡屐,因叹曰:'未知一生当着几量屐!'神色闲畅。"

④扶筇(qióng):拄杖而行。筇,古书上说的一种竹子,实心节高,宜做拐杖。

⑤摩诘:即唐代大诗人王维,字摩诘。

⑥长康:即东晋著名画家顾恺之,字长康,小字虎头。故后文"虎头"亦指顾恺之。

⑦长蘅:指李流芳,字长蘅,嘉定(今属上海)人。明代诗人、书画家,"嘉定四先生"之一。

⑧较若列眉:即朗若列眉,指非常明白。较,明显。

⑨咫尺应须论万里:语出杜甫《戏题画山水图歌》。咫尺,周制八寸为咫,十寸为尺。犹言微小,后人常以此两句论画。

⑩长至:指夏至。夏至白昼最长,故称。

【赏读】

芥子园乃是继伊园之后,笠翁悉心经营的第二处别业,地处金陵东南隅周处读书台畔。后来刻书,笠翁亦以芥子园为书坊名号。

笠翁尝撰《芥子园杂联》,联前小序云:"此予金陵别业也。地止一丘,故名'芥子',状其微也。往来诸公,见其稍具丘壑,谓取'芥子纳须弥'之义,其然岂其然乎?孙楚酒楼,为白门古迹,家太白觞月于此。周处读书台旧址与余居址相邻。"此乃芥子园取名之由。"芥子纳须弥"系佛教用语,意指微小的芥子,能容纳巨大的须弥山。芥子,犹微小之意也。

芥子园刻印诸书,以《芥子园画传》最享盛名。《芥子园画传》刊刻于康熙十八年(1679)。由笠翁序文可知,画谱的原作者系李流芳。李流芳擅长山水,董其昌对其画技有评,曰:"长蘅以山水擅长,余所服膺乃其写生,又有别趣。"沈因伯家藏画谱,极有可能系李流芳的课徒画稿。这部经王安节增辑过的画谱,由金陵芥子园书坊刊行,故名《芥子园画传》。遗憾的是,此书刊行后的第二年正月,笠翁溘然长逝。

《芥子园画传》"二集""三集"刊刻,已在笠翁身后,芥子园其时已三易其主。王安节后来在写《芥子园画传合编序》时不由百感交集,感慨万千。他说:"翁既溘逝,芥子园业三易主,而是编遽迹,争购如故,即芥子园如故。信哉,书以人传,人传而地与俱传矣!"

王安节此言非虚。《芥子园画传》在中国美术史上的影响十分深远。诚如沈因伯所云,"不但嗜好者见之击节称羡,即善画者见之,莫不啧啧许可"。凭借此书,芥子园当不朽矣。

卷四 尺牍

死后怜才,常有生不同时之恨;
生前抱璞,反有见哭不救之人。

与陈学山①少宰②

客腊仵③归,拜聆翰④教。再捧阳春白雪之篇,把金盏瑶觥之赐,且饮且读,顿使深仁厚泽,沁入肝脾。唐人诗云:"及至登枢要,何曾问布衣。"⑤由此观之,是世情反浇于昔,古道独厚于今,此国运世风之大庆,非独一人私幸而已也。改岁后,未询鸿禧⑥,然而丕绩愈著,台望日隆,则悉于南来诸缙绅之口。不次好音,当接踵而至,黑头宰相⑦之号,但恐捉鼻⑧不免耳!

前驰小力入都,凡属素交,悉投以札,归时亦各有报章。词采绚烂者有之,情意恳切者亦有之,求其一字不肤,言言沁骨,誉虽过情,而仍存本来面目于一线,使受之者愧而不以为欺,则惟有台札一函而已。前幅云:"计迩来当别开词峡,驱使五丁⑨,必不以旧凿山川供人陟览。"此为未睹新刻而言。末幅云:"境辟而愈奇,事纤而悉雅,较之镂空绘影,更进一筹;但惜宝不自珍,鸡林广布⑩,不得使某私为论衡。"此为既睹《闲情偶寄》而言。噫!李子一生著书千卷,苟非妒妇之口无不嗜以为痂⑪。有能以数语括其生平，使前后灾梨之书，不能遁形于数十字之外，如陈学山先生者乎！一人知己，死可无憾。渔朝闻是言，夕死可矣！昔人有言，士屈于不知己而伸于知己。渔今获遇知己，请以胸中块垒，稍倾百一。不敢以他事求伸，但望于人前说项时，谓天生笠翁，不应使其困厄至此，各为叹息数声，即我扬眉吐气之日也。他何敢望于一人哉！

渔自解觅梨枣以来，谬以作者自许。鸿文大篇，非吾敢道；若诗歌词曲以及稗官野史，则实有微长。不效美妇一颦，不拾名流一唾，当世耳目，为我一新。使数十年来，无一湖上笠翁，不知为世人减几许谈锋，增多少瞌睡？以谈笑功臣、编摩⑫志士，而使饥不得食，寒无可衣，是笠翁之才可悯也！

一艺即可成名，农圃负贩之流，皆能食力。古人以技能自显，见重于当世贤豪，遂致免于贫贱者，实繁有徒，未遑仆数；即今耳目之前，有以博弈声歌、蹴鞠说书等技，遨游缙绅之门，而王公大人无不接见恐后者。渔之识字知书，操觚染翰，且不具论，即以雕虫小技目之，《闲情偶寄》一书，略征其概，不特工巧犹人，且能自我作古。乃今百技百穷，家无担石，犹向一技自鸣者贷米而炊、质钱以使，是笠翁之技可悯也！

夫有才有技而不能见知于人，反为当世所摈者，古今来间亦有之，以其为人叵测，胸伏甲兵，不则见事风生，工于影射；不则据陇盼蜀，诛求无已。是皆自绝绝人之道，虽有可用，谁其即之？渔则未尝有此，自乳发未燥，即游大人之门，今且老矣，满朝朱紫，半是垂青顾盼之人，其中亦有仕吴仕越，往来一二十年，知其颇能自爱者。试问下交笠翁之人，曾受三者之累否？以可亲可近而无可厌倦之人，饥死牖下。我不乞怜于人，而人亦卒无怜之者。是笠翁之可悯，又不止才技两端而已也！

嗟乎！笠翁但不死耳，如其既死，必有怜才叹息之人，以生不同时为恨者。此等知己，吾能必之于他年，求之此日正不易得。昨见惠我之书，有"努力加餐""为才自爱"二语，不觉感恩流涕，故不避疏狂，放言至此。

此书作于汉阳。近蒙太原郡守周计百[13]折柬来邀，拟即自楚之晋。晋距燕都不远，复拟扬鞭北上，一候近祉，兼与一切旧交再谋一面。然所恃为北道主人者，则于老先生首屈一指，幸预筹善策以待之。

【注释】

①陈学山：名敱永，浙江海宁人。顺治十二年（1655）

进士，官至工部尚书。

②少宰：系明清对吏部侍郎的别称。陈学山曾于康熙十年（1671）二月迁吏部右侍郎。

③伻（bēng）：使者。

④翰：指毛笔和文字、书信等。

⑤"唐人诗云"三句：出自唐杨贲《时兴》一诗，原句为"及自登枢要，何曾问布衣"。

⑥鸿禧：指洪福。

⑦黑头宰相：亦称"黑头丞相"。指年少而身居高位者。《晋书·王珣传》："弱冠与陈郡谢玄为桓温掾，俱为温所敬重。尝谓之曰：'谢掾年四十，必拥旄杖节，王掾当作黑头公，皆未易才也。'"

⑧捉鼻：掩鼻。表示不屑。

⑨五丁：神话传说中的五位力士。《艺文类聚》卷七引汉扬雄《蜀王本纪》："天为蜀王生五丁力士，能献山，秦王（秦惠王）献美女与蜀王，蜀王遣五丁迎女。见一大蛇入山穴中，五丁并引蛇，山崩，秦五女皆上山，化为石。"一说"秦惠王欲伐蜀，而不知道，作五石牛，以金置尾下，言能屎金，蜀王负力。令五丁引之成道"。见北魏郦道元《水经注·沔水》。

⑩鸡林广布：流传广泛。元稹为白居易《白氏长庆集》作序，云"鸡林贾人求市颇切"。鸡林，古国名。

⑪嗜以为痂：又称"嗜痂之癖"。指爱吃疮痂的癖性。

后形容怪癖的嗜好。典出《南史·刘穆之传》:"邕性嗜食疮痂,以为味似鳆鱼。"

⑫编摩:犹编集。

⑬周计百:名令树,河南延津人。顺治十二年(1655)进士,康熙十年(1671)晋太原知府。

【赏读】

笠翁自恃才高,然一生功名未就,运途蹇滞。虽以诗文传奇名噪海内,却贫病交加,终日为衣食而四方奔波。六十岁那年,笠翁在《六秩自寿四首》里,一舒抑郁不平之气:

自知不是济川才,早弃儒冠辟草莱。

性亦爱钱诗逐去,才难致忌命招来。

忘忧只赖歌三叠,不饮惟耽茗数杯。

何处可容青白眼,柴荆日日对山开。

笠翁虽性耽享乐,为人却不乏疏狂。在书札《与陈学山少宰》里,笠翁的疏狂之气一览无余。笠翁自谓身有百技,自负若此。可是放眼芸芸众生,一艺即可成名,农圃负贩之流,皆能自食其力;自己却是"百技百穷""犹向一技自鸣者贷米而炊、质钱以使,是笠翁之技可悯也",读来令人唏嘘。

笠翁唯愿"砚田糊口""卖赋以糊其口"。然而,无情的现实却告诉他，卖赋不足以糊其口。笠翁这才开始四处干谒，"打秋风"。对于落拓文人来说，这是多么无奈的选择。笠翁的这一行径，自然为正统文人所不齿。袁于令就毫不客气地说，笠翁"性龌龊，善逢迎，游缙绅间，喜作词曲小说，极淫亵"，可谓极尽攻讦。

在诗词里，笠翁如此自嘲："仰高山形容自愧，俯流水面目堪憎。""山水有灵应笑我，老来颜面厚于初。"可见心中亦有自悔之意。然而，面对家中嗷嗷待哺的妻儿老小，素来追求现实享乐的笠翁，不靠"打秋风"，又怎么维持庞大的日常家用呢？

"可恨同时不相识，几回掩卷哭曹侯。"这是清宗室诗人永忠吊曹雪芹之句。笠翁云："如其既死，必有怜才叹息之人，以生不同时为恨者。"其意亦同。诚可悲也！

与赵声伯^①文学

弟之移家秣陵也，只因拙刻作祟，翻板者多，故违安土重迁^②之戒，以作移民就食之图。不意新刻甫出，吴门贪贾，即萌觊觎之心，幸弟风闻最早，力恳苏松道孙公^③，出示禁止，始寝其谋。

乃吴门之议才熄，而家报倏至，谓杭人翻刻已竣，指日有新书出贸矣。弟以他事滞金阊，不获亲往问罪，只命小婿谒当事，求正^④厥辜^⑤。虽蒙稍惩贪恶，现在追板，尚未知后局何如。

噫！蝇头之利几何，而此辈趋之若鹜。似此东荡西除，南征北讨，何年是寝戈晏甲^⑥时？弟方噬脐无及^⑦，而台翁^⑧尚作临渊之羡^⑨邪？闻入秋以来，举家善病，回生之力，全藉刀圭。先此鸣谢，尚容归时泥首^⑩。

【注释】

①赵声伯：名时揖，绍兴人。一曰钱塘（今浙江杭州）

人。教官。李渔移居江宁,深得其助。

②安土重迁:安于本乡本土,不愿轻易搬迁。《汉书·元帝纪》:"安土重迁,黎民之性;骨肉相附,人情所愿也。"

③苏松道孙公:即孙丕承,奉天(今辽宁沈阳)人。恩贡。顺治十八年(1661)迁江南苏松道。

④求正:请求指正。

⑤辜:罪。

⑥寝戈晏甲:意指结束战争。寝,停止。晏,同"偃",停息。

⑦噬脐无及:自咬腹脐却够不着。比喻追悔莫及。

⑧台翁:敬称。多用于年长德重之男子。

⑨临渊之羡:站在水边想得到鱼。比喻只有愿望而没有措施,对事情毫无益处。

⑩泥首:以泥涂首,表示自辱服罪。后指顿首至地。

【赏读】

盗版之风,宋时即有。宋刊《东都事略》,牌记云:"已申上司,不许覆板。"即是针对盗版者发出的警告。古代没有版权保护条例,类似的警告,无疑只是一纸空文。

依笠翁所言,移家金陵,乃是为打击盗版之故。明末清初,南京书坊众多,出版业极其发达,故此成了盗版的重灾区。

芥子园曾制新式笺帖。笠翁在《闲情偶寄》里说,令奚奴自制自售,不许他人翻梓,"倘仍有垄断之豪,或照式刊行,或增减一二,或稍变其形,即以他人之功冒为己有,食其利而抹煞其名者,此即中山狼之流亚也。当随所在之官司而控告焉,伏望主持公道"。如此警告,其实并无效用。清代有些刊本甚至刻上"如翻此板,男盗女娼",亦不能绝盗版者之心。

笠翁所著传奇、诗文屡遭盗版,乃因其风行海内之故。范文白《〈意中缘〉序》云:"予自吴阊过丹阳道中,旅食凤凰台下,凡遇芳筵雅集,多唱吾友李笠翁传奇,如《怜香伴》《风筝误》诸曲。"又云:"当事诸公购得之,如见异书,所至无不虚左前席。或疑李子雪驴风马,屡空不给,何至名动公卿乃尔!"笠翁作品之风靡程度,由此可见一斑。

笠翁作品影响所及,非止江南,遍及秦晋、闽楚、京师诸地。胡介《〈奈何天〉序》云:"笠翁艳才拔俗,藻思难羁。所著稗官、家言及填词楔曲,皆喧传都下,价重旗亭,率怜才好色者十之六七。"郭传芳《〈慎鸾交〉序》云:"予家寓于燕,十年来京都人士大噪前后八种。予购而读之,心神飞越,恨不疾觏其人。"

盗版者,皆以逐利计。笠翁书札《答陈蕊仙》云:"《风筝误》行笥偶乏,无以应命。此曲浪播人间几二十载，其刻本无地无之。"盗版之猖獗，可管窥一二。《与韩子蘧》云："大约弟之诗文杂著，皆属笑资。以后向坊人购书，但有展阅数行而颐不疾解者，即属赝本。"无奈之情，溢于笔端。

针对作品被大肆盗版，笠翁在《闲情偶寄》里写道："至于倚富恃强，翻刻湖上笠翁之书者，六合以内，不知凡几。我耕彼食，情何以堪？誓当决一死战。"又云："天地生人，各赋以心，即宜各生其智。我未尝塞彼心胸，使之勿生智巧，彼焉能夺吾生计，使不得自食其力哉！"

与某公

此剧上半已完,可先付之优孟。自今日始,又为下场头矣,月杪必竣,竣后即行。

观场盛举,恐不能与。演《西厢》《琵琶》,不必实甫①、则诚②在座。譬之杜康造酒③,未必自谙酒味,孰清孰浊,某圣某贤,反不若刘伶④、阮籍⑤辈之能咀而善辨也。且虑周郎满座,十目相顾,咎有所归,不若匿形藏拙之为愈耳。

【注释】

①实甫:即《西厢记》作者王实甫,元代戏曲家。
②则诚:即《琵琶记》作者高则诚,元末明初戏曲家。
③杜康造酒:传说杜康善造酒,后世尊其为"酒神"。
④刘伶:"竹林七贤"之一,嗜酒不羁,被称为"醉侯"。
⑤阮籍:"竹林七贤"之一,亦善饮。

【赏读】

曹植七步成诗，袁宏倚马千言，皆系才思敏捷之典。笠翁曾在写给尤侗的信里说："水哉亭诗，如命和上。东村捧心，自矜为美，但不可令西家见耳。使乎猝至而坐待焉，弟无子建之才之美，而有其捷。方之七步，未甚晚也。"笠翁自比曹植，可见颇以才捷而自许。

笠翁友人，亦多夸其才之捷。黄鹤山农在《〈玉搔头〉序》里说，笠翁"髫岁即著神颖之称，于诗赋古文词罔不优赡，每一振笔，漓滩风雨，倏忽千言"。谈及《玉骚头》创作过程，黄鹤山农称，"乙未冬，笠翁过萧斋。酒酣耳热，偶及此，笠翁即掀髯耸袂，不数日谱成之"。光绪《兰溪县志》也说他"作诗文甚敏捷，求之可立待以去"。其捷若此，令人自叹弗如！

寓居杭州短短几年时间，笠翁先后写就《怜香伴》《风筝误》《意中缘》等多部传奇，以及《无声戏》《十二楼》等说部。创作之高效，鲜有匹敌者。笠翁尝自言，写作乃为"砚田糊口"，非"发愤著书"。故其创作之传奇、小说，明显具备商品属性，缺少《窦娥冤》《桃花扇》等名剧的思想深度。但在情节和艺术上，笠翁的作品达到了相当高的水准，因此拥趸者众。

在《与某公》此通书札里，笠翁自言上半部剧已完，可先排演，下半部剧月底即可脱稿。可见传奇尚未完稿，全剧情节已在心中。唯其"胸有成竹"，方能达到下笔千言的境界。至于"观场盛举，恐不能与"云云，乃是笠翁推脱之辞。彼时笠翁正全身心投入传奇创作，恐无暇赴此等应酬之会。

与倪涵谷①孝廉

日来西客②罕至,骡贵如麟③,昨晚始到数骑,增价雇就,廿三日果于行矣。

弟入都半载,尘垢满身,未经一浴,无其具也。北人都不办此,且谓多浴耗神。不审此地诸公得此养生妙诀,果能与彭篯④比算否?老年翁以南人居北,必能辟此迂风,如有其具,幸为一假。磁盆寓中尽有,但恐浴至好处,忽然瓦解,吃惊致病,则耗神之说验矣!将为北地诸公所笑,故必求其木者。

【注释】

①倪涵谷:江南娄县(今江苏昆山东北)人,名未详。有《经鉏堂制艺》。

②西客:山西商人。

③麟:即麒麟,传说中的祥瑞之兽。

④彭篯:即彭祖。彭祖姓篯,封于彭,故称彭篯。传说彭祖享寿八百。

【赏读】

澡堂又称"混堂",明清时在江南一带颇为普遍。明人郎瑛在《七修类稿》里说:"吴俗,甃大石为池,穹幕以砖,后为巨釜,令与池通,辘轳引水,穴壁而贮焉。一人专执爨,池水相吞,遂成沸汤,名曰混堂。"郎瑛又称,杭州八字桥东有浴肆,"夜半即有汤"。

南北风俗,差异不小。笠翁北上入都,竟然半年时间都没有洗过一次澡。笠翁显然没有在京师街头找到澡堂,哪怕是澡盆,也没办法寻到。笠翁写这通书札给倪涵谷孝廉,仅仅只是为了借澡盆。

此札虽短,读来却是妙趣横生。北方人家里不准备澡盆,是因为他们认为"多浴耗神"。难道得此养生妙诀,就能和彭祖一样寿享八百了么?笠翁在《闲情偶寄》里进一步说,养生之家往往忌于洗澡,谓其损耗元神。"吾谓沐浴既能损身,则雨露亦当损物,岂人与草木有二性乎?"

笠翁在京寓处虽有"磁盆",但用于洗澡,却多有不便。如果洗到一半,"磁盆"突然瓦解,吃惊致病,岂非正应了"耗神之说"么?倪涵谷是南方人,笠翁猜想其家当有澡盆,故欲一借。笠翁最终是否如愿借到澡盆,我们已是不得而知了。

通过此札，我们还可以了解到，骡子是笠翁在北方出行的主要交通工具。骡价骤贵，往往会影响到行程。数年以后，笠翁第二次入都。在《又与岸初掌科》书里写道："归装束就者三四日矣，止以骡价腾涌，未获遄行。"

复俞贞庵①

集以序传者,《三都》②而后不再见。近世弁语,悉藉书籍以传。拙笔之序名稿,尚恐书留千载,序仅一时。譬之如来金身,千古不坏;佛头尘秽③,风过即消。求附不朽而不可得,敢如来谕所称?不虞④之誉,徒滋厚愧。

【注释】

①俞贞庵:其人未详。

②《三都》:指左思所作《三都赋》。其序出自皇甫谧之手。

③佛头尘秽:意同"佛头着粪"。

④不虞:出乎意料。

【赏读】

文人间相互题序,习以成风。诗文集冠以名士之序,虽有自抬身价之嫌,却也能提高作品声誉。

笠翁亦未能免俗。他在寄给余澹心的书札里写道："新刻又成一册，已送案头，恐亥豕较前更繁，再为痛校一过，落叶虽多，果遇飓风一阵，必使树地皆空，不致愈扫愈有也。新歌润笔，敬闻命矣，止具折简而不定时日者，欲俟评序到手，借此为有挟之求耳。"很明显，此札意在求取评序。

笠翁现存诗文、传奇、小说等著作，题序者甚多。除了钱牧斋、尤展成、余澹心、陆丽京、杜于皇、毛稚黄、孙宇台等名士密友外，连才女黄媛介、王端淑亦曾为之题序。笠翁云"近世弁语，悉藉书籍以传"，自有其道理。

除向名士密友索序外，笠翁亦为他人诗文集写过多篇序文。今存于《一家言全集》者，就有十余篇之多。笠翁所撰序文，纯然出乎至情，或开宗明义，或纵横捭阖，并无阿谀奉承之辞藻，可谓别出机杼，自成一格。由笠翁作序的这些作品，不少已经消失在了尘壤之间。笠翁云"恐书留千载，序仅一时"，其实未必尽然。

俞贞庵索序于笠翁。笠翁应命而作后，俞贞庵对笠翁所撰序文夸赞不已。笠翁遂写下此通书札，以作回复。笠翁将俞氏原稿比作"如来金身"，将所冠之序比作"佛头尘秽"，实乃谦虚太过。一篇情辞俱美的序文，当可与作品共闻于世；甚或，比作品更不朽。

与梁石渠①

茶味绝佳，而台翰②黜之以为最劣，或止观色相，而未咀尝其味邪？岂不闻"以貌取人，失之子羽"③？今令仍送少许，可觅佳泉试之。有不两腋风生者，请罚曹丘生④以金谷酒数。

又

未试而见其劣，已试亦不觉其佳，是此物与足下始终无缘，其不幸若此！虽然，足下酒人也，第知酒味而已矣，想陆羽⑤《茶经》未尝寓目，何怪乎苍素不分⑥？弟非左袒贾人⑦，而敢于唐突知己，因见茗奴抱屈，不得不为白之。设有谓兰陵美酒⑧，其价不值半文者，足下能三缄其口，不为一作不平鸣乎？

【注释】

①梁石渠：其人未详。
②台翰：对人来函的敬称。
③以貌取人，失之子羽：语出《史记·仲尼弟子列传》。

子羽,姓澹台,名灭明,字子羽。孔子学生,其貌丑陋。初,孔子以为其材薄,然其从师学习后,致力修身,品行端正,有君子之容。后子羽南游江南,随从弟子有三百人,名闻于诸侯。孔子得知后,说:"以貌取人,失之子羽。"

④曹丘生:西汉著名辩士。此乃李渔自喻。

⑤陆羽:唐人,一生嗜茶,精于茶道,被后人尊称为"茶圣"。其所著《茶经》,是世界上第一部茶文化专著。

⑥苍素不分:不能准确分辨事物本质。苍,青色。素,白色。

⑦贾人:商人。

⑧兰陵美酒:产于山东兰陵,故称。李白《客中行》:"兰陵美酒郁金香,玉碗盛来琥珀光。"

【赏读】

笠翁自谓"系茗客而非酒人"。其酒量甚浅,嗜茶非常。

在写给唐君宗的书札里,笠翁云:"日来困于酒食,闻腥即呕;至饮量不胜蕉叶,久为西园竹林诸贤所鄙,又海内所共闻者。先生官类广文,户堪罗雀,万勿以有数俸钱,付之虚掷。园蔬二篑,醇醪一升,足资半日清谈,为乐夥矣!茗则不妨多设,卢仝之数不足限也。"

唐君宗,其人不详,笠翁称其"官类广文",大约任教官之职。唐君宗很可能嗜酒贪杯,笠翁故写此札,劝其少饮酒多饮茶。卢仝乃是唐代诗人,好茶成癖,被后人奉为"茶仙"。

这两通《与梁石渠》书,笠翁系为荐茶而作。梁石渠亦是酒客。笠翁第一次将上好的茶叶送给他品尝,不想却被其黜以劣茶。笠翁再次让茗奴送去茶叶,并教以品茗之法。没想到梁石渠依然不觉其佳。笠翁不禁哭笑不得。在第二通书札里,他在为茗奴抱屈的同时,反问梁石渠:"设有谓兰陵美酒,其价不值半文者,足下能三缄其口,不为一作不平鸣乎?"

笠翁在《闲情偶寄》里称,"果者酒之仇,茶者酒之敌,嗜酒之人必不嗜茶与果,此定数也",很可能受到了这件事的影响。喜酒之人未必不喜茶。仅因一梁石渠而由此及彼,笠翁此论,恐有失偏颇。

柬同学

吾兄自苕川①归,以管城②遗芝老③,而以其余及弟,可谓能均其惠矣!但我两人合而试之,不无精粗美恶之别。仰揣尊意,非有厚薄于其间,不过为芝老工书,故择其尤者以赠,弟仅涂鸦而已,即有好者,将安用之?独不思古语云:"能书不择笔。"芝老能书,尽可不择;如弟者,正当择笔而授之人也。谨作相如④,奉归赵璧。

【注释】

①苕川:即苕溪。今浙江湖州之别称。

②管城:即管城子。毛笔的代称。唐代韩愈曾写《毛颖传》:"秦皇帝使(蒙)恬赐之汤沐,而封诸管城,号曰'管城子'。"相传,蒙恬曾用兔毛改良毛笔,故后世因以"管城子"代称之。

③芝老:对老人的敬称。

④相如:指战国时赵国蔺相如。此用"完璧归赵"之典。

【赏读】

袁宏道《瓶史》云："余观世上语言无味面目可憎之人，皆无癖之人耳。"张岱在《陶庵梦忆》里更进一步说："人无癖不可与交，以其无深情也。人无疵不可与交，以其无真气也。"其理甚然。无癖又无疵者，其人必无趣。以无趣之人为友，岂非兴味索然？

在明末清初文坛上，笠翁和张岱一样，都堪称是一代奇才、鬼才、怪才。两人虽然脾性不一，却皆是有趣之人，也给后人留下了不少趣意盎然的文章。

笠翁为人之有趣，体现在交友的点点滴滴之中。从朋友处借书，读毕归还之时，笠翁竟对朋友说，这些书都应该烧掉，"岂君家富于酱瓿，留此以待不时之需耶？"言外之意，朋友良莠不分，置于架上的书没有丝毫价值。送茶叶给朋友，朋友不以其为佳茗，笠翁毫不客气地斥之为"酒人"，"是此物与足下始终无缘，其不幸若此"，替茗奴抱屈。凡此种种，实出常人之意表。

这通《柬同学》，读来同样令人莞尔一笑。同学从苕川归来，送给笠翁和芝老一人一支毛笔。笠翁发现芝老所得之笔比自己的好，对同学厚此薄彼之举，颇是生气，遂使人将笔奉还，并煞有其事地专门写了这通书札。在常人看来，未免有点小题大做。然率性而为，却是笠翁的处友之道。

有人说,人可以无知,不可以无趣。如果朋友圈里能够多一些有趣之人,生活肯定会多上几抹亮色。

复王左车①

营债②之不宜借,犹乌喙③之不可救饥,针毡之不可御寒。弟尝以此戒人,不谓今日自蹈其辙。始知身未极贫,而劝人以忍饥耐寒勿称贷者,皆隔靴之搔、隔膜之视④,徒足益人痛痒。然不借营债,究竟不知借债之苦,正须略尝其味。

客岁以播迁⑤之故,贷武人一二百金。追呼之虐,过罗刹百倍。日来已偿其半,可谓一半是人,一半是鬼。此番出游,只求偿尽孳迨,免登鬼箓⑥,无他愿也。来翰云彼以我为避债去,孰知正为偿债去乎!

【注释】

①王左车:名之辅,浙江秀水籍,居江宁莫愁湖畔。性孤僻,乐隐不仕。

②营债:旧时军营的高利贷。

③乌喙:中药附子的别称,有毒。《后汉书·霍谞传》:"譬犹疗饥于附子,止渴于鸩毒,未入肠胃,已绝咽喉,岂

可为哉！"

④隔膜之视：意同"隔靴之搔"，比喻行事未能抓住关键，不解决问题，徒劳无功。

⑤播迁：迁徙，流离。

⑥鬼箓：犹言鬼簿。箓，簿籍。

【赏读】

笠翁一生几乎都为债所逼，受债所累。尝遍人情冷暖，阅尽世态炎凉。

在书札《与沈亮臣》里，笠翁云："自来说贫者盈篇累牍，总不出'饥寒'二字。余谓贫士之苦，有十倍饥寒者，逋累是也。忍十日之饥寒，不足缓追呼于片刻。倘以缓十日追呼者，而自疗饥寒，非但弗死，即以之鼓腹击壤而有余矣。尧天舜日之下，安得复有贫士哉？闻足下睐亦苦于此，故以同病之呻吟告，总不知药我辈者为何人也！"读来令人凄怆。

在离开金陵，移家杭州时，因为"逋累满身"，除了芥子园别业外，笠翁连"生平著述之梨枣与所服之衣"，以及"妻妾儿女头上之簪、耳边之珥"，悉皆属之他人。窘迫若此，堪怜堪叹！

此通书札《复王左车》，笠翁当写于安家金陵不久。携家小从杭州移家至金陵，笠翁借下营债一二百金。孰料武人索债甚急,虽已偿其半,仍追索甚虐,过罗刹百倍。笠翁不禁自叹"一半是人,一半是鬼"。笠翁恰在此时出游,朋友以为其乃避债,殊不知正为偿债而去。所谓"偿债",不过结交权贵,以图馈赠罢了。人谓笠翁善打秋风,又焉知其为债所逼之苦!

与密友

昨尊伻至舍,借考砚、果囊诸物,为公郎应试吉需,荆妇①辈希冀分荣,故乐得而与。然弟独吝之,何也?童子观场②,如驹之试蹄、雏之演翮③,必俟趾坚毛足,始可令其出厩离巢,保无坠蹶之患。盖幼稚不同于大人,全要养其锐气。干将、莫邪④一试辄利,斯无往不利矣。驹雏试力,稍有坠蹶,则自此以往,反以坠蹶为常,凌空致远为幸矣。

弟观公郎,英敏不凡,的是凌空致远之器。然而察毛辨趾,犹恐未坚未足,需之一二年,则未可量矣。不飞不鸣,正在此时。请以弟今日之言,为冲天惊人之券⑤。

【注释】

①荆妇:谦辞,对别人称自己的妻子。

②童子观场:童生赴乡试。童子,即童生。明清两代没有考秀才或未考取秀才的读书人,不论年龄大小,皆称童

生。观场,赴乡试。

③翮:鸟的翅膀。

④干将、莫邪:古代宝剑名。相传,由楚人干将、莫邪夫妇为楚王所铸的雌雄二剑,三年乃成。

⑤券:古代的契据,常分为两半,双方各执其一。

【赏读】

《韩非子·喻老》记载了这么一则故事。楚庄王理政三年,不发一令,毫无作为。右司马伍举对楚庄王说:"有鸟止南方之阜,三年不翅,不飞不鸣,嘿然无声,此为何名?"楚庄王回答道:"三年不翅,将以长羽翼;不飞不鸣,将以观民则。虽无飞,飞必冲天;虽无鸣,鸣必惊人。"半年之后,楚庄王亲理朝政,果然一鸣惊人,楚国得以称霸天下。

这则故事想要阐释的是"大器晚成"的道理,出自《道德经》。姜尚、陈子昂、苏洵、左宗棠……古往今来,大器晚成之佳话不胜枚举。

世人另有"成名须趁早"一说。其实成名过早,未必尽是可喜之事。王安石传世名篇《伤仲永》,便是最好的说明。成名趁早还是大器晚成,一切还是"道法自然"为好。否则,揠苗助长,往往欲速则不达。

笠翁此通《与密友》,想说的便是这层意思。朋友到笠翁家借考砚、果囊诸物,为儿子应试之用。笠翁好心提醒朋友,你的孩子虽然英敏不凡,但尚是马驹、雏鸟,察毛辨趾,未坚未足。如果现在应试,很容易遭受挫折。挫折教育对孩子来说,未必是件好事。"不飞不鸣",正在此时。若是等上一两年,定当一鸣惊人。

笠翁此语,世人当深思之。

上都门故人述旧状书

问天下人之贫,有贫于湖上笠翁者乎?人皆曰:"有。天下贫士之多,浮于恒河沙数①,皆苦于乏恒产、鲜营业。且四方无知识,有亦不多,寒乏绨袍之赠②,饥无索米之家,此其所以贫也。子有笔胜镃基③、砚同负郭④,卖文已足糊口,矧所至辄有逢迎,何贫之有?"予谓子知其一,莫知其他。士之贫者,多苦于食指之繁⑤。然少不过三五人、七八人,多则十人、二十人而止矣,有至三四十口者乎?即曰有之,十口之中坐食者七八,必有一二生财者。虽曰不多,日进分文,亦可稍资盐米,是开门七件之中,已去其一二事矣。仆无八口应有之田,而张口受餐者五倍其数。即有可卖之文,然今日买文之家,有能奉金百斤,以买《长门》一赋⑥,如陈皇后之于司马相如者乎?子必曰无之。然则卖文之钱,亦可指屈而数计矣!以四十口而仰食于一身,是以一桑之叶,饲百筐之蚕,日生夜长,其何能给?牛山之伐⑦,不若是其酷矣!至于海内知交,虽不敢谓何人不识,然亦不可以"知我者希"四字,冤天下誉我之人。二十年来负笈四方,三分天下,几遍其二。所到之处,适馆授餐者原有其人,无如多入之家,亦复多出。水之有纳无泄,惟海为然,江河皆不能及。仆无沟浍之纳,而有江河之泄,无怪乎今日之富,无补于明日之贫矣!亲戚朋友怜之者固多,鄙而笑之者亦复不少,皆怪予不识艰难,肆意挥霍,有昔日之豪举,宜乎有今日之落魄。而不知昔日之豪举,非自为之。人为之也。食皆友推之食,衣亦人解之衣。即歌姬数人,并非钱买,皆出知己所赠。良友之赠姬妾,与解衣推食等耳。譬之须贾以袍赠范雎,五侯[8]以鲭赐楼护[9]。雎、护不自衣食,而以之售财作家,有是理乎?乃今则皆死矣,死可也,卖则不可。凡此皆仆致贫之由,从前安之若素,而今条举缕述以告人者,以昔处贫贱,今则贫贱而加之患难矣!仆少艰嗣续,老忽宜男[10]。只据现在计之,子五女三,合而为八,后此之添累与否,尚未可知。古云"盗不入多女之家",知其费多而财竭耳。

仆本浙人,虽家于金陵,非土著也。首丘之念[11],蓄之已久,矧祖宗墟墓在焉?自乙卯岁两儿泮游于浙[12],遂决策移家。客岁[13]蒙浙中当道协力维持,获遂买山之愿。乃自夏至冬,不及一载,卜居之后,继以土木。土木未竟,继以婚娶。婚娶甫毕,即事迁移。迁非数里之遥而止也,由白门至武林,千有余里,四十口之家,非一舟一车可载;况住金陵二十载,逋累满身,在则可缓,去则不容不偿。故临行所费金钱,什百于舟车之数。无论金陵别业属之他人,即生平著述之梨枣与所服之衣,妻妾儿女头上之簪、耳边之珥,凡值数钱一镪者,无不以之代子钱,始能挈家而出。可怜彼一时也只顾医疮,使尽难剜之肉;以致此一时也听其露肘,并无可捉之襟。

然俗谚有云,留得山在,不患无薪。使身到武陵之日,犹能日操寸管⑭,游于大人之门,虽不获仍前醉饱,尚能苟免无饥。孰意抵杭数日,即卧病不起。一人不起,众命皆悬。仲春至季秋,凡八阅月,死而生、生而复死者,不知凡几。口授儿辈,使作书与辇下⑮故人为永诀之词者,几数十百函,及今犹在。必不料至此时此日,犹在人间作三上相书之韩愈⑯也。乃今躯壳尚存,血肉何在?虽有数椽之屋,修葺未终,遽尔释手。日在风雨之下,夜居盗贼之间。寐无堪宿之床,坐乏可凭之几。甚至锐釜以炊,借碗而食。嗟乎伤哉!李子之穷,遂至此乎!

切思辇毂之下,尽有贵交。当今之世,若望一人一手,拯此艰危,此必不得之数也。众擎易举,但求一二有心人，顺风一呼，各助以力，则湖上笠翁尚不即死。俾从前已著之书，赎出枣梨，仍为己有。其已脱稿而梓之未竟，与未成书而腹稿尚存者，乘其有手，急使编摩，则尚有一二种可阅之书，新人耳目。否则此书一函，竟为笠翁之绝笔矣！

昔太史公以宫刑可免，欲赎无资，因作货殖一传⑰以寄慨。仆思宫刑不赎，犹能活在世间；十指如锤，不与寸肉同腐。使仆当此际而无人肯援，则罪同大辟⑱，岂止宫刑而已哉！虽曰子长何人，予非其比，然才无大小，可怜则一。使毫无足惜，则诸公以前之拂拭谓何？

嗟乎！死后怜才，常有生不同时之恨；生前抱璞⑲，反有见哭不救之人。书去之后，惟日向长安饮泣而已。

【注释】

①恒河沙数：佛教用语，意为像恒河里的沙子一样无法计数。后比喻数量很多。恒河，印度第一大河。

②绨袍之赠：贫穷时他人馈赠之物或困难时他人所寄予的同情。比喻不忘旧日的交情。典出《史记·范雎蔡泽列传》。魏闻秦将东伐，命须贾使秦。秦相范雎尝为须贾门客，其乔装敝衣往见。须贾不知，怜其寒而赠一绨袍。之后，知

其乃秦相,遂惶恐请罪。范雎以须贾有绨袍之赠而宽释之。

③镃基:农具名,大锄。《孟子·公孙丑上》:"虽有镃基,不如待时。"

④负郭:即"负郭田",泛指良田。典出《史记·苏秦列传》:"且使我有洛阳负郭田二顷,吾岂能佩六国相印乎!"司马贞索隐:"负者,背也,枕也。近城之地,沃润流泽,最为膏腴,故曰'负郭'也。"

⑤食指之繁:指家庭人口众多。食指,比喻家中人口。

⑥《长门》一赋:指司马相如所作《长门赋》。昔日陈皇后失宠,遂以百金托司马相如作《长门赋》,以期挽回汉武帝之心。此处喻相如文章之贵,非常人之文所能及。

⑦牛山之伐:典出《孟子·告子上》:"牛山之木尝美矣,以其郊于大国也,斧斤伐之,可以为美乎?"

⑧五侯:汉成帝母舅王谭、王根、王立、王商、王逢时同日封侯,号五侯。

⑨鲭赐楼护:即娄护。西汉名医,善攀附权贵,深得五侯的赏识。《西京杂记》载:"五侯不相能,宾客不得来往。娄护丰辩,传食五侯间。各得其欢心,竞致奇膳,护乃合以为鲭,世称五侯鲭,以为奇味焉。"

⑩宜男:萱草的别名。古人认为孕妇佩之则生男,故称萱草为"宜男"。后作多子之义。

⑪首丘之念:旧说狐狸将死之时,必使头朝向它出生的土丘。后常以此比喻怀念故乡。

⑫"自乙卯岁"句：乙卯岁，即康熙十四年（1675）。李渔时年六十五岁。其年，李渔长子将舒、次子将开赴严陵应童子试。此即李渔所云"两儿泮游于浙"。泮，古代学宫前的水池。科举时代学童入学为生员，称为"入泮"。

⑬客岁：去年。

⑭寸管：毛笔的代称。

⑮辇下："辇毂下"的省称。犹言在皇帝车舆之下。代指京城。辇，多指天子或王室所乘坐之车。后文的"辇毂"，亦指皇帝车舆。

⑯三上相书之韩愈：入仕前，穷苦之中的韩愈曾三次上书给当时的宰相，申其志，诉其苦，希望能够得到提携重用。然而三次上书，皆如泥牛入海，毫无音信。

⑰货殖一传：指《史记》中的名篇《货殖列传》。货殖，犹言经商。后文"子长"亦指司马迁。司马迁，字子长。

⑱大辟：古代五刑之一，后泛指死刑。

⑲抱璞：比喻怀才不遇。典出《韩非子·和氏》。楚人卞和于深山得一璞玉，献与楚王。楚王不识，反断卞和左右足。卞和无比痛心，抱璞泣血。后楚文王使玉工剖其璞，得美玉。

【赏读】

且贫且病，笠翁晚景颇是凄凉。写这通《上都门故人述旧状书》时，笠翁的生命已进入倒计时。贫病交加之中的笠翁，只得向远在京师的故人求援，冀图解决衣食之计。

笠翁家居艰难，与其毕生追求的现实享乐有一定关系。当初从伊园搬至杭州，笠翁居家仅数口人；从杭州移家金陵，也不过十余口而已。可此番从金陵复归杭州，笠翁挈家带口，已达四五十人之多。二十余年间，笠翁纳了几房姬妾，除了二子早夭，尚有五子三女，加之他又组建了庞大的家乐班子，怎么可能不捉襟见肘呢？笠翁在《复柯岸初掌科》书里云："渔无半亩之田，而有数十口之家，砚田笔耒，止靠一人。一人徂东则东向以待，一人徂西则西向以待。今来自北，则皆北面待哺矣。"道出的乃是实情。

虽以"打秋风"而见讥于世，笠翁仍然保持着独立的人格。好友包璿曾说："然卓吾之名多由焦公弱侯重，仲醇之名多由董公玄宰重。若吾笠翁，则无待而兴者。"焦公弱侯指焦竑，董公玄宰指董其昌。包璿的意思是，李卓吾和陈继儒，是依靠焦竑和董其昌而得以成名；笠翁成名，却是"无待而兴"。笠翁希望靠"卖赋"以自养，无疑是其独立人格的体现。当"卖赋"不足以自养时，笠翁遂奔走四方，以图干谒。虽然他也向权贵"打秋风"，可后来靠组建家乐班演戏，供权贵欣赏，也算是觅"应得之利"。这是笠翁勉力维护的最后一点自尊。

第二次北上京师，有一件事对笠翁触动很大。他在《复柯岸初掌科》书里记其事云："昨有馈书仪十二金，渔往谢而值其不在，见有贽券一纸，伏于砚石之下。取而阅之，则所典之镪数，适与所馈相符。"友人典当相赠，笠翁惭惶不已，不由慨叹道："贫士上交，累人不浅！"遂"南归之志已决"。

虽然已是风烛残年，笠翁依旧笔耕不辍。在《上都门故人述旧状书》结末，笠翁言自己若不即死，"俾从前已著之书，赎出梨枣，仍为己有。其已脱稿而梓之未竟，与未成书而腹稿尚存者，乘其有手，急使编摩，则尚有一二种可阅之书，新人耳目。否则此书一函，竟为笠翁之绝笔矣！"令人不忍卒读。

卷五 史论

愚谓英雄不可以成败论,
独于贤人君子,
正不妨以成败论之。

论尧让天下于许由，汤让天下于卞随务光

尧欲传位许由。由曰："污吾耳！"亟往颍水洗之。会巢父饮牛其下，亟牵去，曰："毋污吾牛口！"卞随、务光，成汤①时二人名。

笠翁曰：天下，重器也；让天下，大事也。从古及今几千万年，求其能让天下者，唯尧、舜二人而已。求其可受天下者，惟舜、禹二人而已。倘如《外纪》②所载，则当日之天下竟不值一文钱，逢人即让，较小儿之视饼饵犹不若焉。则其让天下于舜、禹者，亦偶然馈赠之常事耳，何果断公明之足羡哉！甚矣，载籍之不足凭，而秦始皇之焚书，亦不为无见也。此皆岩栖穴处者流欲自矜其高尚，故构此空中楼阁以耸听闻耳。后世稗官野史皆效此立言，以为让天下之大事犹可幻设，则凡小于此者，何一不可幻设乎？人谓世风日下，以此观之，则当日之世风正未必上于今日也。无论让天下之事必不可信，即所谓许由、卞随、务光者，恐尧、舜、商汤之世，亦未必果有其人耳。

【注释】

①成汤:亦作"成商"。商朝开国君主。

②《外纪》:疑指明蒋一葵撰《尧山堂外纪》,该书系纪传体通史,许由事见卷一。

【赏读】

《庄子·杂篇》里有《让王》一则。云尧尝让天下于许由、子州支父,二人皆不受;舜尝让天下于善卷、石户之农,二人亦不受。商汤想将天下让与卞随、务光,卞随和务光竟投水而亡。

后世记载此事之书颇多。《史记·伯夷列传》云:"示天下重器,王者大统,传天下若斯之难也。而说者曰:'尧让天下于许由,许由不受,耻之逃隐。及夏之时,有卞随、务光者。'此何以称焉?太史公曰:余登箕山,其上盖有许由冢云。"晋皇甫谧《高士传》云:"许由,字武仲,阳城槐里人也。为人据义履方,邪席不坐,邪膳不食,后隐于沛泽之中。"至于题咏之作,更是不胜枚举。

笠翁却对此事提出了自己独特的看法。天下乃是重器,让天下乃是大事。如果真像史书中所记载的那样,天下岂非一文不值吗?笠翁认为,这都是"岩栖穴处者流欲自矜其高尚",虚构出来的。既然禅让天下之事不可信,笠翁进一步推断,许由、卞随、务光之流,亦未必果有其人。此论诚别开生面。

"载籍之不足凭,而秦始皇之焚书,亦不为无见也。""人谓世风日下,以此观之,则当日之世风正未必上于今日也。"笠翁此言,可谓振聋启聩。

关于此文,笠翁之婿沈因伯有评,云:"古事之不可信也十倍于今,如头触不周山而折天柱、缺地维,与炼五色石以补天、十日并出而射落其九,种种怪诞不经之事,皆俗语所谓'瞒天谎'也。如此奇谎,古人说得出,今人说不出。今人所说者,皆琐尾流离之事,古人所不屑道者也。由此推之,则吾岳父所谓当日之世风未必上于今日者,盖至当不易之论也。"

论晋文公赏从亡者而不及介子推①

文公名重耳,献公次子也。献公嬖②于骊姬③,杀太子申生而伐重耳于蒲。重耳出奔,十九年而后反国。尝馁④于曹,介子推割股以食之。及归,赏诸从亡者,而不及子推。子推之从者悬书宫门曰:"有龙矫矫⑤,顷失其所。五蛇从之,周流天下。龙饥乏食,一蛇刲⑥股。龙还于渊,安其壤土。四蛇入穴,皆有处所。一蛇无穴,号于中野。"公曰:"噫,寡人之过也!"使人求之不得,隐绵竹山中。焚其山,子推死焉。后人为之寒食,文公环绵上田封之,号曰"介山"。

笠翁曰:晋文公赏从亡者,而不及介子推,人皆责其寡恩,予独嘉其有识。何也?以子推望报之心,不在施恩以后,而在行惠之先也。当其割股救馁之时,已先伏一求多之念于胸中矣。夫割股救亲,人子之事也,然必于亲疾垂危之日,万不得已而为之,求以自尽其心耳。而古人犹有病其过情,不以列之纯孝者,以其非中庸之道也。至于从亡之主,谊虽关切,然亦稍杀于亲矣。况其受困之时,馁也,非疾也。割股以疗病,吾闻其语矣,吾见其人矣;若曰割股以救饥,则吾不特未见其人,亦且未闻其语也。子推为此,亦何心哉?盖以从亡者五人,解衣推食之事,谁独无之,非有奇能异行,不足以结嗣主之心,而来他日非常之报耳。由是观之,则与易牙之烹子⑦何异哉?文公之不赏,非忘之也,盖稍迟之,以观其责报不责报耳。迨"有龙"之歌一作,而当年之心事昭然矣,此时不求之使出,复何待哉?而无如其有求不得,遂以恩变为仇也。焚山不出,抱树而死,亦何前恭而后倨哉。凡施恩而有责报之心,觊望之过奢、酬之稍薄者,未有不莫逆其始,而冰炭其终者也。吾不怪晋文赏功之太迟,而怪其求人之过急。或榜示其功,招之使出,否则使人以物色求之,世未有终日望报之人,与之以报而不受者也。奈何烈山泽而焚之,是以驱鸟兽者驱人矣,功报之典,曾若是乎?此谲而不正之故智也。虽然,子推于此,亦惟有死而已矣,岂能复以鸟兽之道自全其身哉!

笠翁又曰:"有龙"之歌,文义最劣,以龙喻主,以五蛇喻从亡之五人,以还渊喻反国,以得所喻受赏,又以"一蛇无穴,号于中野"喻己之独不蒙赐,无语不病其过庸,无意不嫌其太露,全不得隐讽之法、寓言之体，竟像今世蒙童小子学步之文，不料出于三代之世。可见古人载籍中，原有最不妥贴处，但未经人摘出耳。人谓秦汉以后之书不宜多读，吾又谓秦汉以前可读之书，亦正少耳！

【注释】

①介子推：又名介之推，后尊为"介子"。春秋时期晋国大臣。相传，其随重耳逃亡十九年，受尽苦辱，曾在逃亡途中"割股奉君"。重耳归国后为晋文公，重赏跟随自己逃亡的臣下，却赏不及介子推。介子推写诗怨之，拒不肯受赏，隐入绵上山。晋文公入山求之不得，乃下令放火烧山，欲逼出介子推，却不料介子推宁肯烧死亦不出山。晋文公悲痛万分，遂改绵上山为介山，修祠立庙，并下令在介子推死难之日禁火寒食，由此产生了"寒食节"。

②嬖：宠幸，宠爱。

③骊姬：晋文公父晋献公的宠姬。因献公宠爱骊姬，致使晋国发生"骊姬之乱"。太子申生遭诬陷，自杀而亡。公子重耳逃亡到蒲城。骊姬子奚齐则被立为太子。

④馁：饥饿。

⑤矫矫：卓然不群的样子。

⑥刲（kuī）：割取。

⑦易牙之烹子：相传，春秋时期齐桓公身边的厨师易牙曾杀其子烹为羹以献桓公。《管子·小称》："夫易牙以调和

事公，公曰：'惟蒸婴儿之未尝。'于是蒸其首子而献之公。"

【赏读】

介子推的事迹，时见于先秦典籍。《左传·僖公二十四年》云："晋侯赏从亡者，介子推不言禄，禄亦弗及。"《庄子·盗跖》云："介子推至忠也，自割其股以食文公。文公后背之，子推怒而去，抱木而燔死。"《韩非子·用人》云："昔者介子推无爵禄而义随文公，不忍口腹而仁割其肌，故人主结其德，书图著其名。"

介子推素来被后人视作高士。黄庭坚赞其"士甘焚死不公侯"。张岱将其事迹收入《古今义烈传》，并加赞语云："公出而馁，惟臣是从。臣股有肉，偶以饷公。腥臊难食，何足言功？赏劳不及，自有至公。从者多事，悬书国门。无义无味，言蛇言龙。公如求我，有死山中。臣今逝矣，亡庸火攻。"此乃赞其"义"，而责晋文公之薄情寡义。

笠翁的观点，却迥然有别。他认为，介子推割股救馁，乃为图日后之报。其想法已被晋文公看透。晋文公之所以禄不及介子推，乃是故意试探。殊不料介子推以恩变仇，焚山不出，抱树而死。

笠翁《论吴起杀妻求将》云："千古不近人情之事，未有如吴起杀妻与易牙烹子、乐羊食子之三事者也。"易牙烹子乃"千古不近人情之事",笠翁却将介子推割股救馁,比之易牙烹子,何故?笠翁认为,割股疗亲,古来有之,尚且不值得效仿,何况救馁于君?介子推难道不是想通过这样的非常之举,以求他日非常之报吗?

对于晋文公,笠翁并没有责其薄情寡义,而是怪其求人之过急。纵火焚山,"是以驱鸟兽者驱人矣"。到此境地,介子推唯有死而已,"岂能复以鸟兽之道自全其身哉"!

介子推割股救馁,是否诚如笠翁所言,后人已无从知晓。诚如黄石公对此文所评:"余尝过介山,恨不起子推而问之也!"耐人寻味的是,《史记·晋世家》在提及介子推时,并未述及割股救馁之事。言介子推在重耳入晋前,已辞行离开重耳,选择归隐。重耳返国后,"介子推从者怜之,乃悬书宫门"。重耳"使人召之,则亡"。司马迁缘何未采他书之说,发人深思。

论卫懿公使鹤乘轩

卫懿公好鹤,鹤有乘轩者。狄人戎卫,卫将战,受甲者皆曰:"使鹤,鹤实有禄,予何能哉?"占于荥泽,卫师败绩,杀懿公。

先儒申瑶泉①曰:卫君徇于一禽之好而纵以失民,卫人嗛于一眚②之微而怼③以亡君,俱无善以相接,而君臣骈死④,以为天下笑,可悲也!

笠翁曰:卫之亡国,其失在君。尚论者不独罪君,而令国人与之分过,使后世为臣者,不得以怼君之故坐视邦国之灭亡,诚至论也。但谓国人以一眚之微而怼以亡君,则似严于责民,而责君者未免太恕。卫君之亡国,非止以一眚之微也。史载鹤乘轩者,乃举一事以概其余耳。即以此一事论,亦何尝不足以亡其国哉。公明仪曰:"庖有肥肉,厩有肥马,民有饥色,野有饿莩,是率兽而食人也。"⑤夫肉、马自肥,与民何涉?而以食人之罪加之兽,以率兽食人之罪加之君乎?亦曰厚其所薄,未有不薄其所厚者耳。宠鹤而至乘轩,则凡有类于鹤者,无不加以异数可知矣。以异数加之禽兽,则以奴隶待其臣,仇敌视其民者,又可知矣。受甲者皆曰"使鹤,鹤实有禄",但言鹤有禄,则受甲者之无禄,不待辨而自明。夺受甲者之禄以养鹤,是即率兽杀人之道也。君能率兽以杀人,臣独不能借人以杀兽乎?是懿公之国,鹤亡之也;懿公之身,鹤杀之也。但其臣之在当日,止当令懿公先斩其鹤,而后出师,为之戮力御敌,使知朝廷之轩,非有功者不得乘,朝廷之禄,非死事者不得食,则为身、为君之道,两得之矣。奈何不仇鹤而仇君,使之身亡国破。后世为君者则知鉴矣,其为臣而不明大义者,则将何以为训哉?

【注释】

①申瑶泉:即申时行,字汝默,号瑶泉,明万历年间官至内阁首辅,人称太平宰相。

②眚(shěng):眼睛长白翳。此指过错。

③憝:怨恨。

④骈死:并列而死,一起死去。骈,并列。

⑤"公明仪曰"六句:公明仪此语,出自《孟子·滕文公下》。公明仪,战国时人。饿莩(piǎo),饿死的人。

【赏读】

卫懿公好鹤而失国亡身，传为千古笑柄。申时行论及此事时认为，君臣都有责任。为君者，不当"徇于一禽之好而纵以失民"；为臣者，不当"嗛于一眚之微而怼以亡君"。

对于申时行的观点，笠翁大体认同。但同时提出了自己的看法。他认为，卫懿公亡国，"非止以一眚之微也"。史籍上仅载"好鹤"，不过是"举一事以概其余耳"。懿公夺受甲者之禄以养鹤，此乃"率兽杀人之道"。将士们怎么可能为其拼死杀敌呢？

《史记·卫康叔世家》云："懿公即位，好鹤，淫乐奢侈。""淫乐奢侈"这四个字，正说明懿公亡国，非纯然以好鹤之故。明代刘基《郁离子》有《好禽谏》一文，称卫懿公好禽，"见觝牛而悦之，禄其牧人如中士"。觝牛系指善于角斗之牛。一时间，卫国觝牛价格十倍于耕牛，牧牛者纷纷"释耕而教觝"，官员不能禁止。"邶有马，生驹不能走而善鸣，公又悦而纳诸厩。"宁子认为此马乃不祥之物，亡国之兆。懿公不听，终致亡国。此文亦可作"非止以一眚之微"之注脚。

懿公之失，自不待言。笠翁认为，卫臣的过失，在于未能成功谏言，"令懿公先斩其鹤，而后出师"，不仇鹤而仇君,致使国破君亡,此乃不明大义,当为后世之鉴。汪北海有评,颇是精妙。评曰:"尝惜张汤磔鼠,其词失传;今见斩鹤之论,如见磔鼠词矣。先斩鹤而后出师,妙绝。此等区处,似从马嵬驿缢杀杨玉环得来。"

论吴季札让国

吴子寿梦有四子：长诸樊，次余祭，次余昧，次季札。寿梦见札贤，欲立之。札辞，乃立诸樊。樊复让札。札曰："曹人欲立子臧①，子臧去之，以成曹君。札虽不才，愿附子臧之义。"诸樊卒，余祭立，及余昧，欲传以次，必致国于季札。札卒不受，曰："有国，非吾节也。"固立之，弃其室而耕。乃舍之，封之延陵②，故号延陵季子。

先儒论曰：废先君之命，非孝；附子臧之义，非公；执礼全节，使国篡君弑，非仁；出能观变，又不讨乱，非智。彼诸樊无季历③之贤，王僚④无武王之圣，而季子为太伯⑤之让，是徇名也，岂曰至德？

笠翁曰：吴季札让国一事，是之者非，非之者是，以让之不得其人，致日后有篡国弑君之事也。其义本之《春秋》，原有责备贤者之法。尊之为贤者，故肯施以责备之辞；则凡施责备之辞者，皆欲尊之为贤者也。愚谓英雄不可以成败论，独于贤人君子，正不妨以成败论之。何也？英雄恃一往之气，不必尽顾将来；贤人君子计出万全，不可不详及始末。泰伯以让国而兴周，孔子称为至德，论其成也；季札以让国而亡吴，论者责以非义，论其败也。但责之曰可以让，可以无让，让之未免伤廉，况知其不可而固让焉，则是一味忌贪，而意忘乎其为矫矣。如是议之，始为允当。若以不孝、不公、不仁、不智责之，无乃过刻而伤贤人君子之心乎？世有不孝、不公、不仁、不智之人，而肯始终以国让者乎？

【注释】

①子臧：曹宣公之子。曹宣公死后，公子负刍杀太子自立，是为曹成公。天下以成公不义，欲立子臧。子臧离开曹国，成公遂得立。

②延陵：春秋时期吴国城邑。即今江苏常州。

③季历：商末人。周太王幼子。太伯之弟，周文王之父，周武王之祖父。相传，周太王欲立季历以传文王，其兄太伯、虞仲知道后，逃往荆蛮让国，季历乃继周君位。后文"武王"指周武王。

④王僚：吴王余眜之子。余眜死，季札让国，王僚得立。后诸樊之子阖闾以刺客专诸刺杀王僚。吴国经阖闾、夫差，为越所灭。

⑤太伯：即周太王长子。

【赏读】

对于季札让国，前人多是赞誉之辞。有人甚至将其和孔子并称"北孔南季"，以赞其品行之高洁。

《吴越春秋·吴王寿梦传》里记载了一段季札的话，云："洁身清行，仰高履尚，惟仁是处。富贵之于我，如秋风之过耳。"此乃季札处世之道，亦是其数辞王位之缘由。季札让国，却使吴国发生专诸刺僚之内乱，自是其始料未及。阖闾传位夫差，建国数百年之吴国旋为越所灭，岂不令人慨叹？清高士奇《左传纪事本末》如此评价季札："惜其知经而不知权，过让以生乱。"深有其理。

论及季札让国，笠翁的心态颇是复杂。他承认季札是贤者，因此那些责备季札不孝、不公、不仁、不智的言辞，在笠翁看来，未免太过。太伯让国而兴周，季札让国而亡吴，以此来论断太伯至德、季札非义，岂非以成败论英雄？但笠翁同时认为："英雄不可以成败论，独于贤人君子，正不妨以成败论之。"因为贤人君子"计出万全，不可不详及始末"。季札是贤者，故当以成败而论。季札让国之失，在于"一味忌贪，而意忘乎其为矫矣"，非世人所论之不孝、不公、不仁、不智。

笠翁此论，既为季札鸣冤，同时也不掩贤者之失，颇是公允。针对笠翁的观点,方尔止在评批里进一步生发开去:"泰伯让而周兴,季子让而吴乱,此自后人据成败而褒贬之耳,二公当日何知有此。其志同,其道合,正未可分优劣也。况季子与孔子同时,设令其让稍稍可议,孔子必为微辞,不应心服如此。以孔子所心服之人,而后人恣臆妄谈,有是理乎?读此论,知前人不孝、不公之说,乃大谬也。"

论项羽不渡乌江

汉兵追项羽至乌江,有亭长①舣②船以待曰:"江东虽小,亦足以王,愿急渡!"羽叹曰:"籍③与江东子弟八千而西,今无一还,纵江东父老怜而王我,我何面目见父老乎?"遂自刎。

笠翁曰:羽之不渡乌江,疑为亭长所执,夫人而知之矣。但其疑心之所自始,与所以不得不疑之故,尚未经人道破,予请以管见测之。其疑心之所自始,则始于舣船有人;其所以不得不疑之故,则全在"亭长"二字。汉兵追羽至乌江,则乌江片土,必非鸡犬不惊之地。亭长何人,能不随众避兵,而尚舣船以待,且为甘言以诱之乎?虽曰非奸,吾不信矣。至于"亭长"二字,更属千古疑团。何也?汉王④非他,某未起兵时,亦泗上一亭长也。安在舣船之人,非其当日同事者乎?为得志之亭长所追,复有一亭长舣船以待,此而不疑为奸,必其无心肠知识者而后可,后汉白衣摇橹⑤之事,非其左券⑥乎?此时自亭长而外,必不另有一舣船之人。欲渡不可，不渡不能，与其死于亭长之手而为天下笑，无宁死于自刎之为烈乎？此重瞳⑦不王江东之故也。至其对亭长之言，则欲与江东父老为永诀之词，借亭长之口以代传之耳。

【注释】

①亭长：官名。秦、汉时在乡村每十里设一亭，置亭长，掌治安，捕盗贼，理民事，兼管停留旅客。东汉后渐废。

②舣（yǐ）：使船靠岸。

③籍：即项羽。项羽，名籍，字羽。

④汉王：指汉高祖刘邦。刘邦尝为泗水亭长。

⑤白衣摇橹：又称"白衣渡江"，指吕蒙白衣渡江，奇袭关羽之事。

⑥左券：古代契约分为左右两片，左片称左券，由债权人收执，用为索偿的凭证。

⑦重瞳：每个眼睛里有两个瞳孔。据《史记·项羽本纪》记载，项羽乃重瞳。

【赏读】

杜牧诗云："胜败兵家事不期，包羞忍耻是男儿。江东子弟多才俊，卷土重来未可知。"李清照诗云："生当作人杰，死亦为鬼雄。至今思项羽，不肯过江东。"项羽无颜见江东父老，自刎乌江，引得多少后人扼腕叹息。

项羽不肯渡江，怕为亭长所执，人所共知。笠翁所持观点，却奇之又奇。他认为亭长突然出现在江边，令人生疑。其不随众避兵，而是舣舟相待，此一疑也。汉王昔时即亭长，缘何舣舟之人亦是亭长？此二疑也。有此二疑，项羽欲渡不可，不渡不能，除了自刎，别无选择。

孙宇台评此文曰："说及'亭长'二字，羽未有不丧魄者。独怪千人万人读史，从未有一人拈出，而独留此妙论，待我笠翁发之，此亦理之不可解者。岂古今人尽皆瞆瞆，视'亭长'二字不见，抑笠翁二目之中有四瞳子，以一半射泗上亭长，一半射乌江亭长，故能并见而互得之邪？甚矣，造物生才之迟，而不使唐、宋诸贤，亦获闻此妙论也！"笠翁之慧眼，委实令人叹服。

余澹心有眉批，曰："此笠翁游戏之言，然开后来论史者许多门户。笠翁何其轻把金针度与人也！"澹心此言不虚。类似观点，时见于后人论史之作。康乾时人姚苎田《史记菁华录》即云："项王之意必不欲以七尺躯随他手坑堑，观其溃围奔逐，岂不欲脱？迨闻亭长言，而又不肯上其一叶之舟，既又赐以爱马而慰遣之，粗糙爽直，良可爱也。"又云："兵不厌诈，一田父，一亭长，为汉所遣置可知。"项羽兵溃，逃至乌江岸边前,曾迷道,问一田父。田父曰"左"。项羽向左,结果陷入大泽中,为刘邦大军追上。故姚苎田将田父与亭长并提。

论李广数奇[①]

帝令大将军卫青、骠骑将军霍去病,各将五万骑击匈奴。李广、公孙贺、赵食其、曹襄皆属于青。既出塞,青欲令广军并于食其,广自请曰:"臣结发与匈奴战,今乃一得当单于,愿居前先死!"青阴受上诫,以为广老数奇,毋令当单于,不听。广不谢起行。青发轻骑夜追单于,捕斩万九千级。广军失道后期,青使长史急责广之幕府对簿。广曰:"广年六十矣,终不能复对刀笔之吏!"遂自刭。

笠翁曰:武帝阴诫卫青,谓广老数奇,毋令当单于。而广果以失道后期,不屑对簿而自刭,岂非成败有命,而武帝"数奇"之言为不谬乎?曰:不然。广之死,非死于数,乃死于武帝诫青之一言。盖君相有造命之权,"数奇"二字,不当出于帝王之口也。即使广数果奇,而为天子者能以优诏奖之、威权授之,不虑造化之权不为我夺,奈何以兵凶战危之事,未经发轫,先以"数奇"二字,夺英雄之气而惑将士之心乎！且既知数奇，即不当使之远从征伐，又诫曰"毋令当单于"，将欲其束手待毙于锋镝②之下乎？抑冀其侥幸成功于谈笑之间乎？使果束手以待毙，则帝谋甚拙；如其侥幸成功也，则广之数为不奇矣。青欲其军并于食其，又不从得当单于之请，及其失道后期，急责之幕府对簿者，盖始终为"数奇"二字横亘于中，既恐其不验，又虑其果验，止恨军中多此一人，必欲死之而后快也。广之命其能旦夕延乎？然犹幸其不死于单于，不死于刀笔吏，而死于自刭，犹不失英雄本色，是广之数犹未尽奇，即谓武帝之言为不验也亦可。

笠翁又曰：前人皆以不侯故，占李广之数奇。以予观之，盖武帝谬执数奇之见，谓此薄命汉不足当吾封赏耳。不然，岂广威行塞外，能得"飞将军"之号于匈奴，不能得封侯之赏于本国乎？若是，则天子爵人于朝，皆当令术士推其五行，可则予之，否则夺之，而才德勋猷，皆可置之不论矣。后世之帝王，亦有谓薄福之人不可与其功名，必相其魁梧奇伟而后用之者，然择而后用，非用而后择。择将用此法，吾犹虑其"以貌取人，失之子羽"，矧下于此者乎？甚矣，武帝之言，不可为训于后世也！

【注释】

①数奇（jī）：古人迷信，认为偶数吉利，单数不吉利，故将命运不佳，凡事无法偶合者称为"数奇"。奇，不偶，不好。

②镝（dí）：箭头，亦指箭。

【赏读】

"卫青不败由天幸，李广无功缘数奇。"这是王维《老将行》里的两句。王维在谈及卫青和李广的功业时，将前者之不败归于"天幸"，将后者之无功归于"数奇"，可谓为李广尽吐不平之气。

李广威震匈奴，被称为"飞将军"，却终身未得封侯。后人惜其才，叹其不遇。王勃将李广和冯唐并提，云"冯唐易老，李广难封"。苏轼将李广与孟佗对比，云"将军百战竟不侯，伯郎一斗得凉州"。吴季舒则将李广和刘蕡具列，云"李广不侯，刘蕡下第，为千古两恨事"。

何谓"数奇"？即运数不好。这原本系术士之言，岂可出于帝王之口？笠翁此言，一针见血。他认为，李广非死于运数，而是死于武帝诫卫青以"数奇"之言。武帝既诫卫青以此言，则卫青始终将"数奇"二字横亘于心，恐其不验，又虑其果验。由此也就注定了李广悲剧之命运。笠翁继而论及用人之道。君王择将，当取具才德勋猷者，岂可囿于术数和相貌？诚哉斯言。

《史记·李将军列传》云，文帝时，李广尝从帝出征，"有所冲陷折关及格猛兽"。文帝曰："惜乎，子不遇时！如令子当高帝时，万户侯岂足道哉！"文帝此言，发人深思。李广之不幸，在于生不逢时，未遇赏识之君。即如千里马，未得伯乐，岂非只能老死于槽枥之间？

论梁武帝好生

先儒谓梁武帝不以生类为乐,不以牺牲为祀,不以仙人鸟兽之形为衣,其设心岂诚仁恕?不过信佛氏之说,求将来报福而已。然一有取国之心,至弑二君①、杀六贵②而不之恤;一有守国之心,作浮山堰以灌寿阳③,缘百里内老少皆役,死者相枕,一日溃决,致数十万生灵尽葬鱼腹。是之谓以其所不爱,及其所爱也。

笠翁曰:此古今通病,不独一梁武为然。凡信佛氏之言而戒食牛羊犬豕者,强半残忍为心,刻刻以嚼民为事。是戒食牛羊犬豕者,乃虚其腹以为食人地也。且无论佛氏之言当信与不当信,即使当信,佛氏有宰杀之戒,亦有贪嗔之戒,世人仅守其一,而不守其二,何哉?

【注释】

①弑二君:梁武帝萧衍本为齐末雍州刺史,后起兵入

京,致使齐东昏侯萧宝卷,被叛帝内应所杀;拥立荆州刺史萧宝融为帝,却又逼其禅位,萧衍登基后,令人逼萧宝融吞生金自尽,萧宝融曰:"我死不须金,醇酒足矣。"乃饮酒沉醉,伯禽折杀之。

②杀六贵:六贵,指齐东昏侯萧宝卷执政期间萧遥光、萧坦之、徐孝嗣、刘暄、江祏、江祀六名重臣,六贵乃死于萧宝卷之手,非萧衍所杀。

③作浮山堰以灌寿阳:南朝梁天监中,梁武帝欲壅塞淮水以灌寿阳(今安徽寿县),乃筑堰于浮山,希望抬高下游淮河水位,倒灌上游被北魏占领的寿阳城。工程历时两年,百姓苦不堪言。完工不久,淮水暴涨,浮山堰被冲决,淮河沿岸数十万百姓因此丧生。

【赏读】

"南朝四百八十寺,多少楼台烟雨中。"杜牧的这首《江南春》,描绘了南朝时佛寺之盛景。纵观南朝历史,佛教在梁武帝萧衍在位时最为盛行。梁武帝亦以佞佛著称于世,他曾先后四次舍身同泰寺。在古代君王里,可谓前无古人,后无来者。其行为举止颇惹后人争议。

明人屠隆《鸿苞集》云:"梁武帝英明有道之主,羲轩禹汤而后,罕见其俦。"又云:"庸人好以成败论人,遂目武帝仁柔佞佛,德业摧丧,身名两殒,比之昏弱。既不知人闻道,又不深考《梁书》及当时史臣论赞,使千古盛德冲夷人主，久蒙俗儒小生姗笑。"

对梁武帝的评价，笠翁与屠隆可谓天渊之别。笠翁认为，梁武帝虽有好生不杀之名，然其弑二君、杀六贵，灌寿阳，致使生灵涂炭，这岂是佛教徒所为？诚如黄云鲍眉批所云："予尝谓武帝一生最不好佛，世皆不信。盖先能打破贪、嗔、痴关头，然后脱离生、老、病、死公案，不然终日坐空，而不免'荷荷'台城之畔，佛竟何在耶？"

笠翁云"此古今通病，不独一梁武为然"，诚金针度世之论。纵观历代帝王，佞佛者非梁武帝一人。仅以唐史而论，唐宪宗迎佛骨入宫，朝野哗然；唐懿宗迎奉佛骨之规模，较之宪宗更有过之而无不及。韩愈曾上《谏迎佛骨表》，意欲阻止唐宪宗迎佛骨之举，险些丧命。未能修身，徒以佞佛，终有何益？此即笠翁所云："强半残忍为心，刻刻以嚼民为事。"

笠翁又云，佛家"有宰杀之戒，亦有贪嗔之戒，世人仅守其一，而不守其二，何哉"？笠翁虽未给出答案，答案却显而易见。宰杀之戒易守，贪嗔之戒难为。宰杀之戒重在其表，贪嗔之戒重在其里。若不修身立德，何谈戒贪戒嗔？若不破贪破嗔，又岂能领悟佛门真谛？

论魏徵才行之对

太宗谓魏徵曰:"为官择人,不可造次。用一君子,则君子皆至;用一小人,则小人竞进矣。"对曰:"然。天下未定,则专取其才,不考其行;丧乱既平,则非才行兼备不可用也。"

范华阳①曰:有才无行之小人,无时而可用,退之犹惧其或进,岂可先用而后废,乃取才行兼备之人乎?徵之学驳而不纯,故所以辅导其君者,卒不至于三王之治也。

笠翁曰:吴起②贪财好色,而文侯用之,卒以破秦;陈平③盗嫂受金,而高祖用之,终以兴汉。魏郑公④"天下未定,专取其才"之说,未为失也,而华阳范氏力断其非。然则天下未定,将来尾生、孝己⑤其人而用之乎?如欲得尾生、孝己其人而用之,则见吴起、陈平其人,必当斥而逐之矣。吾恐我国之不用者,敌国且虚左以俟之;我国之必用者,敌国且闭关以拒之。以虚左而俟之人,敌其闭关以拒之人,胜负之数,可不战而决矣。吾谓范氏之论,或如苏秦之说齐、张仪之说魏⑥,为敌国之君行反间则可,若曰为本国计得失,较兴丧,则吾未见其可也。

【注释】

①范华阳:即范镇,字景仁,华阳(今属四川)人,北宋文学家、史学家,翰林学士。范镇著述甚丰,曾参与修编《新唐书》。

②吴起:战国时著名军事家。卫国左氏(今属山东)人,曾学于曾子,善用兵。初仕鲁,后入魏,魏文侯任命吴起为将,屡立战功,尝大破秦军。《资治通鉴》云:"文侯问诸李克,李克曰:'起贪而好色。然用兵,司马穰苴弗能过也。'"

③陈平:西汉开国功臣,善谋略,曾事魏王咎、项羽,后投奔刘邦,献计刘邦行反间计,使项羽去其谋士范增,建议刘邦以王爵笼络韩信。楚灭后,佐刘邦灭燕王臧荼。献计解刘邦白登之围。汉高祖六年(前201),封曲逆侯。《史记·陈丞相世家》云,诸将谗陈平:居家时盗其嫂,受诸将金。

④魏郑公:指魏徵。魏徵被封为郑国公。

⑤尾生、孝己:皆品行敦厚之人。尾生,典出《庄子·盗跖》:"尾生与女子期于梁下。女子不来,水至不去,抱梁柱而死。"孝己,传说为商王武丁之子。《庄子·外物》:"人

亲莫不欲其子之孝,而孝未必爱,故孝己忧而曾参悲。"据《史记·陈丞相世家》,陈平遭谗后,魏无知对刘邦说:"臣所言者,能也;陛下所问者,行也。今有尾生、孝己之行而无益于胜负之数,陛下何暇用之乎?"

⑥苏秦之说齐、张仪之说魏:苏秦、张仪,都是战国末年著名纵横家。齐国侵占燕国十座城池后,苏秦奉燕王之命入齐,游说齐王,齐王最终将城池归还。为了使魏国臣服于秦国,张仪辞掉秦国相位入魏,被拜为相。

【赏读】

唐太宗和魏徵间的这番对话,见于《资治通鉴》,时在贞观六年(632)。唐太宗立论的根本在于"选人准则"。魏徵对此并无异议,只是认为这一准则只适用于天下既定后;天下未定,则当"专取其才,不考其行"。

针对魏徵此语,笠翁和范华阳的观点针锋相对。范华阳认为"有才无行之小人,无时而可用";笠翁则认为,有才无行之人,我国若不用,敌国必纳之,魏徵之说,未为失也。

笠翁此论引经据典,颇有说服力。天下未定之时,吴起、陈平之流,可以建功立业,尾生、孝己纵有道德仁义之名,又有何建树?如果纳尾生、孝己,而逐吴起、陈平,则"我国之不用者,敌国且虚左以俟之;我国之必用者,敌国且闭关以拒之",胜负之数,不战而决。笠翁甚至认为，范氏之论，是在为敌国行反间之计。不禁令人哑然失笑。

笠翁和范氏的观点，出发点不同，自然难言对错。若以仁义道德而言，范氏所言不误。可残酷无情的历史现实，总是将仁义道德敲得粉碎。魏徵此语无疑更具现实意义，乃是一句大实话。

针对范华阳之论，余澹心有一则眉批，云："宋儒议论迂阔，所以南渡后坏于讲道学而不振。故予于古今人品中，宁取真奸雄，不取假道学也。假道学为谁？范华阳之类是矣。"澹心此论，亦失公允。假道学固不当取，真奸雄宁可取耶？

论晋以冯道守司徒①

晋高祖②以冯道③守司徒，事无巨细，悉委于道。尝访以军谋，对曰："征伐大事，在圣心独断。臣书生，惟知谨守历代成规而已。"晋主以为然。

笠翁曰：谨守历代陈规，是居官最稳着数，而行之五代更宜。何也？不十余年而有一番鼎革，若欲代代更张，则朝廷不胜其繁，而小民不胜其困矣。惟守成规以待真主，即是致君泽民之法。唐明宗④每夜焚香祝天，愿早生圣人，为中国主。此哲人高见，冯道之谨守成规，将无暗合其意乎？

【注释】

①司徒：古代官名，即户部尚书。

②晋高祖：即五代后晋高祖石敬瑭。石敬瑭以燕云十六州与契丹得其援助，灭后唐，建立后晋。

③冯道：字可道，五代人。好学能文。历事四朝，居相位二十余年，以持重著称。自号长乐老，著有《长乐老自

叙》。

④唐明宗：即五代后唐明宗李嗣源，石敬瑭岳父。李嗣源尝有焚香祝天之举。

【赏读】

在五代历史上，冯道称得上是官场传奇。他历事后唐、后晋、后汉、后周四朝，而不离将、相、三公、三师之位，世人遂呼以"不倒翁"。

冯道自号"长乐老"，尝作《长乐老自叙》，颇有矜矜自许之意。欧阳修讥之曰："予读冯道《长乐老叙》，见其自述以为荣，其可谓无廉耻者矣，则天下国家可从而知也。"

世人多不耻冯道之所为。元代刘因有《冯道》一诗，云："亡国降臣固位难，痴顽老子几朝官。朝梁暮晋浑闲事，更舍残骸与契丹。"讽刺冯道不仅将朝梁暮晋视为等闲之事，而且还鲜廉寡耻，一度向辽国称臣。王若虚《滹南集》云："冯道忘君事雠，万世罪人，无复可论者。"《资治通鉴》云："道之为相，历五朝、八姓，若逆旅之视过客，朝为仇敌，暮为君臣，易面变辞，曾无愧怍，大节如此，虽有小善，庸足称乎！"冯道墨守成规，可称"小善"。其大节有亏，虽有小善，何能掩愆？司马光贬斥之意，溢于笔端。

笠翁《论晋以冯道守司徒》一文，并未涉及冯道品格高下。笠翁认为，五代乃乱世，冯道能谨守历代成规而不作变革，乃是"致君泽民"之法。仅以笠翁此论观之，冯道所为，与汉初"萧规曹随"颇有异曲同工之妙。彼时大业初定，当休养生息，故曹参不改萧何旧规；五代乃群雄逐鹿之世，故冯道守成规以待真主。若随意变更法度，不仅朝廷"不胜其繁"，百姓亦"不胜其困"。

论文天祥之全节

张弘范[①]等既灭宋,遣使送天祥赴燕。天祥八日不食,犹生,乃复食。至京,馆人供帐甚盛,天祥不寝处,坐达旦。承相孛罗召见,天祥长揖不屈。孛罗诘以古今兴废,天祥曰:"一部十七史,从何处说起?吾非应博学宏词,何暇泛论?"孛罗曰:"汝立二王[②]何益?"对曰:"事君如事亲,虽亲疾不可救,岂有不进药之理?"乃下之狱。天祥于狱中作《正气歌》,留燕三年,坐卧一小楼,足不履地。元主欲用之,对曰:"倘缘宽假,得以黄冠归故乡,备方外顾问可也。"王积翁[③]欲令谢昌言等请释为道士,留梦炎不可,事遂寝。帝知其不可屈,将释之。未几,中山狂人自称宋主,有数千人,欲取文丞相。帝召天祥,问以何愿,天祥终不屈,请赐死。帝犹未忍,麾之使退,左右力请,乃杀于燕京之柴市。

笠翁曰:历代死节之臣,未有若宋季之繁者。他且勿论,即陆秀夫[④]负帝昺同溺,越七日,尸浮海上者十万余人。予读史至此，扑几狂赞曰：失天下者得此，亦荣矣哉！以七岁之幼主，而能系天下亿万之人心，则其祖若宗之深仁厚德可概见矣。汉、魏、晋、唐之失国，能若是哉？至于文丞相之死，不死于八日不食之余，而死于三载尚存之后，真所谓千锤之铁、百炼之钢，较尸浮海上之十万余人，犹觉忠纯而义至，何也？以其身死之难，由于心死之不易也。观其临刑谓吏卒曰："吾事毕矣。"死后得其衣带中自赞，又有"而今而后，庶几无愧"一语，则知前此一日，犹是吾事未毕之年，前此一日而死，犹不能无愧于其心也。知苏子卿⑤十九年不屈之心，即知文丞相三年不死之故矣。不然，其坐卧一小楼，足不履地者，甚是无味。地为元地，不肯践之；岂小楼为蜃气所结，绝无基址落人间，而楼上所食者，非绕栋之云，即沾裳之露乎？

【注释】

①张弘范：元朝大将。元军南下灭宋的主要指挥者，官至镇国上将军、江东道宣慰使，卒后加封淮阳王，谥献武。

②二王：指宋度宗之子益王赵昰、卫王赵昺。宋廷降元前夕，二王逃出临安城，先后被拥立为帝。

③王积翁：字良存，原为宋臣，后降元。《宋史·文天祥传》载，文天祥被俘后，"积翁欲合宋官谢昌言等十人请

释天祥为道士",为留梦炎所阻。留梦炎曰:"天祥出,复号召江南,置吾十人于何地!"留梦炎,字汉辅,衢州(今属浙江)人,南宋末年官至丞相,后降元。

④陆秀夫:字君实,官至左丞相,与文天祥、张世杰并称"宋末三杰"。崖山之战失败后,陆秀夫背负卫王赵昺赴海而死。

⑤苏子卿:指苏武。苏武,字子卿。西汉时汉武帝派苏武出使匈奴,至匈奴时发生事变被扣留长达十九年,坚贞不屈。至汉昭帝即位,汉匈恢复和亲,方被遣回。

【赏读】

文天祥、陆秀夫、张世杰,后人并称"宋末三杰"。山河破碎之际,他们为国尽忠,气贯长虹,名垂青史,令人景仰。相形之下,多次挂官而逃的右丞相陈宜中,背宋降元的左丞相留梦炎,令人不齿。当年北宋亡国时,金人曾嘲笑南朝除李若水外,无一忠义之士。南宋亡国,却因为"宋末三杰",而变得波澜壮阔,荡气回肠。

"人生自古谁无死,留取丹心照汗青。"文天祥的这两句诗,令多少人读之心潮澎湃。文天祥在狱中写成的《正气歌》,读来同样慷慨激昂。康熙御批《古文评论》评曰:"斯篇出于至性,慷慨凄恻。朕每于披读之际,不觉泪下数行,其忠君忧国之诚,洵足以弥宇宙而贯金石。"

《论文天祥之全节》一文,笠翁旨在歌颂文天祥坚贞不渝的民族气节,谓其"不死于八日不食之余,而死于三载尚存之后,真所谓千锤之铁、百炼之钢"。对于以陆秀夫为代表的其他死节之臣,笠翁也是大加褒扬,谓"历代死节之臣,未有若宋季之繁者"。或许,由明清易代之惨酷,笠翁想到了宋元易代,以此文寄托黍离之悲。

《笠翁论古》诸文止于元朝。涉及元朝的仅有两篇,除了《论文天祥之全节》,另一篇系《论元世祖之待文天祥》。笠翁谓元世祖并无杀文天祥之心,"虽左右力赞而勉从其请,其杀之也,乃天祥自杀,左右杀之,并非世祖之心也",与前一篇所论一脉相承。吴梅村评曰:"翰林学士王磐哭文信公诗曰:'大元不杀文丞相,君义臣忠两得之。'既杀之矣,而曰'不杀',明其无杀天祥之心,盖诗史也。笠翁此论,正可互相发明。"

卷六 草木

李是吾家果,花亦吾家花,当以私爱嬖之,然不敢也。

牡丹

牡丹得王于群花，予初不服是论。谓其色其香，去芍药有几？择其绝胜者与角雌雄，正未知鹿死谁手。及睹《事物纪原》①，谓武后冬月游后苑，花俱开而牡丹独迟，遂贬洛阳，因大悟曰："强项②若此，得贬固宜，然不加九五之尊③，奚洗八千之辱④乎？"物生有候，葭动以时，苟非其时，虽十尧不能冬生一穗。后系人主，可强鸡人⑤使昼鸣乎？如其有识，当尽贬诸卉而独崇牡丹。花王之封，允宜肇于此日，惜其所见不逮，而且倒行逆施。诚哉其为武后也！

予自秦之巩昌⑥，载牡丹十数本而归，同人嘲予以诗，有"群芳应怪人情热，千里趋迎富贵花"之句。予曰："彼以守拙得贬，予载之归，是趋冷非趋热也。"兹得此论，更发明矣。

艺植之法，载于名人谱帙者，纤发无遗，予倘及之，又是拾人牙后⑦矣。但有吃紧一着，花谱偶载而未之悉者，请畅言之。是花皆有正面，有反面，有侧面。

正面宜向阳，此种花通义也。然他种犹能委曲，独牡丹不肯通融，处以南面即生，俾之他向则死，此其肮脏⑧不回之本性，人主不能屈之，谁能屈之？予尝执此语同人，有迂其说者。予曰："匪特士民之家，即以帝王之尊，欲植此花，亦不能不循此例。"同人诘予曰："有所本乎？"予曰："有本。吾家太白⑨诗云：'名花倾国两相欢，常得君王带笑看。解释春风无限恨，沉香亭北倚栏杆。'倚栏杆者向北，则花非南面而何？"同人笑而是之。斯言得无定论？

【注释】

①《事物纪原》：宋高承撰。书中所记天文、历数、典章、风俗、草木、鸟兽等，无不遍索古书，考其源起。

②强项：不肯低头。项，脖子。

③九五之尊：指皇帝之尊位。九五，指帝位。典出《周易·乾卦》："九五，飞龙在天，利见大人。"

④八千之辱：韩愈以陈《谏迎佛骨表》，惹恼唐宪宗，被贬为潮州刺史。离京赴任途中，韩愈写下名诗《左迁至蓝关示侄孙湘》，内有"一封朝奏九重天，夕贬潮阳路八千"之语，故云"八千之辱"。

⑤鸡人：古时报晓之官。后指宫廷中专管更漏之人。

⑥巩昌：明清时曾设巩昌府。今属甘肃陇西县。

⑦拾人牙后：即拾人牙慧。比喻拾取别人的一言半语当作自己的话。典出《世说新语·文学》："殷中军云：'康伯未得我牙后慧。'"牙慧，指别人说过的话。

⑧肮脏：高亢刚直的样子。

⑨吾家太白：即李白。李渔与李白同姓，故云"吾家"。李白，字太白。李白此诗出自《清平调》。

【赏读】

牡丹素来被誉为群花之冠。刘禹锡诗云："庭前芍药妖无格，池上芙蕖净少情。唯有牡丹真国色，花开时节动京城。"他认为芍药没有风骨，芙蕖少了情韵，只有牡丹，方乃真国色也。

唐时争赏牡丹之风极盛。《太平广记》云："开元中，禁中初重木芍药，即今牡丹也……会花方繁开，上乘照夜白，太真妃以步辇从。"一时间，牡丹价昂，极尽奢迷。在诗人笔下，牡丹遂被冠以"妖艳"二字。王毂云："牡丹妖艳乱人心，一国如狂不惜金。曷若东园桃与李，果成无语自垂阴。"白居易云："我愿暂求造化力，减却牡丹妖艳色。少回卿士爱花心，同似吾君忧稼穑。"以花讽世，其意自明。

对于"牡丹得王于群花"，笠翁原本也不以为然。及至读到《事物纪原》关于牡丹遭贬洛阳之事，方始豁然开朗。牡丹刚直若此，不加以九五之尊，何以洗去八千之辱？笠翁专门从巩昌带回十数本牡丹。同人嘲笑他趋迎富贵之花，笠翁煞有介事地为牡丹辩护。在这里，笠翁赋予了牡丹以不畏强权、特立独行的高尚品格。

《牡丹》一文收于《闲情偶寄·种植部》。笠翁于卷端有注，云："已载群书者片言不赘，非补未逮之论，即传自验之方。欲睹陈言，请翻诸集。"故于此文内，笠翁没有详述牡丹艺植之法。但他独独提到一点：牡丹有别于诸花，刚直不肯通融，"处以南面即生，俾之他向则死"。并由此进一步生发开去，云："此其肮脏不回之本性，人主不能屈之，谁能屈之？"可谓字字珠玑。

"物生有候，葭动以时，苟非其时，虽十尧不能冬生一穗。后系人主，可强鸡人使昼鸣乎？"笠翁此问，掷地有声。世人多谓笠翁无风骨，吾不信矣。

梅

　　花之最先者梅，果之最先者樱桃。若以次序定尊卑，则梅当王于花，樱桃王于果，犹瓜之最先者曰王瓜①，于义理未尝不合，奈何别置品题，使后来居上。首出者不得为圣人，则辟草昧②致文明者，谁之力欤？虽然，以梅冠群芳，料舆情必协；但以樱桃冠群果，吾恐主持公道者，又不免为荔枝号屈矣。姑仍旧贯，以免牴牾。

　　种梅之法，亦备群书，无庸置吻，但言领略之法而已。花时苦寒，即有妻梅③之心，当筹寝处之法。否则衾枕不备，露宿为难，乘兴而来者，无不尽兴而返，即求为驴背浩然④，不数得也。观梅之具有二：山游者必带帐房，实三面而虚其前，制同汤网⑤，其中多设炉炭，既可致温，复备暖酒之用。此一法也。园居者设纸屏数扇，覆以平顶，四面设窗，尽可开闭，随花所在，撑而就之。此屏不止观梅，是花皆然，可备终岁之用。立一小匾，名曰"就花居"。花间竖一旗帜，不论何花，概以总名曰"缩地花"。此一法也。若家居所植者，近在身畔，远亦不出眼前，是花能就人，无俟人为蜂蝶矣。

然而爱梅之人，缺陷有二。凡到梅开之时，人之好恶不齐，天之功过亦不等，风送香来，香来而寒亦至，令人开户不得，闭户不得，是可爱者风，而可憎者亦风也。雪助花妍，雪冻而花亦冻，令人去之不可，留之不可，是有功者雪，而有过者亦雪也。其有功无过，可爱而不可憎者惟日，既可养花，又堪曝背，是诚天之循吏也。使止有日而无风雪，则无时无日不在花间，布帐纸屏皆可不设，岂非梅花之至幸，而生人之极乐也哉！然而为之天者，则甚难矣。

蜡梅者，梅之别种，殆亦共姓而通谱者欤？然而有此令德⑥，亦乐与联宗。吾又谓别有一花，当为蜡梅之异姓兄弟，玫瑰是也。气味相孚⑦，皆造浓艳之极致，殆不留余地待人者矣。人谓过犹不及，当务适中，然资性所在，一往而深，求为适中，不可得也。

【注释】

①王瓜：一名土瓜。葫芦科多年生攀缘草本。果椭圆，熟时呈红色。

②草昧：犹言蒙昧，天地初开时之混沌状态。

③妻梅：宋代诗人林逋隐居西湖孤山，植梅养鹤，清高自适，终身不娶，人谓"梅妻鹤子"。

④驴背浩然：《唐诗纪事》引《古今诗话》，有人问相国郑綮近为新诗否，郑綮称："诗思在灞桥风雪中驴子上，此处何以得之？"

⑤汤网：典出《吕氏春秋·异用》。商汤施行仁政，他让设网捕鸟之人去网三面，只留一面，用以捕获那些不听教命之鸟。

⑥令德：美德。令，美好。

⑦相孚：犹相符。

【赏读】

郑板桥在一首题画诗里，比较过牡丹和梅花。诗云："牡丹花下一枝梅，富贵穷酸共一堆。莫道牡丹真富贵，不如梅占百花魁。"若说牡丹乃富贵之花，世人皆喜；那么梅花以其傲视霜雪之风骨，更为文人雅士所钟情，古来文人多爱植梅。范成大《梅谱》云："梅，天下尤物，无问智贤愚不肖，莫敢有异议。"林逋"梅妻鹤子"，更是传为千古佳话。

咏梅之作，以林逋"疏影横斜水清浅，暗香浮动月黄昏"一句最为知名。其实林逋另有佳构，如"雪后园林才半树，水边篱落忽横枝""池水倒窥疏影动，屋檐斜入一枝低"，亦颇有情致。

卷六　草木

笠翁亦喜梅，咏梅之作甚多。他尝和诸友西溪探梅，有句"自来梅花友，贵少多贫贱"；他尝插梅于瓶中，有句"欲向房栊藏野色，还愁窗缝泄春光"；他尝饮酒梅花之下，有句"只有一株留数朵，香气隔墙遥射"；他尝睹梅花零落，有句"我不怜花，倩谁怜我，终身萧索"。

李渔在《闲情偶寄·居室部》里写道，己酉（1669）之夏，暴雨滔天，"久而不涸，斋头淹死榴、橙各一株"，笠翁见其枝柯盘曲，有似古梅，遂寻来工匠，制成窗栏，名之"梅窗"。"既成之后，剪彩作花，分红梅、绿萼二种，缀于疏枝细梗之上，俨然活梅之初着花者。同人见之，无不叫绝。"笠翁对梅之钟爱，由此可见一斑。

此文重在详述赏梅之法。山游者，必携帐篷，设炉炭，既能致温，又可暖酒；园居者，可设纸屏数扇，随花所在，撑而就之；至于家居所植者，则以花在身畔，毋庸观梅之具矣。风起寒至，雪虽助花妍，却令人去之不可，留之不可。到了晴天，布帐纸屏皆可不设，无时无日不在花间，此非人生之极乐耶？

读罢此文，真真令人心旌摇曳。恨不能起笠翁于九泉，徜徉山林园池共赏古梅。如此优雅之生活情致，今人岂可得乎！

桃

凡言草木之花，矢口①即称桃李，是桃李二物，领袖群芳者也。其所以领袖群芳者，以色之大都不出红白二种，桃色为红之极纯，李色为白之至洁，"桃花能红李能白"②一语，足尽二物之能事。

然今人所重之桃，非古人所爱之桃；今人所重者为口腹计，未尝究及观览。大率桃之为物，可目者未尝可口，不能执两端事人。凡欲桃实之佳者，必以他树接之，不知桃实之佳，佳于接，桃色之坏，亦坏于接。桃之未经接者，其色极娇，酷似美人之面，所谓"桃腮""桃靥"者，皆指天然未接之桃，非今时所谓碧桃、绛桃、金桃、银桃之类也。即今诗人所咏，画图所绘者，亦是此种。此种不得于名园，不得于胜地，惟乡村篱落之间，牧童樵叟所居之地，能富有之。欲看桃花者，必策蹇③郊行，听其所至，如武陵人之偶入桃源④，始能复有其乐。如仅载酒园亭，携姬院落，为当春行乐计者，谓赏他卉则可，谓看桃花而能得其真趣,吾不信也。

噫!色之极媚者莫过于桃,而寿之极短者亦莫过于桃,"红颜薄命"之说,单为此种。凡见妇人面与相似而色泽不分者,即当以花魂视之,谓别形体不久也。然勿明言,至生涕泣。

【注释】

①矢口:出口,一口咬定。

②桃花能红李能白:典出宋唐庚《剑州道中见桃李盛开而梅花犹有存者》:"桃花能红李能白,春深何处无颜色。"

③策蹇:骑着跛足驴。蹇,跛足,此谓跛足之驴。《抱朴子·金丹》:"何异策蹇驴而追迅风,棹蓝舟而济大川乎?"

④武陵人之偶入桃源:此用陶渊明《桃花源记》之典。

【赏读】

大凡桃,可目者未尝可口,可口者未尝可目。二者孰佳?笠翁毫不犹豫地选择"可目者"。不唯桃,对待梨,笠翁亦持此观点。他在《梨》一文中说:"性爱此花,甚于爱食其果。果之种类不一,中食者少,而花之耐观,则无一不然。"显然,笠翁认为精神大于物质。

世人为求可口,以饱口腹之欲,遍植嫁接之桃树,遂坏桃色。笠翁认为,要想真正赏桃,必到郊外,于

"乡村篱落之间,牧童樵叟所居之地",方能觅得真趣。诚乃桃之知音也!

《诗经·周南·桃夭》云:"桃之夭夭,灼灼其华。"清姚际恒在其所著《诗经通论》中说:"桃花色最艳,故以取喻女子。开千古词赋咏美人之祖。"唐崔护《题都城南庄》诗云:"去年今日此门中,人面桃花相映红。人面不知何处去,桃花依旧笑春风。"即以桃花喻美人。在笠翁眼里,桃花酷似美人之面,然色极媚而寿极短,似乎正是为了印证"红颜薄命"一说。他在《桃花》一诗里写道:"莫作深闺儿女面,从来此物易倾城。"即是此意。

文震亨《长物志》云:"桃性早实,十年辄枯,故称短命花。"由此来看,"红颜薄命"一说,亦非无因。非独桃然。岂不闻霁月难逢,彩云易散?世间美好之物,欲求长久,何可得焉?

李

　　李是吾家果,花亦吾家花,当以私爱嬖之,然不敢也。唐有天下,此树未闻得封。天子未尝私庇,况庶人乎?以公道论之可已。

　　与桃齐名,同作花中领袖,然而桃色可变,李色不可变也。"邦有道,不变塞焉,强哉矫!邦无道,至死不变,强哉矫!"①自有此花以来,未闻稍易其色,始终一操,涅而不淄②,是诚吾家物也。至有稍变其色,冒为一宗,而此类不收,仍加一字以示别者,则郁李③是也。

　　李树较桃为耐久,逾三十年始老,枝虽枯而子仍不细,以得于天者独厚,又能甘淡守素,未尝以色媚人也。若仙李④之盘根,则又与灵椿⑤比寿。我欲绳武⑥而不能,以著述永年⑦而已矣。

【注释】

　　①"邦有道"六句:语出《中庸》:"国有道,不变塞

焉,强哉矫;国无道,至死不变,强哉矫。"矫,强壮。

②涅而不淄:即"涅而不缁"。用涅染也染不黑。后常比喻品格高尚,不受恶劣环境的影响。涅,矿物名,古代用作黑色染料。淄,古同"缁",黑色。《论语·阳货》:"不曰坚乎,磨而不磷;不曰白乎,涅而不缁。"

③郁李:植物名。又名棠棣,落叶小灌木。春开花,淡红色。果实小,球形,暗红色,可食。种子称郁李仁,可入药。

④仙李:即玉李,传说中的仙果。《抱朴子·祛惑》云,昆仑山有玉李、玉瓜、玉桃,"其实形如世间桃李,但为光明洞彻而坚,须以玉井水洗之,便软而可食"。

⑤灵椿:古代传说中的长寿之树。典出《庄子·逍遥游》:"上古有大椿者,以八千岁为春,八千岁为秋。"

⑥绳武:继承祖先业绩。典出《诗经·大雅·下武》:"昭兹来许,绳其祖武。"朱熹集传:"绳,继;武,迹。言武王之道,昭明如此,来世能继其迹。"

⑦永年:长寿。《尚书·毕命》:"资富能训,惟以永年。"

【赏读】

笠翁将李聃称为"吾家老子",将李白称为"吾家太白";此文又将李称为"吾家果""吾家花",委实亲切可爱。既是"吾家果""吾家花",虽然唐时天子未尝私庇，笠翁岂可吝惜赞美之辞？

前人诗词多将"桃李"并称。《诗经·召南·何彼秾矣》云："何彼秾矣，华如桃李。"刘希夷诗云："洛阳城东桃李花，飞来飞去落谁家。"张栻诗云："无言桃李也成阴，叶底黄鹂自好音。"黄庭坚诗云："桃李春风一杯酒，江湖夜雨十年灯。"举不胜举。笠翁认为，李虽然与桃齐名，然而"桃色可变，李色不可变"。李能甘淡守素，不以色媚人，"是诚吾家物也"。至于郁李，其色稍变，自然要排除在同宗之外。此文颇是诙谐幽默，趣意盎然，而又别有深意。

读文震亨《长物志》，亦见到一段评述桃李的文字，很觉新奇有趣。云："桃花如丽姝，歌舞场中，定不可少。李如女道士，宜置烟霞泉石间，但不必多种耳。"究其意，与笠翁如出一辙。

笠翁借花喻人，可谓入木三分。此文专论李性之专，而在另一篇写杏的文章里，笠翁云："是树性喜淫者，莫过于杏，予尝名为'风流树'。"前人诗云"一枝红杏出墙来"，杏树最淫，似乎并不虚妄。在写到瑞香时，笠翁又云："茂叔以莲为花之君子，予为增一敌国，曰：瑞香乃花之小人。"因其"果带麝味，麝则未有不损群花者也"。活色生香之文字，可供一噱。

张潮在《幽梦影》里写道："梅令人高，兰令人幽，菊令人野，莲令人淡，春海棠令人艳，牡丹令人豪，蕉与竹令人韵，秋海棠令人媚，松令人逸，桐令人清，柳令人感。"草木岂有情？无非赏花之人借花生情罢了。张潮此语，与笠翁同一机杼。

芍药

芍药与牡丹媲美,前人署牡丹以"花王",署芍药以"花相",冤哉!予以公道论之。天无二日,民无二王,[1]牡丹正位于香国,芍药自难并驱。虽别尊卑,亦当在五等诸侯[2]之列,岂王之下,相之上,遂无一位一座,可备酬功之用者哉?历翻种植之书,非云"花似牡丹而狭",则曰"子似牡丹而小"。由是观之,前人评品之法,或由皮相而得之。噫,人之贵贱美恶,可以长短肥瘦论乎?

每于花时奠酒,必作温言慰之曰:"汝非相材也,前人无识,谬署此名,花神有灵,付之勿较,呼牛呼马,听之而已。"予于秦之巩昌,携牡丹、芍药各数十本而归,牡丹活者颇少,幸此花无恙,不虚负戴之劳。岂人为知己死者,花反为知己生乎?

【注释】

①天无二日,民无二王:典出《孟子·万章》。

②五等诸侯：周封诸侯，爵分五等，即公、侯、伯、子、男。

【赏读】

扬州芍药名于天下，与洛阳牡丹俱贵于时。文震亨《长物志》云："牡丹称花王，芍药称花相，俱花中贵裔。"虽同为花中贵裔，然一为花王，一为花相，高下有别。

笠翁此文，颇有为芍药鸣不平之意。笠翁认为，"牡丹正位于香国，芍药自难并驱"，但其仅居相位，亦委屈太过，当列其于五等诸侯之列。笠翁尝从巩昌带回牡丹、芍药各数十本，牡丹多死，芍药无恙。笠翁引芍药为知己，谓人为知己者死，花反为知己者生，诚古人所未发之论也。

前人评花，或由皮相得之，可见当不得真。笠翁甚喜芍药，尝携樽赴友人斋头观赏芍药；僧舍芍药盛开之时，亦曾邀集同人赴赏，俱有词作。每于芍药盛开之时，笠翁奠之以酒，温言劝慰。诚乃古今一痴人也。得此知己，芍药纵居花相，亦无憾矣！

笠翁笔下，花木皆有灵。在《紫薇》一文里，笠翁写道："人谓禽兽有知，草木无知。予曰：不然。禽兽草木尽是有知之物，但禽兽之知，稍异于人，草木之知，又稍异于禽兽，渐蠢则渐愚耳。何以知之？知之于紫薇树之怕痒。知痒则知痛，知痛痒则知荣辱利害，是去禽兽不远，犹禽兽之去人不远也。"又云："草木之受诛锄，犹禽兽之被宰杀，其苦其痛，俱有不忍言者。人能以待紫薇者待一切草木，待一切草木者待禽兽与人，则斩伐不敢妄施，而有疾痛相关之义矣。"诚乃仁者之心。

水仙

水仙一花，予之命也。予有四命，各司一时：春以水仙、兰花为命，夏以莲为命，秋以秋海棠为命，冬以蜡梅为命。无此四花，是无命也；一季缺予一花，是夺予一季之命也。

水仙以秣陵为最，予之家于秣陵，非家秣陵，家于水仙之乡也。记丙午①之春，先以度岁无资，衣囊质尽，迨水仙开时，则为强弩之末，索一钱不得矣。欲购无资，家人曰："请已之。一年不看此花，亦非怪事。"予曰："汝欲夺吾命乎？宁短一岁之寿，勿减一岁之花。且予自他乡②冒雪而归，就水仙也，不看水仙，是何异于不返金陵，仍在他乡卒岁乎？"家人不能止，听予质簪珥购之。

予之钟爱此花，非痂癖也。其色其香，其茎其叶，无一不异群葩，而予更取其善媚。妇人中之面似桃，腰似柳，丰如牡丹、芍药，而瘦比秋菊、海棠者，在在有之；若如水仙之淡而多姿，不动不摇，而能作态者，吾实未之见也。以"水仙"二字呼之，可谓摹写殆尽。使吾得见命名者，必颓然下拜。

不特金陵水仙为天下第一，其植此花而售于人者，亦能司造物之权，欲其早则早，命之迟则迟，购者欲于某日开，则某日必开，未尝先后一日。及此花将谢，又以迟者继之，盖以下种之先后为先后也。至买就之时，给盆与石而使之种，又能随手布置，即成图画，皆风雅文人所不及也。岂此等末技，亦由天授，非人力邪？

【注释】

①丙午：即康熙五年（1666）。

②他乡：此指杭州。康熙四年（1665）仲冬，李渔尝有杭州之游。

【赏读】

黄山谷有咏水仙诗，云："凌波仙子生尘袜，水上轻盈步微月。是谁招此断肠魂，种作寒花寄愁绝。含香体素欲倾城，山矾是弟梅是兄。坐对真成被花恼，出门一笑大江横。"写得颇是生动俏丽。

笠翁亦有《种水仙》一诗，云："往事曾观纪异编，餐花八石便成仙。苟伊非信荒唐说，只爱幽芳雪里妍。"

旧传河伯冯夷食水仙花八石，得成水仙。此诗前两句，所引即此典；后两句，笠翁表明自己侍弄水仙系出于真爱，并非因为相信此荒唐之言。

丙午（1666）新岁，家中连过年的钱都拿不出，只能靠典当衣物勉强度岁。开春到了水仙花开之时，笠翁不听家人劝说，仍然执意要买水仙。家人无奈，只得典当簪珥，满足他的愿望。窘迫的现实生活，没能改易笠翁追求雅致生活的情怀，实属不易。

笠翁云"水仙一花，予之命也"，又云"予有四命，各司一时"，诚花痴之语。天下水仙，以金陵为最。笠翁冒着风雪，回到金陵，只是为了赴一场和水仙的约会。在他看来，因囊中羞涩而与此花失之交臂，岂非"欲夺吾命乎"？笠翁自谓"宁短一岁之寿，勿减一岁之花"。

水仙魅力何在？在笠翁眼里，水仙有异于群花，淡而多姿，不动不摇。言"水仙"之名，已将其情态摹写殆尽，此亦足令笠翁颓然下拜。出自笠翁之手关于草木的诸多文章，当以此篇最有情致。

在《笠翁诗集》里读到一篇赊钱买桔树之作，题《从卖花者贳柑桔数本，约来岁偿其值》，有句云："酒贳诗逋偿未了，又拖花债到新年。"可见质物赊钱以图花木之娱，对笠翁来说实乃寻常之事。

芙蕖

芙蕖与草本诸花，似觉稍异；然有根无树，一岁一生，其性同也。谱云："产于水者曰草芙蓉，产于陆者曰旱莲。"则谓非草木不得矣。予夏季倚此为命者，非故效颦于茂叔①而袭成说于前人也。以芙蕖之可人，其事不一而足，请备述之。

群葩当令时，只在花开之数日，前此后此，皆属过而不问之秋矣。芙蕖则不然。自荷钱②出水之日，便为点缀绿波；及其劲叶既生，则又日高日上，日上日妍。有风既作飘飖之态，无风亦呈袅娜之姿，是我于花之未开，先享无穷逸致矣。迨至菡萏③成花，娇姿欲滴，后先相继，自夏徂秋，此时在花为分内之事，在人为应得之资者也。及花之既谢，亦可告无罪于主人矣；乃复蒂下生蓬，蓬中结实，亭亭独立，犹似未开之花，与翠叶并擎，不至白露为霜而能事不已。此皆言其可目者也。

可鼻则有荷叶之清香，荷花之异馥。避暑而暑为之退，纳凉而凉逐之生。至其可人之口者，则莲实与藕皆并列盘餐而互芬齿颊者也。只有霜中败叶，零落难堪，似成弃物矣。乃摘而藏之，又备经年裹物之用。

是芙蕖也者，无一时一刻不适耳目之观，无一物一丝不备家常之用者也。有五谷之实而不有其名，兼百花之长而各去其短，种植之利有大于此者乎？予四命之中，此命为最。无如酷好一生。竟不得半亩方塘为安身立命之地。仅凿斗大一池，植数茎以塞责，又时病其漏，望天乞水以救之，殆所谓不善养生而草菅其命者哉。

【注释】

①茂叔：指周敦颐。周敦颐，字茂叔，宋代理学家。甚爱莲，尝作《爱莲说》。

②荷钱：状如铜钱的初生小荷叶。

③菡萏（hàn dàn）：荷花的别名。

【赏读】

"予四命之中，此命为最。"可见笠翁爱荷花，更甚于爱水仙。

无论花开前，花开时，抑或花开后，荷花呈现给世人的，都是"可人"二字。菡萏未放，其袅袅婷婷，风情万种；菡萏成花，其娇姿欲滴，清香异馥；花之既谢，其能事不已，不仅莲实与藕可并列盘餐，即便霜中败叶，亦可备经年裹物之用。在笠翁眼中，荷花"无一时一刻不适耳目之观，无一物一丝不备家常之用者也。有五谷之实而不有其名，兼百花之长而各去其短"。评价何其之高！

周茂叔《爱莲说》，重在赞美荷花"出淤泥而不染"的高贵品质；笠翁此文，则重在突出荷花的观赏价值和实用价值。较之《爱莲说》，无疑更多了几分烟火气。

对于荷花，笠翁虽酷好一生，却不得半亩方塘，供其安身。只得凿斗大一池，聊以自慰。笠翁在《木芙蓉》一文里写道："水芙蓉之于夏，木芙蓉之于秋，可谓二季功臣矣。然水芙蓉必须池沼，'所谓伊人，在水一方'者，不可数得。茂叔之好，徒有其心而已。木则随地可植。况二花之艳，相距不远。虽居岸上，如在水中，谓之秋莲可，谓之夏莲亦可。"虽有李代桃僵之嫌，亦可稍补心头之憾矣。

笠翁有一阕《忆秦娥》，乃咏荷风之词，读来风致泠泠。其云："披襟坐，冷然一阵荷香过。荷香过，是花是叶，分他不破。　花香浓似佳人卧，叶香清比高人唾。高人唾，清浓各半，妙能调和。"

金钱

　　金钱、金盏、剪春罗、剪秋罗诸种，皆化工所作之小巧文字。因牡丹、芍药一开，造物之精华已竭，欲续不能，欲断不可，故作此轻描淡写之文，以延其脉。吾观于此，而识造物纵横之才力亦有穷时，不能似源泉混混①，愈涌而愈出也。

　　合一岁所开之花，可作天工一部全稿。梅花、水仙，试笔之文也，其气虽雄，其机尚涩，故花不甚大，而色亦不甚浓。开至桃、李、棠、杏等花，则文心怒发，兴致淋漓，似有不可阻遏之势矣；然其花之大犹未甚，浓犹未至者，以其思路纷驰而不聚，笔机过纵而难收，其势之不可阻遏者，横肆也，非纯熟也。迨牡丹、芍药一开，则文心笔致俱臻化境，收横肆而归纯熟，舒蓄积而罄光华，造物于此，可谓使才务尽，不留丝发之余矣。然自识者观之，不待终篇而知其难继。

　　何也？世岂有开至树不能载、叶不能覆之花，而尚有一物焉高出其上、大出其外者乎？有开至众彩俱齐、一色不漏之花，而尚有一物焉红过于朱、白过于雪者乎？斯时也，使我为造物，则必善刀而藏②矣。乃天则未肯告乏也，夏欲试其技，则从而荷之；秋欲试其技，则从而菊之；冬则计穷力竭，尽可不花，而犹作蜡梅一种以塞责之。数卉者，可不谓之芳妍尽致，足殿群芳者乎？然较之春末夏初，则皆强弩之末矣。至于金钱、金盏、剪春罗、剪秋罗、滴滴金、石竹诸花，则明知精力不继，篇帙寥寥，作此以塞纸尾，犹人诗文既尽，附以零星杂著者是也。由是观之，造物者极欲骋才，不肯自惜其力之人也；造物之才，不可竭而可竭，可竭而终不可竟竭者也。究竟一部全文，终病其后来稍弱。其不能弱始劲终者，气使之然，作者欲留余地而不得也。

吾谓才人著书，不应取法于造物，当秋冬其始，而春夏其终，则是能以蔗境③行文，而免于江淹才尽之诮矣。

【注释】

①源泉混混：《孟子·离娄》："原泉混混，不舍昼夜。"混混，同"滚滚"。

②善刀而藏：把刀擦干净，收藏起来。比喻适可而止，

自敛其才。典出《庄子·养生主》："提刀而立，为之四顾，为之踌躇满志，善刀而藏之。"

③蔗境：比喻佳境。典出《世说新语·排调》："顾长康（恺之）啖甘蔗，先食尾。问所以，云：'渐至佳境。'"

【赏读】

在为《闲情偶寄》所作序文里，余澹心如此评价此书："事在耳目之内，思出风云之表，前人所欲发而未竟发者，李子尽发之；今人所欲言而不能言者，李子尽言之。其言近，其旨远，其取情多而用物闳。"所评甚是。

《金钱》即是一篇"前人所欲发而未竟发，今人所欲言而不能言"的好文章。金钱又名子午花，因其"午开子落"之故。笠翁此文虽名为《金钱》，却并非专为金钱而写。在文中，笠翁将四时所开之花，比喻为造物主逞才作文，以成全稿之过程。妙趣横生，妙不可言。

在笠翁看来，梅花、水仙，乃是天公试笔之文，"其气虽雄，其机尚涩"；到了桃、李、棠、杏相继盛开之时，已是"文心怒发，兴致淋漓"，虽"横肆"，但仍未"纯熟"；及至牡丹、芍药一开，"文心笔致俱臻化境"。天公看似才尽，却未肯"善刀而藏"。夏日之荷，秋日之菊，冬日之蜡梅，依然"芳妍尽致，足殿群芳"。然较之春末夏初，已成强弩之末。明知才力不继，天公却仍然以金钱、金盏、剪春罗、剪秋罗诸种,"以塞纸尾"。究其全篇,终究留下缺憾。

"吾谓才人著书,不应取法于造物。"笠翁随即宕开一笔,由天公造物,引发到行文技巧。笠翁认为,文章当以秋冬始,以春夏终,才能渐入佳境,不然未免惹人"江郎才尽"之诮。其理甚然。譬如《水浒传》与《三国演义》二书,读至"梁山泊英雄排座次""孔明秋风五丈原"之后,观者未免有意兴阑珊之感,皆因"后来稍弱"之故。金圣叹腰斩《水浒》,未为无因。

这篇《金钱》,虽系为草木而写,然将其视作一篇文学理论文章,倒也未尝不可。只有胸藏锦绣、腹隐珠玑者,方能写出如此妙文。

菊

　　菊花者，秋季之牡丹、芍药也。种类之繁衍同，花色之全备同，而性能持久复过之。从来种植之书，是花皆略，而叙牡丹、芍药与菊者独详。人皆谓三种奇葩，可以齐观等视，而予独判为两截，谓有天工人力之分。何也？牡丹、芍药之美，全仗天工，非由人力。植此二花者，不过冬溉以肥，夏浇以湿，如是焉止矣。其开也，烂漫芬芳，未尝以人力不勤，略减其姿而稍俭其色。菊花之美，则全仗人力，微假天工。艺菊之家，当其未入土也，则有治地酿土之劳；既入土也，则有插标记种之事。是萌芽未发之先，已费人力几许矣。迨分秧植定之后，劳瘁万端，复从此始。防燥也，虑湿也，摘头也，掐叶也，芟蕊也，接枝也，捕虫掘蚓以防害也，此皆花事未成之日，竭尽人力以俟天工者也。即花之既开，亦有防雨避霜之患，缚枝系蕊之勤，置盏引水之烦，染色变容之苦，又皆以人力之有余，补天工之不足者也。为此一花，自春徂秋，自朝迄暮，总无一刻之暇。必如是，其为花也，始能丰丽而美观，否则同于婆娑野菊，仅堪点缀疏篱而已。若是，则菊花之美，非天美之，人美之也。人美之而归功于天，使与不费辛勤之牡丹、芍药齐观等视，不几恩怨不分，而公私少辨乎？吾知敛翠凝红而为沙中偶语①者，必花神也。

自有菊以来，高人逸士无不尽吻揄扬②，而予独反其说者，非与渊明③作敌国。艺菊之人终岁勤动，而不以胜天之力予之，是但知花好，而昧所从来。饮水忘源，并置汲者于不问，其心安乎？从前题咏诸公，皆若是也。予创是说，为秋花报本，乃深于爱菊，非薄之也。

予尝观老圃之种菊，而慨然于修士之立身与儒者之治业。使能以种菊之无逸者砺其身心，则焉往而不为圣贤？使能以种菊之有恒者攻吾举业，则何虑其不掇青紫④？乃士人爱身爱名之心，终不能如老圃之爱菊，奈何！

【注释】

①沙中偶语：犹抱怨、发牢骚。《史记·留侯世家》："上已封大功臣二十余人，其余日夜争功不决，未得行封。上在洛阳南宫，从复道望见诸将，往往相与坐沙中语。上

曰:'此何语?'留侯曰:'陛下不知乎?此谋反耳。'"后汉高祖听从留侯张良之计,封赏诸将,完成了统一大业。

②尽吻揄扬:交口赞扬。揄扬,赞扬。

③渊明:即陶渊明。陶渊明喜菊花,其所作"采菊东篱下,悠然见南山"之句为人传颂。

④不掇青紫:功名不就。掇,摘取。青紫,古时公卿绶带之色,因借指高官显爵。

【赏读】

徐光启《农政全书》有艺菊之法,云"凡艺菊有六事",即贮土、留种、分秧、登盆、理缉、护养。文震亨《长物志》言"(种)菊有六要、二防之法","六要"即胎养、土宜、扶植、雨旸、修葺、灌溉,"二防"即防虫、防雀。可见艺菊之烦难。

笠翁尝观老园丁种菊,故于艺菊之烦难,所知甚详。世人将牡丹、芍药与菊花并列为三种奇葩,笠翁却认为,"牡丹、芍药之美,全仗天工,非由人力";而"菊花之美,则全仗人力,微假天工"。菊花之美,既不能归功于天,岂可与牡丹、芍药齐观等视?

《史氏菊谱》云,菊花"所宜贵者,苗可以菜,花可以药,囊可以枕,酿可以饮。所以高人隐士篱落畦圃之间,不可一日无此花也"。世人爱菊花,以其高洁之故。陶渊明植于三径,采于东篱,裛露掇英,泛以忘忧。钟会《菊花赋》更是赋以五美，其重若此。

历代文人咏菊，多涉菊之品格。杜子美有句"寒花开已尽，菊蕊独盈枝"，李义山有句"素色不同篱下发，繁花疑自月中生"，苏东坡有句"荷尽已无擎雨盖，菊残犹有傲霜枝"。笠翁此文，犹反弹琵琶。世人尽知菊好，却饮水忘源。若非艺菊之人终岁勤动，岂能夺天工之力以予菊花？笠翁更进一步说，倘若修士之立身与儒者之治业，都能如艺菊之人无逸有恒，又何愁功名不就？何愁不能成为圣贤？

咏菊之诗文多矣，然如笠翁别出机杼者，寥若晨星。笠翁《闲情偶寄》"凡例"有"戒剽窃陈言"一则，云："不佞半世操觚，不攘他人一字。空疏自愧者有之，诞妄贻讥者有之，至于剿窠袭白，嚼前人唾余，而谓舌花新发者，则不特自信其无，而海内名贤亦尽知其不屑有也。"笠翁文章，家弦户诵，为人称赏，多赖此力。

松柏

"苍松古柏",美其老也。一切花竹,皆贵少年,独松、柏与梅三物,则贵老而贱幼。欲受三老之益者,必买旧宅而居。若俟手栽,为儿孙计则可,身则不能观其成也。求其可移而能就我者,纵使极大,亦是五更①,非三老矣。

予尝戏谓诸后生曰:"欲作画图中人,非老不可。三五少年,皆贱物也。"后生询其故。予曰:"不见画山水者,每及人物,必作扶筇曳杖之形,即坐而观山临水,亦是老人矍铄之状。从来未有俊美少年厕于其间者。少年亦有,非携琴捧画之流,即挈盒持樽之辈,皆奴隶②于画中者也。"后生辈欲反证予言,卒无其据。引此以喻松柏,可谓合伦。如一座园亭,所有者皆时花弱卉,无十数本老成树木主宰其间,是终日与儿女子习处,无从师会友时矣。名流作画,肯若是乎?噫,予持此说一生,终不得与老成为伍,乃今年已入画,犹日坐儿女丛中。殆以花木为我,而我为松柏者乎?

【注释】

①五更:古代官名。以年老致仕的官员充任,受朝廷礼遇。人常称"三老五更"。与下文"三老"皆为官名,年老更事致仕者。相传,古代统治者设三老五更,以尊养老人。《礼记·文王世子》:"遂设三老五更,群老之席位焉。"关于三老、五更,考释不一。郑玄认为三老、五更各一人,蔡邕以三老为三人,五更为五人。李渔持蔡邕之说,故云"亦是五更,非三老矣"。

②奴隶:犹役仆。

【赏读】

笠翁列松柏于"竹木"之属。论及竹木,笠翁云:"竹木者何?树之不花者也。非尽不花,其见用于世者,在此不在彼,虽花而犹之弗花也。花者,媚人之物,媚人者损己,故善花之树多不永年。不若椅、桐、梓、漆之朴而能久。"

《论语·子罕》云:"岁寒,然后知松柏之后凋也。"意谓较之其他竹木,松柏以其苍劲老成,而为人称颂。笠翁故谓"一切花竹,皆贵少年,独松、柏与梅三物,则贵老而贱幼"。

笠翁此文有"三奇"。一奇,云"欲受三老之益者,必买旧宅而居"。若是手栽,只可为儿孙计,自己无法观其成。若是移栽而来，纵使极大，亦非"三老"。立论可谓奇特。笠翁自言未经种植者，不载于竹木之属。此文又云"终不得与老成为伍"，可见其曾手植松柏，惜未能观其成。

山水画每及人物，无论是扶筇曳杖，还是观山临水，必系老者；俊美少年偶或厕身其间，皆携琴捧画、挈盒持樽之流。由苍松古柏而及蹒然老者，想象奇绝。此乃二奇。纵观明清山水画，点景之人物，多寄寓着画家的自况之情。以老者入画，极尽清淡萧疏，逸气高古。

以其他草木为儿女，以松柏为师友，已属奇语；迨及将垂垂老矣之笠翁喻为松柏，不禁令人拍案。韶华不为少年留，转眼笠翁已成画中老者。园中并无苍松翠柏，犹如日坐儿女丛中。花木视我，岂非以我为松柏？用语奇谲。此乃三奇。

杜子美云："为人性僻耽佳句，语不惊人死不休。"此文有此"三奇"之处，诚乃子美此句之注脚矣。

梧桐

梧桐一树，是草木中一部编年史也，举世习焉不察，予特表而出之。花木种自何年？为寿几何岁？询之主人，主人不知，询之花木，花木不答。谓之"忘年交"则可，予以"知时达务"，则不可也。

梧桐不然，有节可纪，生一年，纪一年。树有树之年，人即纪人之年，树小而人与之小，树大而人随之大，观树即所以观身。《易》曰："观我生进退。[①]"欲观我生，此其资也。

予垂髫种此，即于树上刻诗以纪年。每岁一节，即刻一诗，惜为兵燹[②]所坏，不克有终。犹记十五岁刻桐诗云："小时种梧桐，桐叶小于艾。簪头刻小诗，字瘦皮不坏。刹那三五年，桐大字亦大。桐字已如许，人大复何怪。还将感叹词，刻向前诗外。新字日相催，旧字不相待。顾此新旧痕，而为悠忽戒。"此予婴年[③]著作，因说梧桐，偶尔记及，不则竟忘之矣。即此一事，便受梧桐之益。然则编年之说，岂欺人语乎？

【注释】

①观我生进退：语出《周易·观卦》。唐孔颖达疏："故时可则进，时不可则退。观风相几，未失其道，故曰观我生进退也。"

②兵燹（xiǎn）：因战乱所造成的焚烧、破坏。

③婴年：犹少时。

【赏读】

俗谓梧桐可以纪年。张岱《夜航船》云："桐知日月正闰。生十二叶，边有六叶，从下数一叶为一月；闰则十三叶，叶小者即知闰何月也。"这一说法源自《遁甲书》。明清多种植物专著，皆见征引。

笠翁所言，与此不同。笠翁云梧桐"有节可纪，生一年，纪一年"，将梧桐称为"草木中一部编年史"，委实新奇有趣。至于这一说法是否有科学依据，读者诸君大可不必深究。笠翁既如此说，诸君姑妄听之。

《闲情偶寄》成书时，笠翁已垂垂老矣。忆及童年桐树刻诗之事，恐别有一番滋味在心头。此文所录小诗，见于《笠翁诗集》，系开卷之作，题《续刻梧桐诗》。二者文字略有出入。诗前有小序，云："此予总角时作。向有《龆龄》一刻，皆儿时所为，灾于兵火，百无一存。

兹记忆数篇，列于简首，以示编年之义。"由此可知，笠翁曾搜集少时之作成《龆龄集》。历经兵燹，此集恐已不存于天壤之间。

笠翁自云"襁褓识字，总角成篇，于诗书六艺之文，虽未精穷其义，然皆浅涉一过"，所言定当不虚。《续刻梧桐诗》有钱牧斋眉批，云："龆龀时便惜分阴，宜其以文章名世也。"

笠翁少时所作梧桐诗，非此一首，然余皆无存，良可惜也。更可惜者，乃梧桐毁于兵火。乱世之中，梧桐亦不得永年，可悲可叹！

卷七 饮馔

论蔬食之美者,曰清,曰洁,曰芳馥,曰松脆而已矣。

笋

论蔬食之美者,曰清,曰洁,曰芳馥,曰松脆而已矣。不知其至美所在,能居肉食之上者,只在一字之鲜。《记》曰:"甘受和,白受采。"①鲜即甘之所从出也。此种供奉,惟山僧野老躬治园圃者,得以有之,城市之人向卖菜佣求活者,不得与焉。然他种蔬食,不论城市山林,凡宅旁有圃者,旋摘旋烹,亦能时有其乐。至于笋之一物,则断断宜在山林,城市所产者,任尔芳鲜,终是笋之剩义。此蔬食中第一品也,肥羊嫩豕,何足比肩。但将笋肉齐烹,合盛一簋,人止食笋而遗肉,则肉为鱼而笋为熊掌②可知矣。购于市者且然,况山中之旋掘者乎?

食笋之法多端,不能悉纪,请以两言概之,曰:"素宜白水,荤用肥猪。"茹斋者食笋,若以他物伴之,香油和之,则陈味夺鲜,而笋之真趣没矣。白煮俟熟,略加酱油,从来至美之物,皆利于孤行,此类是也。以之伴荤,则牛羊鸡鸭等物皆非所宜,独宜于豕，又独宜于肥。肥非欲其腻也，肉之肥者能甘，甘味入笋，则不见其甘，而但觉其鲜之至也。烹之既熟，肥肉尽当去之，即汁亦不宜多存，存其半而益以清汤。调和之物，惟醋与酒。此制荤笋之大凡也。笋之为物，不止孤行、并用各见其美，凡食物中无论荤素，皆当用作调和。菜中之笋与药中之甘草，同是必需之物，有此则诸味皆鲜，但不当用其渣滓，而用其精液。庖人之善治具者，凡有焯笋之汤，悉留不去，每作一馔，必以和之，食者但知他物之鲜，而不知有所以鲜之者在也。《本草》中所载诸食物，益人者不尽可口，可口者未必益人，求能两擅其长者，莫过于此。东坡云："宁可食无肉，不可居无竹。无肉令人瘦，无竹令人俗。"③不知能医俗者，亦能医瘦，但有已成竹未成竹之分耳。

【注释】

①《记》：指《礼记》。"甘受和，白受采"一句出自《礼记·礼器》，意思是甘美的东西易调味，洁白的东西易着色。

②肉为鱼而笋为熊掌：《孟子·告子上》："鱼，我所欲也；熊掌，亦我所欲也。二者不可得兼，舍鱼而取熊掌者也。"李渔化用此句，意思是取笋而弃肉。

③ "东坡云"五句：见苏轼《於潜僧绿筠轩》一诗。

【赏读】

笠翁在《闲情偶寄·饮馔部》开篇云："声音之道，丝不如竹，竹不如肉，为其渐近自然。吾谓饮食之道，脍不如肉，肉不如蔬，亦以其渐近自然也。""竹不如肉"之"肉"，指的是人的歌喉；"脍不如肉"之"肉"，指的是熟肉。

在《笋》这篇文章里，笠翁进一步阐释，蔬食之所以能居肉食之上，完全因为"鲜"这个字。如欲享受鲜美之味，必求之于山僧野老躬治园圃者。特别是竹笋，断断要得之山林，若是城市所产，则乃笋之下等之物。在笠翁看来，即便肥羊嫩豕，又哪及得上竹笋的鲜美。若以竹笋烧肉，人们多半弃肉而只食竹笋。宋林洪《山家清供》更是说："大凡笋贵甘鲜，不当与肉为友。今俗庖多杂以肉，不才有小人，便坏君子。"

文中虽未悉记食笋之法，但仅"素宜白水，荤用肥猪"这八个字，足以令人垂涎欲滴。就算是焯笋之汤，亦不必倒掉。其他菜肴做好后，浇上笋汤，鲜美无比。笠翁认为，既可口又益人的食物，没有能超过竹笋的。

在"饮馔部"里，笠翁还写到了蕈，也就是蘑菇。他认为至鲜至美的食物，除了笋之外，就要算是蕈了。

谈到蕈的吃法，笠翁说："此物素食固佳，伴以少许荤食尤佳，盖蕈之清香有限，而汁之鲜味无穷。"笠翁曾用蕈和莼为原料制作羹汤，和以蟹之黄、鱼之肋，取名"四美羹"。朋友吃了纷纷夸赞，曰："今而后，无下箸处矣！"可见对于饮食，笠翁颇是讲究。

《晋书·王徽之传》云，王徽之尝寄居空宅中，令人种竹。人不解其故。王徽之啸咏指竹曰："何可一日无此君邪！"东坡诗中所云"宁可食无肉，不可居无竹"，即典出于此。文人墨客多爱竹，笠翁亦然。《芥子园杂联》有联："到门惟有竹，入室似无兰。"可知笠翁尝于金陵芥子园种竹。后来，他还将种竹之法写入《闲情偶寄·种植部》。

东坡谓"无肉令人瘦，无竹令人俗"。笠翁却认为，"能医俗者，亦能医瘦，但有已成竹未成竹之分耳"。所谓"未成竹"，即指竹笋。其幽默诙谐处，令人哂然。

其实，东坡爱竹，亦爱竹笋。东坡被贬黄州后，尝写过"长江绕郭知鱼美，好竹连山觉笋香"的佳句。此外，尚有"残花带叶暗，新笋出林香""林外一声青竹笋，坐间半醉白头翁"等诸多咏笋之作。

菜

世人制菜之法，可称百怪千奇，自新鲜以至于腌糟酱腊[1]，无一不曲尽奇能，务求至美，独于起根发轫之事缺焉不讲，予甚惑之。其事维何？有八字诀云："摘之务鲜，洗之务净。"务鲜之论，已悉前篇。蔬食之最净者，曰笋，曰蕈，曰豆芽；其最秽者，则莫如家种之菜。灌肥之际，必连根带叶而浇之；随浇随摘，随摘随食，其间清浊，多有不可问者。洗菜之人，不过浸入水中，左右数漉，其事毕矣。孰知污秽之湿者可去，干者难去，日积月累之粪，岂顷刻数漉之所能尽哉？故洗菜务得其法，并须务得其人。以懒人、性急之人洗菜，犹之乎弗洗也。洗菜之法，入水宜久，久则干者浸透而易去；洗叶用刷，刷则高低曲折处皆可到，始能涤尽无遗。若是，则菜之本质净矣。本质净而后可加作料，可尽人工，不然，是先以污秽作调和，虽有百和之香，能敌一星之臭乎？噫，富室大家食指繁盛者，欲保其不食污秽，难矣哉！

菜类甚多，其杰出者则数黄芽。此菜萃于京师，而产于安肃②，谓之"安肃菜"，此第一品也。每株大者可数斤，食之可忘肉味。不得已而思其次，其惟白下③之水芹乎！予自移居白门，每食菜、食葡萄，辄思都门；食笋、食鸡豆，辄思武陵④。物之美者，犹令人每食不忘，况为适馆授餐之人乎？

菜有色相最奇，而为《本草》《食物志》诸书之所不载者，则西秦所产之头发菜是也。予为秦客，传食于塞上诸侯。一日脂车⑤将发，见炕上有物，俨然乱发一卷，谬谓婢子栉发所遗，将欲委之而去。婢子曰："不然，群公所饷之物也。"询之土人，知为头发菜。浸以滚水，拌以姜醋，其可口倍于藕丝、鹿角等菜。携归饷客，无不奇之，谓珍错中所未见。此物产于河西⑥，为值甚贱，凡适秦者皆争购异物，因其贱也而忽之，故此物不至通都，见者绝少。由是观之，四方贱物之中，其可贵者不知凡几，焉得人人物色之？发菜之得至江南，亦千载一时之至幸也。

【注释】

①腌糟酱腊：制作菜肴的四种方法。腌，以盐浸渍食物。糟，以酒或酒糟浸渍食物。酱，加工成糊状的食物。腊，冬天（多在腊月）将食物腌制后风干。

②安肃：今河北保定市徐水区。
③白下：南京之别称。
④武陵：今湖南常德。
⑤脂车：油涂车轴，以利运转。借指驾车出行。
⑥河西：今甘陕一带。

【赏读】

笠翁尝言"海内郡治共百五十有六，而予所未到者仅十之二三"。可谓阅尽天下美景，享尽天下美食。

《广群芳谱·蔬谱》云："北方多入窖内，燕京圃人又以马粪入窖壅培，不见风日。长出苗叶，皆嫩黄色，脆美无滓，谓之黄芽菜，乃白菜别种。"《津门纪略》云："黄芽白菜，胜于江南冬笋者，以其百吃不厌也。"可见在清代，黄芽菜乃是北方特产。若非北上京都，笠翁安有"食之可忘肉味"之叹！

一地尽有一地之风物。南京素有"水八鲜"之说，水芹即居其一。正德《江宁县志·物产》云，水芹"生水泽旁，洁白有节，其气芬芳，安德等乡皆有之，岁充贡"。其味之鲜美，可想而知。笠翁移居白下，遂得以尽享此味。京师葡萄，武陵笋及鸡豆，西秦头发菜，旅途中种种之美食，同样令笠翁萦系于怀，不能或忘。

将笠翁称为美食品鉴师，丝毫不为过。笠翁尝为京师之葡萄作《燕京葡萄赋》。小序云:"葡萄无他长,只以不酸为贵。酸而带涩,不值半文钱矣。燕地所产,非止不酸不涩,且肥而多肉,值得一吞,吞后余甘尚恋齿颊。产他处者悉与相反:见则喜食,食后常令人悔,觉舌本之上,若有一物搔爬者然。似痒不痒,由于是涩非涩,此其所以为贱也。"后来笠翁假道安平州,认为当地的葡萄更胜于京师。"尝吸一颗而吐出其肉,几乎盈掌。予思归与人言,必无信者,因以其壳晒干,收入行笥。及归,渍以沸水,然后吹而大之,俨然一鲜葡萄矣。始知天地间有此妙物,睹外而知内,未有体胖而虚其中者。"多年来四处游历,可谓令笠翁眼界大开。

头发菜乃西陲之产,人所未见。笠翁将头发菜携至江南,传播之功不小。文中一段和侍婢间的故事,惟妙惟肖,活现其形。若非亲历其事,断无可能写出如此灵动之文。

饭粥

粥饭二物,为家常日用之需,其中机彀[①],无人不晓,焉用越俎[②]者强为致词?然有吃紧二语,巧妇知之而不能言者,不妨代为喝破,使姑[③]传之媳,母传之女,以两言代千百言,亦简便利人之事也。

先就粗者言之。饭之大病,在内生外熟,非烂即焦;粥之大病,在上清下淀,如糊如膏。此火候不均之故,惟最拙最笨者有之,稍能炊爨[④]者,必无是事。然亦有刚柔合道,燥湿得宜,而令人咀之嚼之,有粥饭之美形,无饮食之至味者。其病何在?曰:挹[⑤]水无度,增减不常之为害也。其吃紧二语,则曰:"粥水忌增,饭水忌减。"米用几何,则水用几何,宜有一定之度数。如医人用药,水一钟或钟半,煎至七分或八分,皆有定数。若以意为增减,则非药味不出,即药性不存,而服之无效矣。不善执爨者,用水不均,煮粥常患其少,煮饭常苦其多。多则逼而去之,少则增而入之,不知米之精液全在于水,逼去饭汤者,非去饭汤,去饭之精液也。精液去则饭为渣滓，食之尚有味乎？粥之既熟，水米成交，犹米之酿而为酒矣。虑其太厚而入之以水，非入水于粥，犹入水于酒也。水入而酒成糟粕，其味尚可咀乎？故善主中馈者，挹水时必限以数，使其勺不能增，滴无可减，再加以火候调匀，则其为粥为饭，不求异而异乎人矣。

宴客者有时用饭，必较家常所食者为稍精。精用何法？曰：使之有香而已矣。予尝授意小妇，预设花露一盏，俟饭之初熟而浇之，浇过稍闭，拌匀而后入碗。食者归功于谷米，诧为异种而讯之，不知其为寻常五谷也。此法秘之已久，今始告人。行此法者，不必满釜浇遍，遍则费露甚多，而此法不行于世矣。止以一盏浇一隅，足供佳客所需而止。露以蔷薇、香橼、桂花三种为上，勿用玫瑰，以玫瑰之香，食者易辨，知非谷性所有。蔷薇、香橼、桂花三种，与谷性之香者相若，使人难辨，故用之。

【注释】

①机彀：奥妙，道理。

②越俎："越俎代庖"之意，比喻超越职责去处理别人所管的事。典出《庄子·逍遥游》："庖人虽不治庖，尸祝不越樽俎而代之矣。"

③姑：旧时妻子称丈夫的母亲为姑。

④炊爨（cuàn）：烧火煮饭。爨，灶。

⑤挹（yì）：舀。

【赏读】

古语云"国以民为本，民以食为天"。芸芸众生，一日三餐，总绕不开一个"食"字。笠翁认为，"食之养人，全赖五谷"。所谓五谷，即稻、黍、稷、麦、菽。在《闲情偶寄·饮馔部》"谷食"部分，笠翁写到饭粥、羹汤、糕饼、面、粉时，尤重制作方法，以其乃家常必需之物也。

看似简简单单的淘米执爨，同样大有学问。就像洗菜务求其净一样，煮饭或是煮粥，务求用水之均。饭煮到一半，发觉水放多了，将水滗去，那么米之精华，也就随之被滗掉了；粥熬好之后，发觉水放少了，添些水进去，只会白白糟蹋了一锅好粥。至于请客人吃饭，将事先准备好的花露浇在煮熟的米饭上，无疑属于执爨的更高境界了。花露原不易得，只需在锅边浇上一点，足够客人吃即可。此乃笠翁"省酒待客"之道。

除了五谷，笠翁认为瓜、茄、瓠、芋、山药这些菜蔬，亦可充当主食。他说："瓜、茄、瓠、芋诸物，菜之结而为实者也。实则不止当菜，兼作饭矣。增一簋菜，可省数合粮者,诸物是也。一事两用,何俭如之?贫家购此,同于籴粟。"笠翁为衣食奔波半世,这恐怕是他的切身体会吧。

谈到煮粥之法,袁枚《随园食单》中说:"见水不见米,非粥也;见米不见水,非粥也。必使水米融洽,柔腻如一,而后谓之粥。"与笠翁所见略同。古人多爱食粥,亦颇有讲究。苏东坡《豆粥》诗云:"身心颠倒不自知,更识人间有真味。"陆放翁《食粥》诗云:"我得宛丘平易法,只将食粥致神仙。"金代医学家李东垣《食物本草》所收粥膳方,有赤豆粥、绿豆粥、栗子粥、百合粥、茯苓粉粥、麻仁粥、竹叶汤粥等二十余种。

笠翁在另一篇文章中说,"生萝卜切丝作小菜,伴以醋及他物,用之下粥最宜",读来让人更觉亲切。

汤

汤即羹之别名也。羹之为名,雅而近古;不曰羹而曰汤者,虑人古雅其名,而即郑重其实,似专为宴客而设者。然不知羹之为物,与饭相俱者也。有饭即应有羹,无羹则饭不能下,设羹以下饭,乃图省俭之法,非尚奢靡之法也。古人饮酒,即有下酒之物;食饭,即有下饭之物。世俗改下饭为"厦饭",谬矣。前人以读史为下酒物,岂下酒之"下",亦从"厦"乎?

"下饭"二字,人谓指肴馔而言,予曰:不然。肴馔乃滞饭之具,非下饭之具也。食饭之人见美馔在前,匕箸迟疑而不下,非滞饭之具而何?饭犹舟也,羹犹水也;舟之在滩,非水不下,与饭之在喉,非汤不下,其势一也。且养生之法,食贵能消;饭得羹而即消,其理易见。故善养生者,吃饭不可无羹;善作家者,吃饭亦不可无羹。宴客而为省馔计者,不可无羹;即宴客而欲其果腹[①]始去,一馔不留者,亦不可无羹。何也？羹能下饭，亦能下馔故也。近来吴越张筵，每馔必注以汤，大得此法。吾谓家常自膳，亦莫妙于此。宁可食无馔，不可饭无汤。有汤下饭，即小菜不设，亦可使哺啜如流；无汤下饭，即美味盈前，亦有时食不下咽。予以一赤贫之士，而养半百口之家，有饥时而无馑日者，遵是道也。

【注释】

①果腹：吃饱肚子。柳宗元《憎王孙文》："充嗛果腹兮，骄傲欢欣。"

【赏读】

汤和羹，烹制方法相同。故在古人看来，汤即是羹。要说二者区别，羹以多勾芡之故，汁浓成糊状。

顺治八年（1651）夏天，笠翁游东安贤明山，在这里吃上了味道鲜美的苋羹。笠翁为此写过一篇《苋羹赋》，小序里说，当时寺中僧人每天招待他的食物不是饭就是饼，自己却在吃一种菜糊。笠翁原本以为菜糊不好吃，尝了一下，味道很好，便问僧人："咄咄，美羹，胡为私啖？"僧人回答说："非有羹名，俗呼菜糊。以其为家常俭食，不敢进客。客固甘之乎？"

笠翁细看此羹，"其或红或绿者为苋，黄者为萱，紫者为茄,碧者为菌、为边笋,白者为扁豆,青者为豇豆、为丝瓜。膏之以曲,剂之以酱及姜"。笠翁认为,"诸菜皆臣属,君之者苋",于是为其起名"苋羹"。自此以后,厨僧每食必供苋羹,笠翁亦无羹不饱,无饱不吟。

当年苏东坡曾写过一篇《菜羹赋》,小序云:"东坡先生卜居南山之下,服食器用,称家之有无。水陆之味,贫不能致,煮蔓菁、芦菔、苦荠而食之。其法不用醯酱,而有自然之味。"菜羹之所以鲜美,多半因其"自然之味"。

读《汤》这篇文章,可知笠翁对羹汤之钟爱。"宁可食无馔,不可饭无汤。"只要桌上有汤,即使"小菜不设",也能让人吃得畅快淋漓。笠翁将自己得以养活五十口之家的原因,竟归结于此道,读来不免令人恻然。

面

南人饭米,北人饭面,常也。《本草》云:"米能养脾,麦能补心。"各有所裨于人者也。然使竟日穷年止食一物,亦何其胶柱①口腹,而不肯兼爱心脾乎?予南人而北相,性之刚直似之,食之强横亦似之。一日三餐,二米一面,是酌南北之中,而善处心脾之道也。但其食面之法,小异于北,而且大异于南。北人食面多作饼,予喜条分而缕晰之,南人之所谓"切面"是也。南人食切面,其油盐酱醋等作料,皆下于面汤之中,汤有味而面无味,是人之所重者不在面而在汤,与未尝食面等也。予则不然,以调和诸物,尽归于面,面具五味而汤独清,如此方是食面,非饮汤也。

所制面有二种,一曰"五香面",一曰"八珍面"。五香膳己②,八珍饷客,略分丰俭于其间。五香者何?酱也,醋也,椒末也,芝麻屑也,焯笋或煮蕈煮虾之鲜汁也。先以椒末、芝麻屑二物拌入面中,后以酱醋及鲜汁三物和为一处,即充拌面之水,勿再用水。拌宜极匀，擀宜极薄，切宜极细，然后以滚水下之，则精粹之物尽在面中，尽勾咀嚼，不似寻常吃面者，面则直吞下肚，而止咀咂其汤也。八珍者何？鸡、鱼、虾三物之肉，晒使极干，与鲜笋、香蕈、芝麻、花椒四物，共成极细之末，和入面中，与鲜汁共为八种。酱醋亦用，而不列数内者，以家常日用之物，不得名之以珍也。鸡鱼之肉，务取极精，稍带肥腻者弗用，以面性见油即散，擀不成片，切不成丝故也。但观制饼饵者，欲其松而不实，即拌以油，则面之为性可知已。鲜汁不用煮肉之汤，而用笋、蕈、虾汁者，亦以忌油故耳。所用之肉，鸡、鱼、虾三者之中，惟虾最便，屑米为面，势如反掌，多存其末，以备不时之需；即膳己之五香，亦未尝不可六也。拌面之汁，加鸡蛋青一二盏更宜，此物不列于前而附于后者，以世人知用者多，列之又同剿袭耳。

【注释】

①胶柱：粘住瑟上的弦柱，以致不能调节音的高低。比喻固执拘泥，不知变通。典出《史记·廉颇蔺相如列传》："王以名使括，若胶柱而鼓瑟耳。括徒能读其父书传，不知合变也。"

②膳己：给自己吃。

【赏读】

古代文人雅士，连吃面条都如此讲究。袁枚在《随园食单》里提到"馒面"的制作方法："大鳗一条蒸烂，拆肉去骨，和入面中，入鸡汤清揉之，擀成面皮，小刀划成细条，入鸡汁、火腿汁、蘑菇汁滚。"此外，袁枚尚记有温面、鳝面、裙带面、素面制作之法。

在此文里，笠翁提到了两种自制面条的加工方法。因其丰俭不同，自吃"五香面"，"八珍面"留以待客。所谓"五香"，指的是酱、醋、椒末、芝麻屑以及鲜汁。"八珍"，则指鸡、鱼、虾三物之肉晒干，以及鲜笋、香菇、芝麻、花椒、鲜汁。观其制法之繁，不觉令人舌下生津。

南人饭米，北人饭面，时至今日，此习依旧。笠翁颇重养生。在谈到饮食和养生的关系时，他提到六点，即爱食者多食、怕食者少食、太饥勿饱、太饱勿饥、怒时哀时勿食、倦时闷时勿食。《本草》云："米能养脾，麦能补心。"一日三餐，选择二米一面，笠翁乃是酌南北之中，而取养生之道。

"八珍面"里用到了虾肉。笠翁认为较之鸡、鱼，虾最易得，而且很容易切碎成末。可多存一些，以备不时之需。在笠翁的"食单"里，虾乃是配菜。他在写到

"虾"时说:"笋为蔬食之必需,虾为荤食之必需,皆犹甘草之于药也。善治荤食者,以焯虾之汤,和入诸品,则物物皆鲜,亦犹笋汤之利于群蔬。笋可孤行,亦可并用;虾则不能自主,必借他物为君。若以煮熟之虾单盛一簋,非特华筵必无是事,并且令食者索然。惟醉者、糟者,可供匕箸。是虾也者,因人成事之物,然又必不可无之物也。'治国若烹小鲜',此小鲜之有裨于国者。"可见当时人们关于虾的吃法,和今天已是大相径庭。

猪

食以人传者,"东坡肉"是也。卒急听之,似非豕之肉,而为东坡之肉矣。噫,东坡何罪,而割其肉,以实千古馋人之腹哉?甚矣,名士不可为,而名士游戏之小术,尤不可不慎也。至数百载而下,糕、布等物,又以眉公①得名。取"眉公糕""眉公布"之名,以较"东坡肉"三字,似觉彼善于此矣。而其最不幸者,则有溷厕②中之一物,俗人呼为"眉公马桶"。噫,马桶何物,而可冠以雅人高士之名乎?予非不知肉味,而于豕之一物,不敢浪措一词者,虑为东坡之续也。即溷厕中之一物,予未尝不新其制,但蓄之家,而不敢取以示人,尤不敢笔之于书者,亦虑为眉公之续也。

【注释】

①眉公:指陈继儒。陈继儒,字仲醇,号眉公,松江华亭(今属上海)人。明末文学家、书画家。有《陈眉公全

集》《小窗幽记》等。

②溷(hùn)厕:指厕所。溷,肮脏,混浊。

【赏读】

苏东坡被贬黄州后,写过一篇《猪肉颂》,云:"净洗铛,少著水,柴头罨烟焰不起。待他自熟莫催他,火候足时他自美。黄州好猪肉,价贱如泥土。贵者不肯吃,贫者不解煮,早晨起来打两碗,饱得自家君莫管。"黄州猪肉价贱如土,有钱的人家不屑吃,穷人又不会煮。烧猪肉的秘诀在哪里呢?答案就在《猪肉颂》开头的几句话上。烧肉之时,须少放水,用虚火慢慢煨炖,味道自然极美。此即俗传之"东坡肉"。

《左传》之曹刿论战,有"肉食者鄙"一语。在《闲情偶寄·饮馔部》"肉食"开篇,笠翁认为,"非鄙其食肉,鄙其不善谋也"。食肉之人不善谋,那是因为"肥腻之精液,结而为脂,蔽障胸臆,犹之茅塞其心,使之不复有窍也"。由此可见,肉"多食不如少食"。故此,在《闲情偶寄·饮馔部》"蔬食"开篇,笠翁云:"草衣木食,上古之风。人能疏远肥腻,食蔬蕨而甘之,腹中菜园不使羊来踏破,是犹作羲皇之民,鼓唐、虞之腹,与崇尚古玩同一致也。"

古人推崇素食,一则戒杀,一则养生。宋林洪《山家清供》记录了山居人家一百余种膳食,其中素食达八十多种。袁枚《随园食单》有"杂素菜单"一节,称"富贵之人,嗜素甚于嗜荤"。薛宝辰更是在同治年间撰成《素食说略》,堪称一部"素食宝典"。当然,今天从营养学的角度看,荤素应该做到合理搭配。

至于从东坡肉想到"眉公糕""眉公布",乃至"眉公马桶",此乃笠翁文章的一贯风格,兴之所至,天马行空。笠翁云"不敢浪措一词""不敢笔之于书",恐为东坡、眉公之续,读者诸君不妨一笑了之。

鹅

鹎鹅①之肉无他长，取其肥且甘而已矣。肥始能甘，不肥则同于嚼蜡。鹅以固始②为最，讯其土人，则曰："豢之之物，亦同于人。食人之食，斯其肉之肥腻亦同于人也。"犹之豕肉以金华为最，婺人豢豕，非饭即粥，故其为肉也甜而腻。然则固始之鹅，金华之豕，均非鹅豕之美，食美之也。食能美物，奚俟人言？归而求之，有余师矣。但授家人以法，彼虽饲以美食，终觉饥饱不时，不似固始、金华之有节，故其为肉也，犹有一间之殊。盖终以禽兽畜之，未尝稍同于人耳。"继子得食，肥而不泽。③"其斯之谓欤？

有告予食鹅之法者，曰：昔有一人，善制鹅掌。每豢肥鹅将杀，先熬沸油一盂，投以鹅足，鹅痛欲绝，则纵之池中，任其跳跃。已而复擒复纵，炮瀹④如初。若是者数四，则其为掌也，丰美甘甜，厚可径寸，是食中异品也。予曰：惨哉斯言！予不愿听之矣。物不幸而为人所畜，食人之食，死人之事。偿之以死亦足矣，奈何未死之先，又加若是之惨刑乎？二掌虽美，入口即消，其受痛楚之时，则有百倍于此者。以生物多时之痛楚，易我片刻之甘甜，忍人不为，况稍具婆心者乎？地狱之设，正为此人，其死后炮烙之刑，必有过于此者。

【注释】

①鴂鴂（yì yì）：鹅鸣声。借指鹅。
②固始：今河南固始。
③继子得食，肥而不泽：语出《淮南子·缪称训》。继子，过继的儿子。不泽，没有光泽。
④瀹（yuè）：煮。

【赏读】

古人喜食鹅掌。宋陶岳《五代史补》里说，僧谦光素有才辩，饮酒食肉，尤嗜鹅鳖。尝云："老僧无他愿，但得鹅生四只腿，鳖长两重裙足矣。"葛长庚有句云"驼峰鹅掌出庖烹"，将鹅掌与驼峰并提。清人曹寅亦有"百嗜不如双跖美"之句。所谓"双跖"，指的是鹅掌与鸡掌。

鹅掌纵使味美，制成鹅掌的方法，却令人心有戚戚。唐张鷟《朝野佥载》云，张易之兄弟生活豪侈，"易之为大铁笼，置鹅鸭于其内，当中取起炭火，铜盆贮五味汁，鹅鸭绕火走，渴即饮汁，火炙痛即回，表里皆熟，毛落尽，肉赤烘烘乃死"。张易之此法，虽然并非专制鹅掌，但与笠翁文中所记，实同出一辙。残忍至极！

类似的事情，在《清朝野史大观》里亦有记载。道光年间，河督衙门奢侈之风，出于人们想象之外。制作鹅掌时，"笼铁于地，而炽炭于下，驱鹅践之，环奔数周而死。其菁华萃于两掌，而全鹅可弃也。每一席所需不下数十百鹅"。

"偿之以死亦足矣，奈何未死之先，又加若是之惨刑乎？"如此残忍之事，笠翁不忍为，且不愿听。他多次声明，在《闲情偶寄》里列"饮馔部"，非为导人嗜欲，残害生灵。提到牛犬时，笠翁说："猪羊之后，当及牛犬。以二物有功于世，方劝人戒之之不暇，尚忍为制酷刑乎？"提到鸡时，笠翁说："卵之有雄者弗食，重不至斤外者弗食，即不能寿之，亦不当过夭之耳。"一片婆心，令人感喟。

野禽野兽

野味之逊于家味者,以其不能尽肥;家味之逊于野味者,以其不能有香也。家味之肥,肥于不自觅食而安享其成;野味之香,香于草木为家而行止自若。是知丰衣美食,逸处安居,肥人之事也;流水高山,奇花异木,香人之物也。肥则必供刀俎,靡有孑遗;香亦为人朵颐①,然或有时而免。二者不欲其兼,舍肥从香而已矣。

野禽可以时食,野兽则偶一尝之。野禽如雉、雁、鸠、鸽、黄雀、鹌鹑之属,虽生于野,若畜于家,为可取之如寄也。野兽之可得者惟兔,獐、鹿、熊、虎诸兽,岁不数得,是野味之中又分难易。难得者何?以其久住深山,不入人境,槛阱之入,是人往觅兽,非兽来挑人也。禽则不然,知人欲弋而往投之,以觅食也,食得而祸随之矣。是兽之死也,死于人;禽之毙也,毙于己。食野味者,当作如是观。惜禽而更当惜兽,以其取死之道为可原也。

【注释】

①朵颐:鼓起腮颊嚼食的样子。颐,面颊,腮。

【赏读】

古时生态环境好,加之没有野生动物保护意识,各种野味,自然成了人们的盘中之物。

苏东坡《食雉》诗,生动地描述了捕食雉鸡的情形。诗云:"雄雉曳修尾,惊飞向日斜。空中纷格斗,彩羽落如花。喧呼勇不顾,投网复谁嗟。百钱得一双,新味时所佳。"陆放翁也有"白鹅炙美加椒后,锦雉羹香下豉初"之句。杨万里《廷弼弟座上绝句》云:"黄雀初肥入口销,玉醅新熟得春饶。"描写的是佐以美酒食黄雀的场景。至于斑鸠、麻雀、鹌鹑,更属餐桌上的寻常之物。

古人有"山八珍"之说。"八珍"的提法,最早见于《周礼》。郑玄注,云"八珍"乃淳熬、淳母、炮豚、炮牂、捣珍、渍、熬、肝膋。此"八珍"之制法,见于《礼记》。所谓"八珍",历来诸说不一。明俞安期辑《唐类函》,云"八珍"乃龙肝、凤髓、豹胎、鲤尾、鸮炙、猩唇、熊掌、酥酪蝉。龙肝、凤髓云云,显系子虚乌有之物。清代所谓"山八珍",指驼峰、熊掌、猴头、猩唇、象拔、豹胎、犀尾、鹿筋。虽系珍罕之物,却皆可以觅得。

"山八珍"乃野味中之极品。比较家味和野味，笠翁认为一肥一香，很是精辟。二者若是不能兼得，笠翁宁可舍肥，也要取香，足见野味之诱人。接下来关于野禽和野兽的一番比较，读来更是新奇。野兽为人所食，乃是因为误入陷阱，所谓"兽之死也，死于人"；而野禽为人所食，系因觅食而自投罗网，即所谓"禽之毙也，毙于己"。

对于野禽、野兽的遭遇，笠翁很是怜惜。但他认为，"惜禽而更当惜兽，以其取死之道为可原也"。读来犹如余音绕梁，回味无尽。

鱼

　　鱼藏水底，各自为天，自谓与世无求，可保戈矛之不及矣。乌知网罟①之奏功，较弓矢罝罘②为更捷。无事竭泽而渔，自有吞舟不漏之法。然鱼与禽兽之生死，同是一命，觉鱼之供人刀俎，似较他物为稍宜。何也？水族难竭而易繁。胎生卵生之物，少则一母数子，多亦数十子而止矣。鱼之为种也似粟，千斯仓而万斯箱③，皆于一腹焉寄之。苟无沙汰之人，则此千斯仓而万斯箱者生生不已，又变而为恒河沙数。至恒河沙数之一变再变，以至千百变，竟无一物可以喻之，不几充塞江河而为陆地，舟楫之往来能无恙乎？故渔人之取鱼虾，与樵人之伐草木，皆取所当取，伐所不得不伐者也。我辈食鱼虾之罪，较食他物为稍轻。兹为约法数章，虽难比乎祥刑④，亦稍差于酷吏。

　　食鱼者首重在鲜，次则及肥，肥而且鲜，鱼之能事毕矣。然二美虽兼，又有所重在一者。如鲟、如鲦、如鲫、如鲤，皆以鲜胜者也，鲜宜清煮作汤；如鳊、如白,如鲫、如鲢,皆以肥胜者也,肥宜厚烹作脍。烹煮之法,全在火候得宜。先期而食者肉生,生则不松;过期而食者肉死,死则无味。迟客之家,他馔或可先设以待,鱼则必须活养,候客至旋烹。鱼之至味在鲜,而鲜之至味又只在初熟离釜之片刻,若先烹以待,是使鱼之至美,发泄于空虚无人之境;待客至而再经火气,犹冷饭之复炊,残酒之再热,有其形而无其质矣。

煮鱼之水忌多,仅足伴鱼而止,水多一口,则鱼淡一分。司厨婢子,所利在汤,常有增而复增,以致鲜味减而又减者,志在厚客,不能不薄待庖人耳。更有制鱼良法,能使鲜肥迸出,不失天真,迟速咸宜,不虞火候者,则莫妙于蒸。置之镟内,入陈酒、酱油各数盏,覆以瓜姜及蕈笋诸鲜物,紧火蒸之极熟。此则随时早暮,供客咸宜,以鲜味尽在鱼中,并无一物能侵,亦无一气可泄,真上着也。

【注释】

①罟(gǔ):渔网。

②罝罦(jū fú):泛指捕兽网。晋葛洪《抱朴子·崇教》:"或结罝罦于林麓之中,合重围于山泽之表。"

③千斯仓而万斯箱:语出《诗经·小雅·甫田之什》:

"乃求千斯仓,乃求万斯箱。"犹言禾谷之多,需以千仓置之,万车载之。

④祥刑:同"详刑",断狱审慎。

【赏读】

《周易·系辞下》云,伏羲氏"作结绳而为网罟,以佃以渔"。可见早在三皇五帝时期,人们已经知道织网捕鱼。

对于捕鱼,笠翁并没有表示反对。他认为,水族易于繁殖,难于穷竭,食鱼"似较他物为稍宜"。他又进一步说,如果人们不去捕鱼,那么鱼类就会无限繁殖,最终导致江河充塞,舟楫岂能往来无恙?笠翁想说明白的其实是"食物链"的道理。但他却忽略了一条常识,江河之中原本就有一条"食物链",岂不闻"大鱼吃小鱼,小鱼吃虾米"之说?

明清两代,每值初夏,长江三鲜之一的鲥鱼出水,必由地方官吏快马驰驿,入贡京师。为了保鲜,竟施以冰镇。清人沈名荪在《进鲜行》一诗中写道:"江南四月桃花水,鲥鱼腥风满江起。朱书檄下如火催,郡县纷纷捉渔子。大网小网载满船,官吏未饱民受鞭。百千中选能几尾,每尾匣装银色铅。浓油泼冰养贮好,臣某恭封驰上道。"又云:"三千里路不三日,知毙几人马几匹。

马伤人死何足论,只求好鱼呈至尊。"这一幕,岂非当年"一骑红尘妃子笑,无人知是荔枝来"的重演?人类的滥捕,加之生态的恶化,导致江鲥灭绝,江刀濒危,恐系笠翁始料未及。

古代文士多喜食鱼。晋人张翰有《思吴江歌》,云:"秋风起兮木叶飞,吴江水兮鲈正肥。三千里兮家未归,恨难禁兮仰天悲。"后来张翰竟以"莼鲈之思"为由,辞官归里。此即辛弃疾《水龙吟》"休说鲈鱼堪脍,尽西风,季鹰归未"之典。李白诗云:"吹箫舞彩凤,酌醴鲙神鱼。千金买一醉,取乐不求余。"直将食"鱼脍",视作神仙一般的享受。苏轼"青浮卵碗槐芽饼,红点冰盘藿叶鱼""蒌蒿满地芦芽短,正是河豚欲上时"诸句,读来令人舌下生津。

食鱼者首重在鲜,次则及肥。笠翁所云烧鱼之法,无论烹煮还是清蒸,很是实用。不过在今天看来,清蒸鱼更有营养。

蟹

予于饮食之美，无一物不能言之，且无一物不穷其想象，竭其幽渺而言之；独于蟹螯一物，心能嗜之，口能甘之，无论终身一日皆不能忘之，至其可嗜可甘与不可忘之故，则绝口不能形容之。此一事一物也者，在我则为饮食中之痴情，在彼则为天地间之怪物矣。

予嗜此一生。每岁于蟹之未出时，即储钱以待，因家人笑予以蟹为命，即自呼其钱为"买命钱"。自初出之日始，至告竣之日止，未尝虚负一夕，缺陷一时。同人知予癖蟹，招者饷者皆于此日，予因呼九月、十月为"蟹秋"。虑其易尽而难继，又命家人涤瓮酿酒，以备糟之醉之之用。糟名"蟹糟"，酒名"蟹酿"，瓮名"蟹甓"。向有一婢，勤于事蟹，即易其名为"蟹奴"，今亡之矣。蟹乎！蟹乎！汝与吾之一生，殆相终始者乎！所不能为汝生色者，未尝于有螃蟹无监州①处作郡，出俸钱以供大嚼，仅以悭囊②易汝。即使日购百筐，除供客外，与五十口家人分食，然则入予腹者有几何哉？蟹乎！蟹乎！吾终有愧于汝矣。

蟹之为物至美，而其味坏于食之之人。以之为羹者，鲜则鲜矣，而蟹之美质何在？以之为脍者，腻则腻矣，而蟹之真味不存。更可厌者，断为两截，和以油、盐、豆粉而煎之，使蟹之色、蟹之香与蟹之真味全失。此皆似嫉蟹之多味，忌蟹之美观，而多方蹂躏，使之泄气而变形者也。世间好物，利在孤行。蟹之鲜而肥，甘而腻，白似玉而黄似金，已造色香味三者之至极，更无一物可以上之。和以他味者，犹之以爝火③助日，掬水益河，冀其有裨也，不亦难乎？

凡食蟹者，只合全其故体，蒸而熟之，贮以冰盘，列之几上，听客自取自食。剖一筐，食一筐，断一螯，食一螯，则气与味纤毫不漏。出于蟹之躯壳者，即入于人之口腹，饮食之三昧，再有深入于此者哉？凡治他具，皆可人任其劳，我享其逸，独蟹与瓜子、菱角三种，必须自任其劳。旋剥旋食则有味，人剥而我食之，不特味同嚼蜡，且似不成其为蟹与瓜子、菱角，而别是一物者。此与好香必须自焚，好茶必须自斟，僮仆虽多，不能任其力者，同出一理。讲饮食清供之道者，皆不可不知也。宴上客者势难全体，不得已而羹之，亦不当和以他物，惟以煮鸡鹅之汁为汤，去其油腻可也。

瓮中取醉蟹,最忌用灯,灯光一照,则满瓮俱沙,此人人知忌者也。有法处之,则可任照不忌。初醉之时,不论昼夜,俱点油灯一盏,照之入瓮,则与灯光相习,不相忌而相能,任凭照取,永无变沙之患矣。

【注释】

①监州:此指监察州县之官。下文"郡",指郡官。

②悭(qiān)囊:聚钱器。因口小,钱易入不易出,故称。此处犹囊中羞涩之意。悭,吝啬,小气。

③爝火:炬火,小火。《庄子·逍遥游》:"日月出矣,而爝火不息;其于光也,不亦难乎!"

【赏读】

笠翁可谓嗜蟹如命。有一年他外出归来,已过了蟹期。于是写下《忆蟹》诗,云:"蟹时不得归,归时蟹已没。负此一年秋,鲥鱼又生骨。"怅然之情,无以排遣。

朋友知道他的这一嗜好,宴请之时,纷纷投其所好。笠翁晚年有湖州之行。归安县令何紫雯等朋友纷纷设宴款待。宴席之上,螃蟹必不可少。大快朵颐之余,笠翁连写数首七古。"蟹乎蟹乎吾爱汝,欲买无钱空目睹。焉得人人何使君,俾尔日在腹中歌且舞。""案头累累叠成山,大者如盘小如镜。我知此举为相攻,宽中奋力图兼并。百万精兵一扫空,谁知复有兵来应。此番鏖战不寻常,纵使心闲手亦忙。"笠翁吃得何等畅快淋漓!

笠翁专门为蟹写了篇《蟹赋》,小序略云:"天下食物之美,有过于螃蟹者乎?予昔误听人言,谓江瑶柱、西施舌二种,足居其右。迨游八闽,食荔枝而甘之,窃疑造物有私,胡独厚此一方而薄尽天下,既啖以佳果,复餍以美馔,闽人之暴殄天珍,不太甚乎?及食所谓居蟹右者,悉淮阴之绛、灌,求为侪伍而不屑者也。"又云:"以是知南方之蟹,合山珍海错而较之,当居第一,不独冠乎水族、甲于介虫而已也。"可见天下美食,笠翁以蟹为首。

古人食蟹,颇有讲究。《东京梦华录》里记有炒蟹、洗手蟹、酒蟹等诸多食法。《梦粱录》里也有白蟹、辣羹蟹、五味酒酱蟹等名目。可在笠翁看来,蟹只有蒸而熟之,才能不坏其味。而且必须旋剥旋吃,始得其味。袁枚在《随园食单》中也说螃蟹"自剥自食为妙",诚可谓所见略同。

零星水族

予担簦二十年,履迹几遍天下。四海历其三,三江五湖则俱未尝遗一,惟九河未能环绕,以其迂僻者多,不尽在舟车可抵之境也。历水既多,则水族之经食者,自必不少,因知天下万物之繁,未有繁于水族者,载籍所列诸鱼名,不过十之六七耳。常有奇形异状,味亦不群,渔人竟日取之,土人终年食之,咨询其名,皆不知为何物者。无论其他,即吴门、京口①诸地所产水族之中,有一种似鱼非鱼,状类河豚而极小者,俗名"斑子鱼",味之甘美,几同乳酪,又柔滑无骨,真至味也,而《本草》《食物》诸书,皆所不载。近地且然,况寥廓而迂僻者乎?

海错之至美,人所艳羡而不得食者,为闽之"西施舌""江瑶柱"二种。"西施舌"予既食之,独"江瑶柱"未获一尝,为入闽恨事。所谓"西施舌"者,状其形也。白而洁,光而滑,入口咂之,俨然美妇之舌,但少朱唇皓齿牵制其根,使之不留而即下耳。此所谓状其形也。若论鲜味，则海错中尽有过之者，未甚奇特，朵颐此味之人，但索美舌而咂之，即当屠门大嚼[2]矣。其不甚著名而有异味者，则北海之鲜鱍，味并鲫鱼，其腹中有肋，甘美绝伦。世人以在鲟鳇腹中者为"西施乳"，若与此肋较短长，恐又有东家西家之别耳。

河豚为江南最尚之物，予亦食而甘之。但询其烹饪之法，则所需之作料甚繁，合而计之，不下十余种，且又不可缺一，缺一则腥而寡味。然则河豚无奇，乃假众美成奇者也。有如许调和之料施之他物，何一不可擅长，奚必假杀人之物以示异乎？食之可，不食亦可。若江南之鲚，则为春馔中妙物。食鲫鱼及鲟鳇有厌时，鲚则愈嚼愈甘，至果腹而犹不能释手者也。

【注释】

①京口：今江苏镇江的古称。

②屠门大嚼：比喻心里想而得不到手，只好用不切实际的办法来安慰自己。汉桓谭《新论》："人闻长安乐，则出门而向西笑。知肉味美，则对屠门而大嚼。"屠门，屠户之门，肉店。

【赏读】

胡仔《苕溪渔隐丛话》引《诗说隽永》,云:"福州岭口有蛤属,号西施舌,极甘脆。其出时天气正热,不可致远。"王十朋有诗咏此物,云:"吴王无处可招魂,唯有西施舌尚存。曾共君王醉长夜,至今犹得奉芳尊。"

西施舌究竟为何物?陈懋仁《泉南杂志》云:"西施舌,壳似蛤而长,外色若水蚌,壳内色如孔翠,肉白似乳,形酷肖舌,阔约大指,长及二寸,味极鲜美,无可与方。舌本有数肉条如须然,是其饮处。"冯时可《雨航杂录》云:"西施舌,一名沙蛤,大小似车螯,而壳自肉中突出,长可二寸如舌。"以此观之,此物当是蛤蜊之一种。

所谓江瑶柱,则是一种蚌类。袁枚在《随园食单》里将其归入"海鲜单",云:"江瑶柱出宁波,治法与蚶、蛏同。其鲜脆在柱,故剖壳时多弃少取。"

笠翁入闽时吃过西施舌,但与江瑶柱失之交臂,竟引为恨事。常人恐无笠翁之口福,得以遍行天下,大快朵颐,岂非此恨无及?笠翁文中提及的江鲜、海鲜,普通人大多见所未见,闻所未闻。无缘饕餮,只能读此活色生香文字,聊以慰藉而已。

作为江鲜,河豚颇受食客推崇。东坡嗜食河豚。吴曾《能改斋漫录》云:"东坡在资善堂中,盛称河豚之美。吕原明问其味如何。答曰:'直那一死!'"孙奕《履斋示儿编》亦有类似记载:"东坡居常州,颇嗜河豚。而里中士大夫家有妙于烹是鱼者,招东坡享之。妇子倾室闯于屏间,冀一语品题。东坡下箸大嚼,寂如喑者。闯者失望相顾。东坡忽下箸云:'也直一死!'于是合舍大悦。""直那一死"或是"也直一死",皆是"拼死吃河豚"之意。由此足见河豚魅力之大。笠翁却颇不以为然。他认为河豚原本无甚奇处,只不过是调味之料繁杂,合众味而成此美罢了。恐怕喜食河豚者,对此无法认同。

卷八 杂俎

读金圣叹所评《西厢记》,能令千古才人心死。

余霁岩①使君像赞

儿时读《晋书》,至"手挥五弦,目送飞鸿"②二语,心窃疑之。疑其手在此而目在彼,心有二用,视听皆不专也。及读欧阳永叔③《醉翁亭记》,始大悟,知其挥弦之意之不在弦,犹醉翁之意之不在酒耳。既不在弦,则并其目送飞鸿,亦是偶然之事。我目在彼,而飞鸿过之,是飞鸿就目,非目之有意觅飞鸿也,有意觅飞鸿,飞鸿岂能至哉?则是此二语者,惟大解人悟禅理者能之,嵇康而外,不多见也。孰意千载后,忽见于霁岩使君之《听琴图》中。既听琴矣,胡复垂钓?盖所钓非鱼,犹之送飞鸿而以手代目耳。

乃余谛观是图,又匪特追宗叔夜,兼有伯牙、子期④之风焉。借听琴雅事,坐知己于一堂,而所谓知己者,非鼓琴之人,相与听琴之人也。先生与沛甄周子⑤有水乳针芥之合⑥,周子之才固足重,而重才如使君,岂今时数见者哉?先生绘周子之容,周子宜绣平原⑦之像,一施一报,均不可少也。为之赞曰:

当今之世,斯文扫地。士贱如佣,宦尊于帝。即或偶偕,非久即弃。因好龙⑧之少真,识买骏⑨之非易。乃有人焉,忘势忽利。贵贱皆同,初终不异。非特形影相俱,即在画图弗离。此交道之休征,亦世风之奇瑞。览斯图者,岂可略此古心,徒夸遗义?至其手执纶竿,耳亲乐器。奔趋服役者,童中之婉娈⑩;缱绻相亲者,女中之佳丽。是不过绘图写照之余交,乐境闲情之碎事而已矣,何足为使君赞颂乎哉!

【注释】

①余霁岩:名三瀛,辽阳(今属辽宁)人,监生。康熙十五年(1676)任湖州通判。

②手挥五弦,目送飞鸿:语出嵇康《四言赠兄秀才入军诗》:"目送归鸿,手挥五弦。"后文"叔夜"亦指嵇康。嵇康,字叔夜。

③欧阳永叔:即欧阳修。欧阳修,字永叔。

④伯牙、子期:指春秋时俞伯牙和钟子期。子期死后,伯牙痛失知音,摔琴绝弦,终身不弹。

⑤沛甄周子:即周沛甄。周沛甄,名世杰,常州(今属江苏)人,卜居钱塘。历试不售,贫甚。工诗文。

⑥水乳针芥之合:犹水乳交融,针芥相投之意,比喻性情相合。

⑦平原:战国四公子之一平原君赵胜。平原君礼贤下

士,门下食客至数千人。

⑧好龙:此用"叶公好龙"之典。刘向《新序·杂事五》:"叶公子高好龙,钩以写龙,凿以写龙,屋室雕文以写龙。于是夫龙闻而下之,窥头于牖,施尾于堂。叶公见之,弃而还走,失其魂魄,五色无主。是叶公非好龙也,好夫似龙而非龙者也。"

⑨买骏:此用"燕昭市骏"之典。战国时燕昭王决心重振燕国,欲广招贤士,遂求教于郭隗先生,郭隗以君王为求千里马,以重金购买千里马之骨的故事答之。燕昭王遂为郭隗筑宫室,拜他为师,天下贤士果然纷纷来到燕国。后人称之为"燕昭市骏""燕昭好马"。

⑩婉娈:年少美好。

【赏读】

"目送归鸿,手挥五弦"一句,出自嵇康《四言赠兄秀才入军诗》,意境极其高邈。据唐张彦远《历代名画记》记载,东晋顾恺之重嵇康四言诗,曾画为图,云:"'手挥五弦'易,'目送归鸿'难。"意思是绘人物画时,描摹动作容易,捕捉情态甚难。

受欧阳修《醉翁亭记》"醉翁之意不在酒"一句启发,笠翁对嵇康这两句诗,有了另一番解读。他认为"挥弦之意之不在弦","则并其目送飞鸿,亦是偶然之事",颇有禅境。笠翁进一步谈到余霁岩所绘《听琴图》。

此图以周沛甄入画。画中周子边听琴，边垂钓，岂非"目送归鸿，手挥五弦"之意境？笠翁有感而发，写下了这篇《余霁岩使君像赞》。

所谓"像赞"，就是写在小像上的赞语。赞语是古代的一种史论形式，常用于品评人物。唐刘知幾在《史通·论赞》中认为，赞语起源于《左传》里的"君子曰"。笠翁《一家言文集》共收录了像赞、图赞二十余篇，多为奉酬之作，像《余霁岩使君像赞》这样具有真情实感的实属不多。

读此文，分明能感受到笠翁的愤世之情。周沛甄作为一介寒士，湖州通判余霁岩将其引为知己，画入图中，在浇薄之人情面前，多么难能可贵！"当今之世，斯文扫地。士贱如佣，宦尊于帝。"笠翁这四句，可谓是对社会现实的无情鞭笞，其间分明寄寓着内心的愤懑不平之气。笠翁夸赞余霁岩高义，岂非在悲叹知己之难求！

曹细君方氏像赞

石臣曹子①,以美少年而工词翰,其阃君②方氏,亦闺秀而备德容者。造物于人之伉俪,往往颠倒其形与情而后合之,妍于内者媸于外,或丰其表者啬其中,此予《奈何天》③传奇之所由作也。石臣夫若妇何修而得免于此?有作《双美传》以奇之者,非人言过实可知。奈何琴瑟之欢未及十载,而曹子遽有鼓盆之戚④,虽云好物不坚,红颜命脆,亦造物者之终于吝此,不肯反常而趋异也。

甲寅夏,予以访戴⑤过鸠兹⑥,石臣怀细君像示予,为之涕泣索赞。谓此意出自内人,濒危有遗言,冀得李子片语,死当瞑目。因在生时,非湖上笠翁之书不读,知此老惯操三寸不律⑦,起亡者而存之,只今梨枣之上,俾泉下人凛凛有生气者,谁之力欤?噫,予何人斯,能使妇孺知名若此?但见石臣悼亡甚戚,而予亦在连丧二姬之后,余涕未收,导之即出,故不能已于言,而且言之不禁其娓娓也。

妇人之美有三，曰德，曰才，曰色。兼其美者，百中无几；得其配者，千中鲜一。图中之人汇其全，人咸以此尤造物：于汝何私？待人何刻？造物曰：我实不然，请观其卒。人之云亡，天兮少愿⑧。如其不然，何以示至公于人，而使知人事不齐之画一？仅存死像，以偶生匹。琴不弹兮有声，口无言兮欲泣。身不死于色衰之年，名始芳于咏絮之日。君不见桃花历乱李花残，欲睹芳姿安可得！曷若借此图以驻娇容，庶几百世千秋饶粉泽。湖上笠翁之为是言也，虽曰徐君之剑⑨，未尝索我于生前；而欲景延陵季子之高风，不妨追赠其人于既殁。

【注释】

①石臣曹子：即曹石臣，名未详，芜湖（今属安徽）人。

②阃（kǔn）君：即"细君"，指妻子。阃，内室，借指妇女。

③《奈何天》：李渔所撰戏曲之一种，改编自李渔短篇小说集《无声戏》之《丑郎君怕娇偏得艳》。

④鼓盆之戚：指丧妻之痛，典出《庄子》。《庄子·至乐》："庄子妻死，惠子吊之，庄子则方箕踞鼓盆而歌。"

⑤访戴：此用王徽之雪夜访戴逵兴尽而返之典。典出

《世说新语·任诞》。

⑥鸠兹：芜湖别称。

⑦不律：笔。《尔雅·释器》："不律谓之笔。"郭璞注："蜀人呼笔为不律也，语之变转。"

⑧廲：隐匿，隐藏。

⑨徐君之剑：此用"季札挂剑"之典。《史记·吴太伯世家》："季札之初使，北过徐君。徐君好季札剑，口弗敢言。季札心知之，为使上国，未献。还至徐，徐君已死，于是乃解其宝剑，系之徐君冢树而去。从者曰：'徐君已死，尚谁予乎？'季子曰：'不然。始吾心已许之，岂以死倍（背）吾心哉！'"后文"延陵季子"，即指季札。

【赏读】

《尺牍初征》收有石横海《柬李笠翁》，云："《怜香》《风筝》诸大刻，弟坐卧其中旬日矣。丹铅匦密，评赞如鳞。每食必藉以下酒。昨者偶失提防，竟为贪人攫去，不啻婴儿失乳。敢向左右再乞数册，以塞无厌之求。得则秘枕，虽同寓诸子垂涎，不使入帐也。"

《尺牍初征》另有一封胡日新《寄李笠翁》书，云："仆浪游人间，竟不知如此世界，尚有笠翁其人，为骚雅文坛撑持倾圮。其赋长卿也，其史司马也，其怨三闾也，其旷漆园也，其高太白也，其谐曼倩也。云耶，龙耶，笠翁耶？眉昆仑而足渊渟，砚滔波而笔摇岳。笠翁果何人？安能不颠倒予以神魂，驱驰我以梦寐乎？"

如果说石横海和胡日新是笠翁的"铁粉"，那么红颜早逝的方氏，则称得上是笠翁的"死粉"了。方氏生前"非湖上笠翁之书不读"，临危之时"冀得李子片语，死当瞑目"。笠翁不禁感叹道："予何人斯，能使妇孺知名若此？"笠翁作品当年受大众欢迎程度，由此亦可窥见一斑。

曹石臣向笠翁索赞之时，乔、王二姬已先后弃世。笠翁由红颜命薄的方氏，又想到了二姬。有德有才有色之人，为何不能假以天年？笠翁将对乔、王二姬的绵绵哀思，寄托在了像赞低徊情深的文字间。

归故乡赋

昔江淹作《去故乡赋》，鲍照①作《游思赋》，皆浪游之针砭也。予少年作客，老大言归；深阅行迈之艰，始识归休之逸；爰作《归故乡赋》。赋曰：

逸莫逸兮故园栖，欢莫欢兮游子归。怅独怅夫岁月迈，嗟复嗟此时事非。于时山川蜿蜒，跋涉流连；辛贫毕谙，足茧鞋穿。寒飙锥骨，阴霭翳②天；马头霜辣，仆背雨酸。岁云徂兮客缘尽，赀告竭兮游兴阑；归期迫兮心转亟，家山见兮到转难。至乃鸡犬欢迎，山川相识。农辍锄以来欢，渔投竿而相揖。骚朋韵执，索佳句于奚囊③；逸叟闲夫，访新闻于异国。家无主而常扃，草齐腰而没膝。燕迁旧垒之巢，鹊喜新归之客。虫网厚兮如茧，蜗迹纷兮如织。书破蠹肥，花稀棘密。妻颜减红，亲发增白。幸犹归之及今，悔长征之自昔。若之何去家族兮如仇，以秦越④兮为邮。恃丁年⑤而役役⑥，岂长夏而不秋？

已焉哉⑦！男子生兮，弧矢四方⑧。世莫予宗兮，盍归父母之邦。采兰纫佩⑨兮，观瀫引觞。与鼎食⑩而为萍为梗兮，宁啜菽⑪而为梓为桑⑫者也。

【注释】

①鲍照：字明远，南朝宋文学家，善为文，文辞赡逸。著有《鲍参军集》行世。

②翳：遮蔽，障蔽。

③奚囊：指贮诗之袋。典出《新唐书》。《新唐书·李贺传》："（贺）每旦日出，骑弱马，从小奚奴，背古锦囊，遇所得，书投囊中。"后因称诗囊为"奚囊"。

④秦越：指先秦时的秦国和越国。两国相距遥远，联系不便。

⑤丁年：成年，壮年。历代之制不一。汉以男子二十岁为丁，明清以十六岁为丁。亦泛指壮年。

⑥役役：奔走钻营的样子。

⑦已焉哉：既然这样算了吧。

⑧弧矢四方：这里指建立功业。弧矢，原指弓和箭。

⑨采兰纫佩：《离骚》："扈江离与辟芷兮，纫秋兰以为佩。"这里有隐居之意。

⑩鼎食：列鼎而食，形容富贵之家奢华的生活。

⑪啜菽：以豆为食，形容生活清苦。

⑫为梓为桑：古人常在屋旁栽种桑树和梓树，故以"桑梓"代指故乡。

【赏读】

"少小离家老大回,乡音无改鬓毛衰。儿童相见不相识,笑问客从何处来。"贺知章写《回乡偶书》时,已到了耄耋之年,自有无尽叶落归根之感。

游子心中,总有浓浓的故园情思。江淹仕途失意,跋山涉水赴任建安吴兴。在《去故乡赋》里,他"泣故关之已尽,伤故国之无际"。鲍照历尽世态炎凉,入临海王幕,更添故园之思。在《游思赋》里,他"指烟霞而问乡,窥林屿而访泊"。陶渊明不为五斗米折腰,毅然辞官归隐。在《归去来兮辞》里,他咏叹道:"归去来兮,田园将芜胡不归?"

读笠翁这篇《归故乡赋》,颇有超然物外之感。此文当写成于崇祯十二年(1639)乡试落榜之后。乡试落榜,对时年二十九岁的笠翁打击甚大。次年元日,笠翁填了一阕《凤凰台上忆吹箫》,有句云:"封侯事,且休提起,共醉斜曛。"意志颇是消沉。《归故乡赋》内既云"亲发增白",可见其时老母尚在。笠翁丧母大约在崇祯十四年底或十五年初。此文写成,当在崇祯十二年底至崇祯十四年底之间。光绪《兰溪县志》云笠翁"晚年思归,作《归故乡赋》",不确。

黄无傲眉批云:"与柴桑《归来》一辞,同其怡悦。

予每于久客初归,有此乐境,此赋先得我心。"柴桑指陶渊明,《归来》即《归去来兮辞》。黄无傲云"每于久客初归,有此乐境",分明没有读懂这篇文章。"与鼎食而为萍为梗兮,宁啜菽而为梓为桑者也"。笠翁已将功名利禄视作萍梗此类飘零之物,又岂是为久客初归之计?

真定梨赋

梨之佳者有五美，不则具四恶。四恶维何？曰酸，曰涩，曰有渣，曰多核。美则甜也，松也，大也，汁多而皮薄也。存五美而去四恶，其惟真定之梨乎！不可谓他处绝无，但偶然一见，不似真定之遍地皆然耳。

果之生也，亦有幸不幸焉。凡物皆以早登为幸，梨独幸于最迟，迟则可久而能致远。梨之鲜者，可达数千里外，不似荔枝、杨梅、葡萄诸果，若妇人、稚子不能去其故乡，此早熟、迟登之别，寒则可久，热则难藏故耳。使荔枝、杨梅、葡萄诸果亦熟于寒生暑退之候，则使海内千人亦见，万人亦见，奚止仅以枯形示天下，使人抱骏骨难驰[①]之恨哉！"大器晚成"一语，移赠此君，知亦无惭而乐受矣。

梨为百果之宗，兹殿五臣[②]之后。非侬位置之失宜，怪汝荣华之太骤。秋深乃熟，既让群少以争先；暮齿方登，何遽频迁而至右？名愈屈而才愈彰，德弥谦而用弥厚。

尔乃灵关③至味,玄圃④奇葩。金桃媲美,火枣同夸。到处有佳梨,而入贡必需真定;世间无美种,而此本出自哀家。其大如升,其甘胜蜜。琼浆满腹而剖之不流,玉液填胸而吸之不出。才入口兮辄苏,未经嚼兮成汁。询诸喉而喉曰润,质之口而口曰可。无微不巨,孔融取小⑤而无所用其谦;见热即消,肃宗⑥欲烧而难以投诸火。不识字者,误认为伐脏之斧斤;稍知书者,皆识为太上之灵果。

【注释】

①骏骨难驰:此用"千金市马骨"之典。典出《战国策·燕策一》。唐张仲素《千金市骏骨赋》:"良金可聚,骏骨难遇。"

②五臣:《论语·泰伯》:"舜有臣五人,而天下治。"何晏注:"孔曰:'禹、稷、契、皋陶、伯益。'"

③灵关:传说中仙界的关门。

④玄圃:传说中昆仑山顶的神仙居处,中有奇花异石。

⑤孔融取小:此用"孔融让梨"之典。孔融,字文举,东汉末年文学家,"建安七子"之一。

⑥肃宗:指唐肃宗。唐肃宗尝烧两梨赐处士李泌。

【赏读】

笠翁在《福橘赋》小序里说:"荔枝出于闽、粤,杨梅产在苏、杭,是人皆知,不必系之以地。至梨、橘、葡萄、蘋婆四种,则在在俱有,亦在在不佳。佳者各有其处,若不明其所在,则食他处所产而不觉其甘者,势必河汉予言,故必系之以地。"此乃笠翁冠以"真定梨"之缘故。

笠翁爱梨花,甚于爱梨。他在《闲情偶寄·种植部》里写道:"予播迁四方,所止之地,惟荔枝、龙眼、佛手诸卉,为吴越诸邦不产者,未经种植,其余一切花果竹木,无一不经莳理。独梨花一本,为眼前易得之物,独不能身有其树为楂梨主人,可与少陵不咏海棠,同作一等欠事。"笠翁将自己未能拥有梨树,成为楂梨主人,引为和杜甫未能赋诗吟咏海棠一样的恨事。

笠翁又云:"然性爱此花,甚于爱食其果。果之种类不一,中食者少,而花之耐观,则无一不然。"笠翁爱花甚于爱果,可能因为好吃的梨太少。文震亨《长物志》云:"梨有二种:花瓣圆而舒者,其果甘;缺而皱者,其味酸,亦易辨。"这一鉴别方法是否可靠,今已无从得知。

左思《魏都赋》里提到"真定之梨",唐李善注云:

"真定属中山郡,出御梨。"真定梨既为入贡"御梨",其味之甘美,可想而知。在《真定梨》一文里,笠翁毫不掩饰对梨的喜爱。真定之梨甘甜松脆,汁多而皮薄,笠翁甚至将其比作金桃、火枣,视为太上之灵果。面对如此佳果,谁说笠翁爱梨花一定甚于爱梨?

填词余论

读金圣叹所评《西厢记》，能令千古才人心死。夫人作文传世，欲天下后代知之也，且欲天下后代称许而赞叹之也。殆其文成矣，其书传矣，天下后代既群然知之，复群然称许而赞叹之矣。作者之苦心，不几大慰乎哉？予曰：未甚慰也。誉人而不得其实，其去毁也几希[①]。但云千古传奇当推《西厢》第一，而不明言其所以为第一之故，是西施之美，不特有目者赞之，盲人亦能赞之矣。自有《西厢》以迄于今，四百余载，推《西厢》为填词第一者，不知几千万人，而能历指其所以为第一之故者，独出一金圣叹。是作《西厢》者之心，四百余年未死，而今死矣。不特作《西厢》者心死，凡千古上下操觚立言者之心，无不死矣。人患不为王实甫耳，焉知数百年后，不复有金圣叹其人哉？

圣叹之评《西厢》，可谓晰毛辨发，穷幽极微，无复有遗议于其间矣。然以予论之，圣叹所评，乃文人把玩之《西厢》,非优人搬弄之《西厢》也。文字之三昧,圣叹已得之。优人搬弄之三昧,圣叹犹有待焉。如其至今不死,自撰新词几部,由浅及深,自生而熟,则又当自火其书,而别出一番诠解。甚矣,此道之难言也。

圣叹之评《西厢》,其长在密,其短在拘,拘即密之已甚者也。无一句一字,不逆溯其源,而求命意之所在,是则密矣。然亦知作者于此,有出于有心,有不必尽出于有心者乎?心之所至,笔亦至焉,是人之所能为也;若夫笔之所至,心亦至焉,则人不能尽主之矣。且有心不欲然,而笔使之然,若有鬼物主持其间者,此等文字,尚可谓之有意乎哉?文章一道,实实通神,非欺人语。千古奇文,非人为之,神为之、鬼为之也,人则鬼神所附者耳。

【注释】

①几希:很少。

【赏读】

笠翁有五绝《有借予〈闲情偶寄〉一阅,阅不数卷,即见归者,因其首论填词,非其所尚故耳。以诗答之》。诗云:"读书不得法,开卷意先阑。此物同甘蔗,如何不倒餐?"在《与刘使君》书札里,笠翁提到了读《闲情偶寄》之法:"请自第六卷'声容部'阅起,可破旅次中十日岑寂。其一卷至五卷,则单论填词一道,犹为可缓,俟终篇后,补阅何如?"

《闲情偶寄》开卷即是"词曲部",笠翁毕生关于戏曲美学之理论,皆荟萃于此,篇幅约占全书四分之一。"词曲部"文章,向来为学者所重。如张潮《致黄周星书》云:"大抵传奇须分可演、可读二种……李笠翁《闲情偶记》中言之颇详,可为法也。"然而对普通读者来说,"词曲部"不足以消愁破闷,读来未免意兴阑珊。

这篇《填词余论》附在"词曲部"末尾。所论"余论",大约笠翁写到最后,觉得仍有话说,故此再赘言几句。在此文里,笠翁一方面极赞金圣叹之才,极赞金圣叹所评之《西厢》;另一方面指出,金圣叹所评乃文人把玩之《西厢》,非优人搬弄之《西厢》。戏曲作为舞台艺术,绝不能仅仅停留在文字层面。戏曲创作和舞台演出,必须紧密联系在一起。

在这方面,笠翁堪称一代大家。他在谈到传奇创作时说:"笠翁手则握笔,口却登场,全以身代梨园,复以神魂四绕,考其关目,试其声音,好则直书,否则搁笔,此其所以观听咸宜也。"正是充分考虑到了舞台演出效果,出自笠翁笔下的传奇,才能传唱大江南北,历久不衰。

此文最后，笠翁谈到了文学创作的有趣现象，即"心不欲然，而笔使之然，若有鬼物主持其间"。很多文字，很多情节，原本并非出自作者设想，但写至此处，却如箭在弦上，不得不发。笠翁认为金圣叹评《西厢》一字一句，索取命意之所在，"密"之太过，失之于"拘"，即是此理。文学理论研究者，切莫陷入此怪圈。

修容

妇人惟仙姿国色，无俟修容；稍去天工者，即不能免于人力矣。然予谓"修饰"二字，无论妍媸美恶，均不可少。俗云："三分人材，七分妆饰。"此为中人以下者言之也。然则有七分人材者，可少三分妆饰乎？即有十分人材者，岂一分妆饰皆可不用乎？曰：不能也。若是，则修容之道不可不急讲矣。

今世之讲修容者，非止穷工极巧，几能变鬼为神，我即欲勉竭心神，创为新说，其如人心至巧，我法难工，非但小巫见大巫，且如小巫之徒，往教大巫之师，其不遭喷饭而唾面者鲜矣。然一时风气所趋，往往失之过当。非始初立法之不佳，一人求胜于一人，一日务新于一日，趋而过之，致失其真之弊也。"楚王①好细腰，宫中皆饿死；楚王好高髻，宫中皆一尺；楚王好大袖，宫中皆全帛。"细腰非不可爱，高髻大袖非不美观，然至饿死，则人而鬼矣。髻至一尺，袖至全帛，非但不美观，直与魑魅魍魉无别矣。此非好细腰、好高髻大袖者之过，乃自为饿死，自为一尺，自为全帛者之过也。亦非自为饿死，自为一尺，自为全帛者之过，无一人痛惩其失，著为章程，谓止当如此，不可太过，不可不及，使有遵守者之过也。吾观今日之修容，大类楚宫之末俗，著为章程，非草野得为之事。但不经人提破，使知不可爱而可憎，听其日趋日甚，则在生而为魑魅魍魉者，已去死人不远，矧腰成一缕，有饿而必死之势哉！予为修容立说，实具此段婆心，凡为西子者，自当曲体人情，万毋遽发娇嗔，罪其唐突。

【注释】

①楚王：指春秋时楚灵王。《墨子·兼爱》："昔者楚灵王好士细腰，故灵王之臣皆以一饭为节，胁息然后带，扶墙然后起。比期年，朝有黧黑之色。"《后汉书·马援列传》有"楚王好细腰，宫中多饿死"，"城中好高髻，四方高一尺"，"城中好大袖，四方全匹帛"之句。

【赏读】

古语云："士为知己者死，女为悦己者容。"古时女子修容，多半为取悦男子。《诗经·卫风·伯兮》云："自伯之东，首如飞蓬。岂无膏沐，谁适为容？"诗句道出闺中少妇的哀怨：夫君东行以后，头发散乱如同飞蓬。并不是没有膏脂润发，可为谁修饰我的颜容？

女子修容之法，最常见的是敷粉画眉。《战国策·楚策三》提到："彼郑、周之女，粉白黛黑，立于衢间，非知而见之者以为神！"女子敷粉画眉后，站在街上，竟被惊为天人。《楚辞·大招》也有"粉白黛黑，施芳泽只。长袂拂面，善留客只"之句。《淮南子·修务训》更是说，"虽粉白黛黑弗能为美者，嫫母、仳催也"。意思是说如果敷粉画眉仍不见其美，那么一定是长得像嫫母、仳催的丑女了。

古人诗词里提到化妆的，更是不计其数。"妆罢低声问夫婿，画眉深浅入时无？"写尽新婚女子画眉后的娇羞之态。"照花前后镜，花面交相映。"将闺中少妇慵懒而起后对镜理妆之情致，描摹得入木三分。"三千宫女胭脂面，几个春来无泪痕。"道出的是深宫内院白头宫女梳妆以待的凄楚与无奈。

对于修容，笠翁的态度很鲜明，那就是必须自然得体，否则只会适得其反。像楚王爱细腰，算不得修容，而是一种病态的审美。诚如时人尤展成所评："不知者以为嘲风啸月之书，乌知为移风易俗之书哉！"

房舍

人之不能无屋,犹体之不能无衣。衣贵夏凉冬燠,房舍亦然。堂高数仞,榱题数尺,①壮则壮矣,然宜于夏而不宜于冬。登贵人之堂,令人不寒而栗,虽势使之然,亦廖廓有以致之;我有重裘,而彼难挟纩②故也。及肩之墙,容膝之屋,俭则俭矣,然适于主而不适于宾。造寒士之庐,使人无忧而叹,虽气感之乎,亦境地有以迫之;此耐萧疏,而彼憎岑寂故也。吾愿显者之居,勿太高广。夫房舍与人,欲其相称。画山水者有诀云:"丈山尺树,寸马豆人。③"使一丈之山,缀以二尺三尺之树;一寸之马,跨以似米似粟之人,称乎?不称乎?使显者之躯,能如汤文之九尺十尺④,则高数仞为宜,不则堂愈高而人愈觉其矮,地愈宽而体愈形其瘠,何如略小其堂,而宽大其身之为得乎?处士之庐,难免卑隘,然卑者不能耸之使高,隘者不能扩之使广,而污秽者、充塞者则能去之使净,净则卑者高而隘者广矣。

吾贫贱一生，播迁流离，不一其处，虽债而食，赁而居，总未尝稍污其座。性嗜花竹，而购之无资，则必令妻孥忍饥数日，或耐寒一冬，省口体之奉，以娱耳目。人则笑之，而我怡然自得也。性又不喜雷同，好为矫异，常谓人之葺居治宅，与读书作文同一致也。譬如治举业者，高则自出手眼，创为新异之篇；其极卑者，亦将读熟之文移头换尾，损益字句而后出之，从未有抄写全篇，而自名善用者也。乃至兴造一事，则必肖人之堂以为堂，窥人之户以立户，稍有不合，不以为得，而反以为耻。常见通侯贵戚，掷盈千累万之资以治园圃，必先谕大匠曰：亭则法某人之制，榭则遵谁氏之规，勿使稍异。而操运斤之权者，至大厦告成，必骄语居功，谓其立户开窗，安廊置阁，事事皆仿名园，纤毫不谬。噫，陋矣！以构造园亭之胜事，上之不能自出手眼，如标新创异之文人；下之至不能换尾移头，学套腐为新之庸笔，尚嚣嚣以鸣得意，何其自处之卑哉！

予尝谓人曰：生平有两绝技，自不能用，而人亦不能用之，殊可惜也。人问：绝技维何？予曰：一则辨审音乐，一则置造园亭。性嗜填词，每多撰著，海内共见之矣。设处得为之地，自选优伶，使歌自撰之词曲，口授而躬试之，无论新裁之曲，可使迥异时腔，即旧日传奇，一概删其腐习而益以新格，为往时作者别开生面，此一技也。一则创造园亭，因地制宜，不拘成见，一榱一桷⑤，必令出自己裁，使经其地、入其室者，如读湖上笠翁之书，虽乏高才，颇饶别致，岂非圣明之世，文物之邦，一点缀太平之具哉？噫，吾老矣，不足用也。请以崖略⑥付之简篇，供嗜痂者采择。收其一得，如对笠翁，则斯编实为神交之助尔。

土木之事，最忌奢靡。匪特庶民之家当崇俭朴，即王公大人亦当以此为尚。盖居室之制，贵精不贵丽，贵新奇大雅，不贵纤巧烂漫。凡人止好富丽者，非好富丽，因其不能创异标新，舍富丽无所见长，只得以此塞责。譬如人有新衣二件，试令两人服之，一则雅素而新奇，一则辉煌而平易，观者之目，注在平易乎？在新奇乎？锦绣绮罗，谁不知贵，亦谁不见之？缟衣素裳，其制略新，则为众目所射，以其未尝睹也。凡予所言，皆属价廉工省之事，即有所费，亦不及雕镂粉藻之百一。且古语云："耕当问奴，织当访婢。"予贫士也，仅识寒酸之事。欲示富贵，而以绮丽胜人，则有从前之旧制在。

新制人所未见，即缕缕言之，亦难尽晓，势必绘图作样。然有图所能绘，有不能绘者。不能绘者十之九，能绘者不过十之一。因其有而会其无，是在解人善悟耳。

【注释】

①堂高数仞，榱（cuī）题数尺：语出《孟子·尽心下》。榱题，屋椽的端头通常伸出屋檐，因通称出檐。榱，椽子。

②挟纩（kuàng）：身披绵衣。纩，丝绵。

③丈山尺树，寸马豆人：形容画中景物、人物微小。典出五代荆浩《画山水赋》："凡画山水，意在笔先。丈山尺树，寸马豆人。"

④汤文之九尺十尺：典出《孟子·告子下》："交闻文王十尺，汤九尺，今交九尺四寸以长，食粟而已，如何则可？"

⑤桷（jué）：方形的椽子。

⑥崖略：大概，轮廓。

【赏读】

在写给礼部尚书龚鼎孳的书札里，笠翁云："生平锢疾，注在烟霞竹石间。尝语人曰：庙堂智虑，百无一能；泉石经纶，则绰有余裕。惜乎不得自展，而人又不能用之。他年赍志以没，俾造化虚生此人，亦古今一大恨事。故不得已而著为《闲情偶寄》一书，托之空言，稍舒蓄积。"

所谓"泉石经纶"，指的是造园技艺。笠翁自言生平有两绝技,"一则辨审音乐,一则置造园亭",可见他对造园技艺颇是自负。在《闲情偶寄》里专列"居室部",笠翁意在使自己的造园技艺不致湮没。

明末清初,造园名家辈出,较知名者有计成、张涟、张南阳、冯巧、梁九等。计成《园冶》一书,被誉为我国第一部园林艺术理论专著。文震亨《长物志》、陈继儒《岩栖幽事》、林有麟《素园石谱》等书,对造园艺术均有涉及。

笠翁一生,共为自己营建过三座园林,即兰溪之伊园、南京之芥子园、杭州之层园。另外京师惠园、半亩园等,亦可能出自笠翁手笔。钱泳《履园丛话》云:"惠园在京师宣武门内西单牌楼郑亲王府,引池叠石,饶有幽致,相传是园为国初李笠翁手笔。"完颜麟庆《鸿雪因缘图记》云:"半亩园在京都紫禁城外东北隅弓弦胡同内,延禧观对过。园本贾胶侯中丞宅。李笠翁客贾幕时,为葺斯园,垒石成山,引水作沼,平台曲室,奥如旷如。"正是丰富的造园经历,让他积累了宝贵的园艺经验。可惜的是,笠翁的造园声名,日渐被文名所掩,几乎不为后人所知。

在此文里谈及造园,笠翁认为最重要的是两点。其一,推陈出新,彰显个性。这和笠翁的文学创作主张,可谓一脉相承,即"人之葺居治宅,与读书作文同一致也"。其二，因地制宜，崇尚自然。笠翁素来反对奢靡之风。他认为居室之制，贵新奇大雅，不贵纤巧烂漫。这一观点放在今天，依然有着强大的生命力。

器玩

人无贵贱,家无贫富,饮食器皿,皆所必需。"一人之身,百工之所为备。"子舆氏①尝言之矣。至于玩好之物,惟富贵者需之,贫贱之家,其制可以不问。然而粗用之物,制度果精,入于王侯之家,亦可同乎玩好;宝玉之器,磨砻②不善,传于子孙之手,货之不值一钱。知精粗一理,即知富贵贫贱同一致也。

予生也贱,又罹奇穷,珍物宝玩虽云未尝入手,然经寓目者颇多。每登荣膴③之堂,见其辉煌错落者星布棋列,此心未尝不动,亦未尝随见随动,因其材美,而取材以制用者未尽善也。至入寒俭之家,睹彼以柴为扉,以瓮作牖,大有黄虞三代④之风,而又怪其纯用自然,不加区画。如瓮可为牖也,取瓮之碎裂者联之,使大小相错,则同一瓮也,而有哥窑⑤冰裂之纹矣。柴可为扉也,取柴之入画者为之,使疏密中窾⑥,则同一扉也,而有农户儒门之别矣。人谓变俗为雅,犹之点铁成金,惟具山林经济者能此,乌可责之一切?予曰:

垒雪成狮,伐竹为马,三尺童子皆优为之,岂童子亦抱经济乎?有耳目即有聪明,有心思即有智巧,但苦自画为愚,未尝竭思穷虑以试之耳。

【注释】

①子舆氏:指孟子。孟子名轲,字子舆。"一人之身"一语出自《孟子·滕文公上》。

②磨砻(lóng):磨治。砻,去掉稻壳的工具。

③荣膴(wǔ):华美。

④黄虞三代:泛指三黄五帝时期。黄,黄帝。虞,虞舜。

⑤哥窑:宋代五大名窑之一。

⑥疏密中窾(kuǎn):疏密适宜。窾,规则,法则。

【赏读】

笠翁将器玩分为两种,一种乃玩好之物,贫贱之家无须拥有;一种乃粗用之物,人人日常都需用到。从实用性来看,前者自然远远不及后者。

在《闲情偶寄·器玩部》里,笠翁提及的器玩涉及日常家居的方方面面。其中几案、椅杌、床帐、橱柜、箱笼箧笥,无一不是日常家用之具;仅骨董、炉瓶、屏轴三种,勉强可算"玩好之物";至于茶具、酒具、碗碟、灯烛、笺简，则又介于二者之间，雅俗共赏。可见，笠翁认为器玩还是应该以实用为第一。

在笠翁看来，无论豪门还是寒家，要想变俗为雅，点铁成金，器玩务求其精。再好的材料，如果制作不精美，也无法成为珍物宝玩，使王侯之家传于子孙之手。至于寒门，日常家居同样应该以求"智巧"。哪怕是以柴为扉，以瓮为牖，也完全可以营造出儒门风范。

"智巧"二字看似简单，但却离不开对生活的热爱和有心，这和贫寒抑或富贵无关。笠翁尝因陋就简，自创暖椅和凉机。在谈及创制缘由时，他说："予冬月著书，身则畏寒，砚则苦冻"，"盛暑之月，流胶铄金，以手按之，无物不同汤火"。可见其创制灵感，来源于生活。笠翁友人宋澹仙论及暖椅时说："暖椅之制，众美毕具，慧心巧思，登峰造极，直名之曰'笠翁椅'。"范文白则评曰："物之新巧，文之奇横，适足相当。"

道途行乐之法

"逆旅"二字,足概远行,旅境皆逆境也。然不受行路之苦,不知居家之乐,此等况味,正须一一尝之。

予游绝塞而归,乡人讯曰:"边陲之游乐乎?"予曰:"乐。"有经其地而惮焉者曰:"地则不毛,人皆异类,睹沙场而气索,闻钲鼓①而魂摇,何乐之有?"予曰:"向未离家,谬谓四方一致,其饮馔服饰皆同于我,及历四方,知有大谬不然者。然止游通邑大都,未至穷边极塞,又谓远近一理,不过稍变其制而已矣。及抵边陲,始知地狱即在人间,罗刹原非异物,而今而后,方知人之异于禽兽者几希,而近地之民,其去绝塞之民者,反有霄壤幽明之大异也。不入其地,不睹其情,乌知生于东南,游于都会,衣轻席暖,饭稻羹鱼之足乐哉!"

此言出路之人,视居家之乐为乐也;然未至还家,则终觉其苦。又有视家为苦,借道途行乐之法,可以暂娱目前，不为风霜车马所困者，又一方便法门也。向平②欲俟婚嫁既毕，遨游五岳；李固③与弟书，谓周观天下，独未见益州，似有遗憾；太史公因游名山大川，得以史笔妙千古。是游也者，男子生而欲得，不得即以为恨者也。有道之士，尚欲挟资裹粮，专行其志。而我以糊口资生之便，为益闻广见之资，过一地，即览一地之人情；经一方，则睹一方之胜概，而且食所未食，尝所欲尝，蓄所余者而归遗细君，似得五侯之鲭，以果一家之腹，是人生最乐之事也。奚事哭泣阮途④，而为乘槎驭骏⑤者所窃笑哉？

【注释】

①钲（zhēng）鼓：钲和鼓。古代行军或歌舞时用以指挥进退、动静的两种乐器。

②向平：即向子平，名长，生活于两汉之际。《后汉书·逸民传》云其俟男女娶嫁既毕，"与同好北海禽庆俱游五岳名山，竟不知所终"。

③李固：字子坚，东汉人。博学耿直。汉冲帝时任太尉，后来遭诬遇害。《水经注·江水》引李固《与弟圉书》，有"周观天下，独未见益州"之语。

④哭泣阮途：据《晋书·阮籍传》，阮籍车迹每至穷途，"辄恸哭而返"。

⑤乘槎(chá)驭骏：指乘木筏、骑骏马。槎，木筏。

【赏读】

董其昌认为，"气韵生动"系"画家六法"之一。他在《画禅室随笔》中说："画家六法，一气韵生动。气韵不可学，此生而知之，自有天授，然亦有学得处。读万卷书，行万里路，胸中脱去尘浊，自然丘壑内营，立成鄞鄂。"画法如此，诗书又未尝不是如此？

嵇康曾言："驾言出游，日夕忘归。"古代文人墨客，多爱游山玩水。若非饱游大好河山，太白怎么能写出《望庐山瀑布》《蜀道难》这样的壮阔篇章？若非亲近自然山水，少陵怎么能写出《望岳》《登兖州城楼》这样的瑰丽诗篇？若非天南地北宦游，东坡怎么能写出《题西林壁》《望湖楼醉书》这样的传世名篇？

笠翁性爱壮游，曾自言海内郡治"未到者仅十之二三"。奇山丽水，鬼斧神工，给予了笠翁充分的创作灵感。出自笠翁笔下的《严陵西湖记》《黑山记》《东安赛神记》等文章，灵感都来源于特别的壮游经历。

壮游，更重要的是看风景的心情。同样的风景，在不同的人眼里，无疑会有天壤之别。唐赵璘《因话录》记载了一则故事。名士李约入浙西观察使李锜幕府。李约屡赞城郊招隐寺风景标致。李锜遂设宴寺中，可归来却觉得毫无特别之处。李约笑着说:"某所赏者,疏野耳。若远山将翠幕遮,古松用彩物裹,腥膻浣鹿掊泉,音乐乱山鸟声,此则实不如在叔父大厅也。"笠翁文中所记往游边陲事,与此异曲同工。

笠翁往游边陲之地,感受到的是迥异于江南的民风民情;然而在粗鄙的乡人眼里,此处乃不毛之地,何乐之有。可见道途行乐之法,全在自身感悟。如果一味觉得吃苦受累,反不如在家来得安逸的好。

饮

宴集之事,其可贵者有五:饮量无论宽窄,贵在能好;饮伴无论多寡,贵在善谈;饮具无论丰啬,贵在可继;饮政①无论宽猛,贵在可行;饮候无论短长,贵在能止。备此五贵,始可与言饮酒之乐;不则曲蘖②宾朋,皆凿性斧身之具也。

予生平有五好,又有五不好,事则相反,乃其势又可并行而不悖。五好、五不好维何?不好酒而好客;不好食而好谈;不好为长夜之欢,而好与明月相随而不忍别;不好为苛刻之令,而好受罚者欲辩无辞;不好使酒骂坐之人,而好其于酒后尽露肝膈。坐此五好、五不好,是以饮量不胜蕉叶,而日与酒人为徒。近日又增一种癖好、癖恶:癖好音乐,每听必至忘归;而又癖恶座客多言,与竹肉之音相乱。

饮酒之乐,备于五贵、五好之中,此皆为宴集宾朋而设。若夫家庭小饮与燕闲独酌,其为乐也,全在天机逗露之中,形迹消忘之内。有饮宴之实事,无酬酢③之虚文。睹儿女笑啼，认作斑斓之舞；听妻孥劝诫，若闻金缕之歌④。苟能作如是观，则虽谓朝朝岁旦⑤，夜夜元宵可也。又何必座客常满，樽酒不空，日藉豪举以为乐哉？

【注释】

①饮政：行酒令。

②曲蘖（niè）：酒曲。

③酬酢（zuò）：宾主互相敬酒。酢，客人以酒回敬主人。

④金缕之歌：即《金缕衣》，传为杜秋娘作。诗云："劝君莫惜金缕衣，劝君须惜少年时。有花堪折直须折，莫待无花空折枝。"有劝人惜取光惜之意。

⑤岁旦：一年的第一天。即农历正月初一。

【赏读】

酒逢知己千杯少。中国酒文化源远流长。《礼记·乐记》云："酒食者，所以合欢也。"文人聚会雅集，酒乃必不可少之物，故可谓"无酒不成宴"。

"为君持酒劝斜阳，且向花间留晚照。"宋祁此句，乃笠翁所云宴集宾朋之乐。"开琼筵以坐花，飞羽觞而醉月。"李白此句，乃笠翁所云家庭小饮之乐。"明月几时有，把酒问青天。"苏轼此句，乃笠翁所云燕闲独酌之乐。

笠翁此文，重在宴集宾朋之乐。他认为宴集宾朋时饮酒，重在"五贵"。即酒量无论大小，贵在喜好；酒友无论多少，贵在善谈；酒具无论丰俭，贵在够用；酒令无论宽严，贵在可行；酒时无论短长，贵在能止。笠翁生平并不善酒，却又应酬较多，故另有"五好、五不好"之说。简而言之，笠翁认为饮酒要适量，要文明，不要做长夜之饮，要以酒为媒，增进感情。

酒乃是奇妙之物。"李白斗酒诗百篇，长安市上酒家眠。天子呼来不上船，自称臣是酒中仙。"太白醉得如此狂傲不羁。"朝回日日典春衣，每日江头尽醉归。酒债寻常行处有，人生七十古来稀。"少陵醉得如此惝恍迷离。"常记溪亭日暮，沉醉不知归路，兴尽晚回舟，误入藕花深处。"易安居士醉得如此娇态可掬。离此杯中之物，焉得有这般千古妙文？

宋胡仔《苕溪渔隐丛话》引陆元光《回仙录》："饮器中，惟钟鼎为大，屈卮螺杯次之，而梨花蕉叶最小。"笠翁不善饮，故自谓"饮量不胜蕉叶"。酒之奇妙处，可能笠翁无法体味得淋漓尽致。不过饮酒当适可而止，切勿贪杯，却是一句大实话。

听琴观棋

弈棋尽可消闲,似难藉以行乐;弹琴实堪养性,未易执此求欢。以琴必正襟危坐而弹,棋必整槊横戈以待。百骸尽放之时,何必再期整肃?万念俱忘之际,岂宜复较输赢?常有贵禄荣名付之一掷,而与人围棋赌胜,不肯以一着相饶者,是与让千乘之国①,而争箪食豆羹者何异哉?故喜弹不若喜听,善弈不如善观。

人胜而我为之喜,人败而我不必为之忧,则是常居胜地也;人弹和缓之音而我为之吉,人弹噍杀②之音而我不必为之凶,则是长为吉人也。或观听之余,不无技痒,何妨偶一为之,但不寝食其中而莫之或出,则为善弹善弈者耳。

【注释】

①千乘之国:拥有千辆战车的国家。《孟子·尽心下》云:"好名之人,能让千乘之国。苟非其人,箪食豆羹见于色。"

②嘁杀：声音急促，不舒缓。《礼记·乐记》："是故志微，嘁杀之音作，而民思忧。"

【赏读】

《孟子·尽心下》云："好名之人，能让千乘之国。苟非其人，箪食豆羹见于色。"朱熹《孟子集注》曰："好名之人，矫情干誉，是以能让千乘之国。然若本非能轻富贵之人，则于得失之小者，反不觉其真情之发见矣。盖观人不于其所勉，而于其所忽，然后可以见其所安之实也。"在朱熹看来，孟子这句话的意思是，从得失之小处，反而更能看出一个人的真性情。

《阅微草堂笔记》里，记载了好几则因下棋而反目的故事。这里选录二则：

> 景城真武祠未圮时，中一道士酷好此，因共以"棋道士"呼之，其本姓名乃转隐。一日，从兄方洲入所居，见几上置一局，止三十一子，疑其外出，坐以相待。忽闻窗外喘息声，视之，乃二人四手相持，共夺一子，力竭并踣也。

> 棋道士不知其姓，以癖于象戏，故得此名。或以为齐姓误也。棋至劣而至好胜，终日丁丁然不休。对局者或倦求去，至长跪留之。尝有人指对局者一著，衔之次骨，遂拜绿章，诅其速死。又一少年偶

误一著，道士幸胜。少年欲改著，喧争不许。少年粗暴，起欲相殴，惟笑而却避曰："任君击折我肱，终不能谓我今日不胜也。"

世人皆有争胜之心，故常于一棋之得失而争得面红耳赤。在笠翁看来，下棋原本是行乐之法，可一旦摆出横刀立马的架势，争胜心切，不肯饶人一步一着，反不如观棋来得有趣。至于弹琴，非要正襟危坐地去弹，时而作嘶杀之音，哪里还能让筋骨放松，反不如听琴来得轻松。

弈棋与观棋，弹琴与听琴，究竟谁更快乐？不同的人自然有不同的理解，有不同的答案。对更多人来说，弈棋和弹琴的乐趣，肯定要超过观棋、听琴。可是如果因为弈棋而动怒，因为弹琴而伤神，未免得不偿失。